JN023009

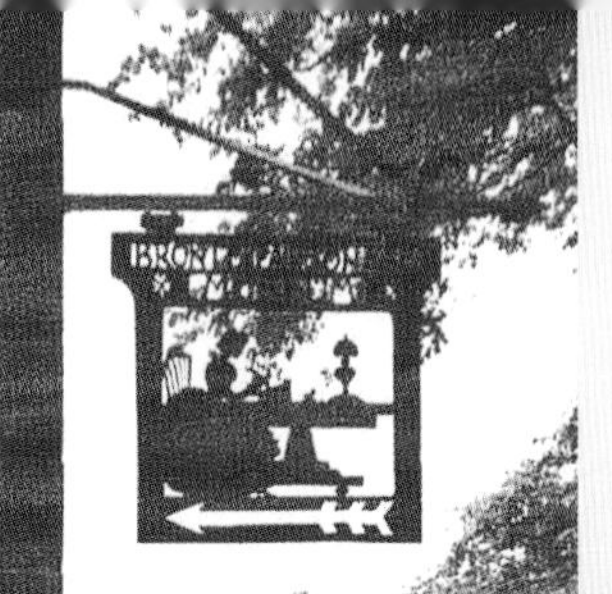

シャーロット・ブロンテ
Charlotte Brontë
過去から現在へ

パッツィ・ストンマン◉著
Patsy Stoneman
樋口陽子◉訳
Akiko Higuchi

彩流社

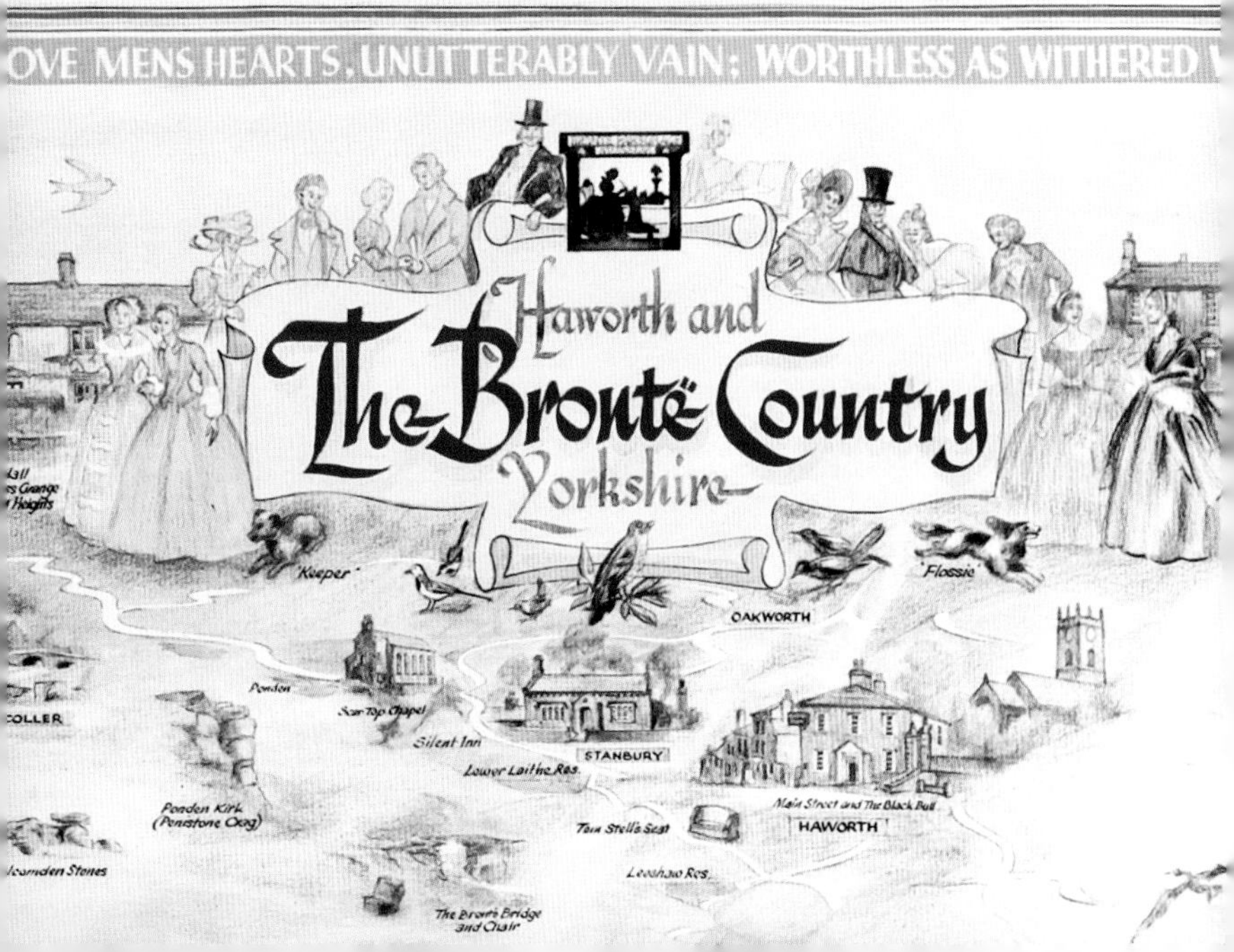

OVE MENS HEARTS, UNUTTERABLY VAIN: WORTHLESS AS WITHERED
Haworth and
The Brontë Country
Yorkshire
'Keeper'
'Flossie'
OAKWORTH
Ponden
COLLER
Silent Inn
Lower Laithe Res.
STANBURY
Ponden Kirk
(Penistone Crag)
Main Street and The Black Bull
HAWORTH
Leeshaw Res.

ブロンテ姉妹がこよなく愛したハワースのヒースの丘と村（「観光用絵はがき」より）

ハワースの荒野の遠景（訳者撮影，1988 年）

『ジェイン・エア』の中のムーア・ハウスの名をつけた通り（訳者撮影、1989 年）

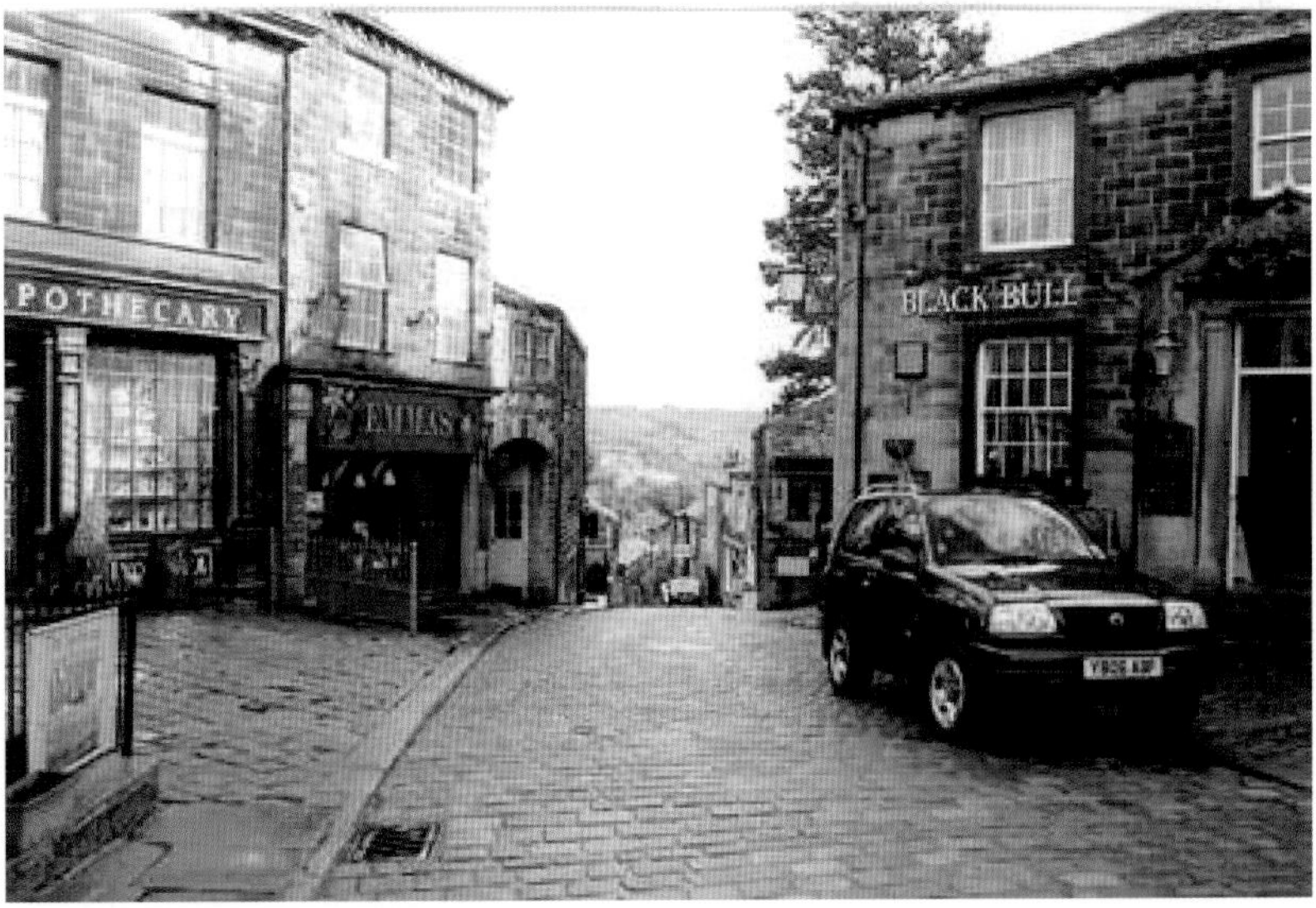

パトリック・ブランウェル・ブロンテが暴飲した「ブラック・ブル亭」。
中二階踊り場には、彼の椅子が置いてある。（訳者撮影、2019 年）

ミス・ウラーのロウ・ヘッド・スクール。1831年から1832年、シャーロットはエレン・ナッシーとメアリ・テイラーと、生涯の親友となる。1835年に、シャーロットは助教師として勤め、エミリーが生徒として短期入学するが、まもなくアンと交代する。(訳者撮影、1989年)

カウアン・ブリッジの「クラージー・ドーターズ・スクール」(牧師の娘たちのための学校)で、『ジェイン・エア』のローウッド校のモデルの教員宿舎。生徒用宿舎は焼失して、今はない。(訳者撮影。現像のせいか赤く変色した。1989年)

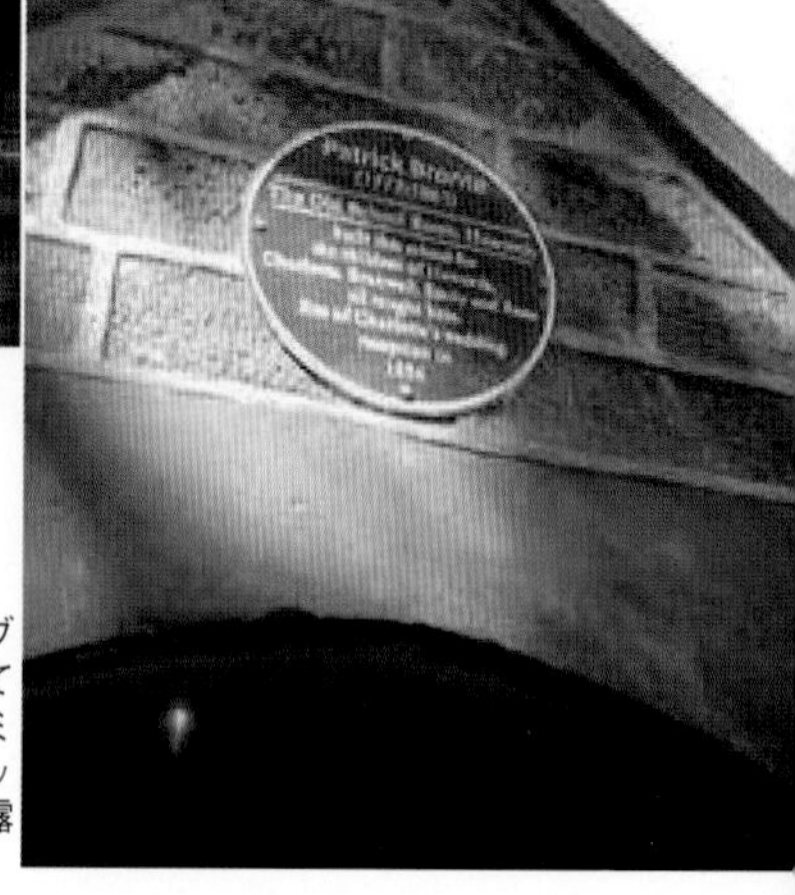

牧師館近くの古い教室の銘板。パトリック・ブロンテ師が、ハワースの子供たちのために建てた学校で、シャーロット、ブランウェル、エミリー、アンが教えた。1854年には、シャーロットとアーサー・ベル・ニコルズ師との結婚披露宴の会場にもなった。(訳者撮影、1989年)

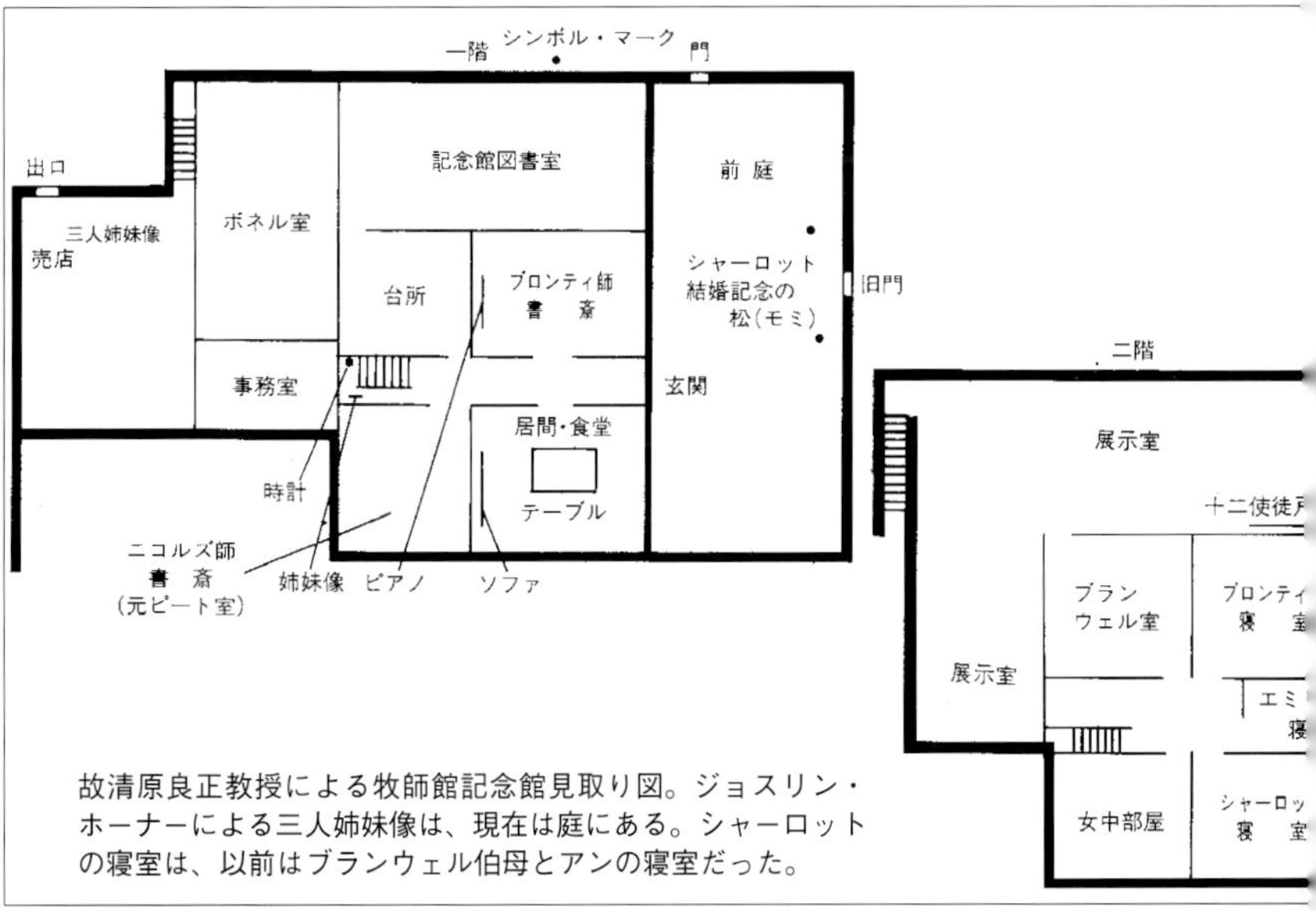

故清原良正教授による牧師館記念館見取り図。ジョスリン・ホーナーによる三人姉妹像は、現在は庭にある。シャーロットの寝室は、以前はブランウェル伯母とアンの寝室だった。

牧師館の庭にある三人姉妹像（訳者撮影，2013年）

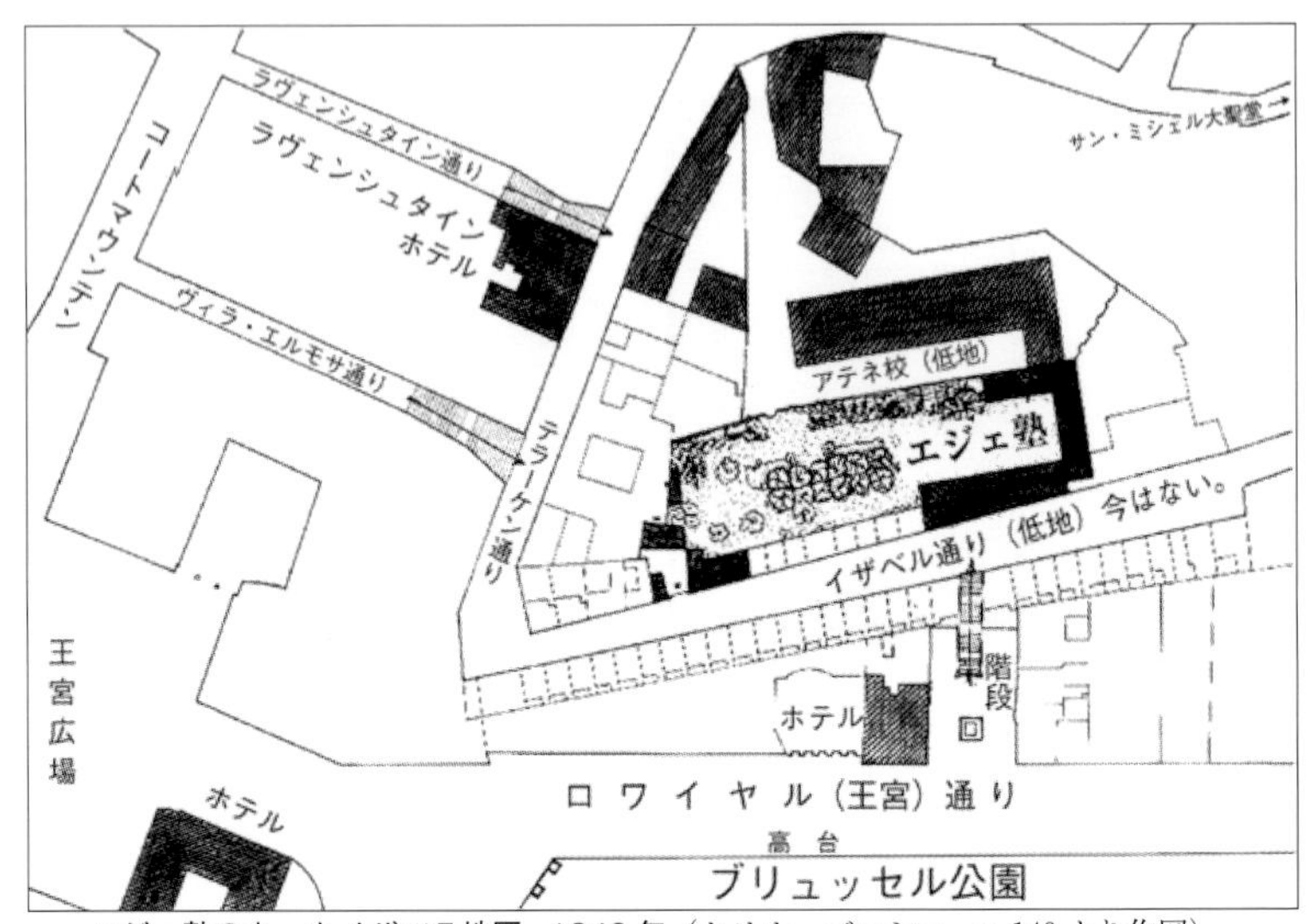

エジェ塾のあったイザベラ地区、1843 年（セリナ・ブッシュ、p. 140 より作図）

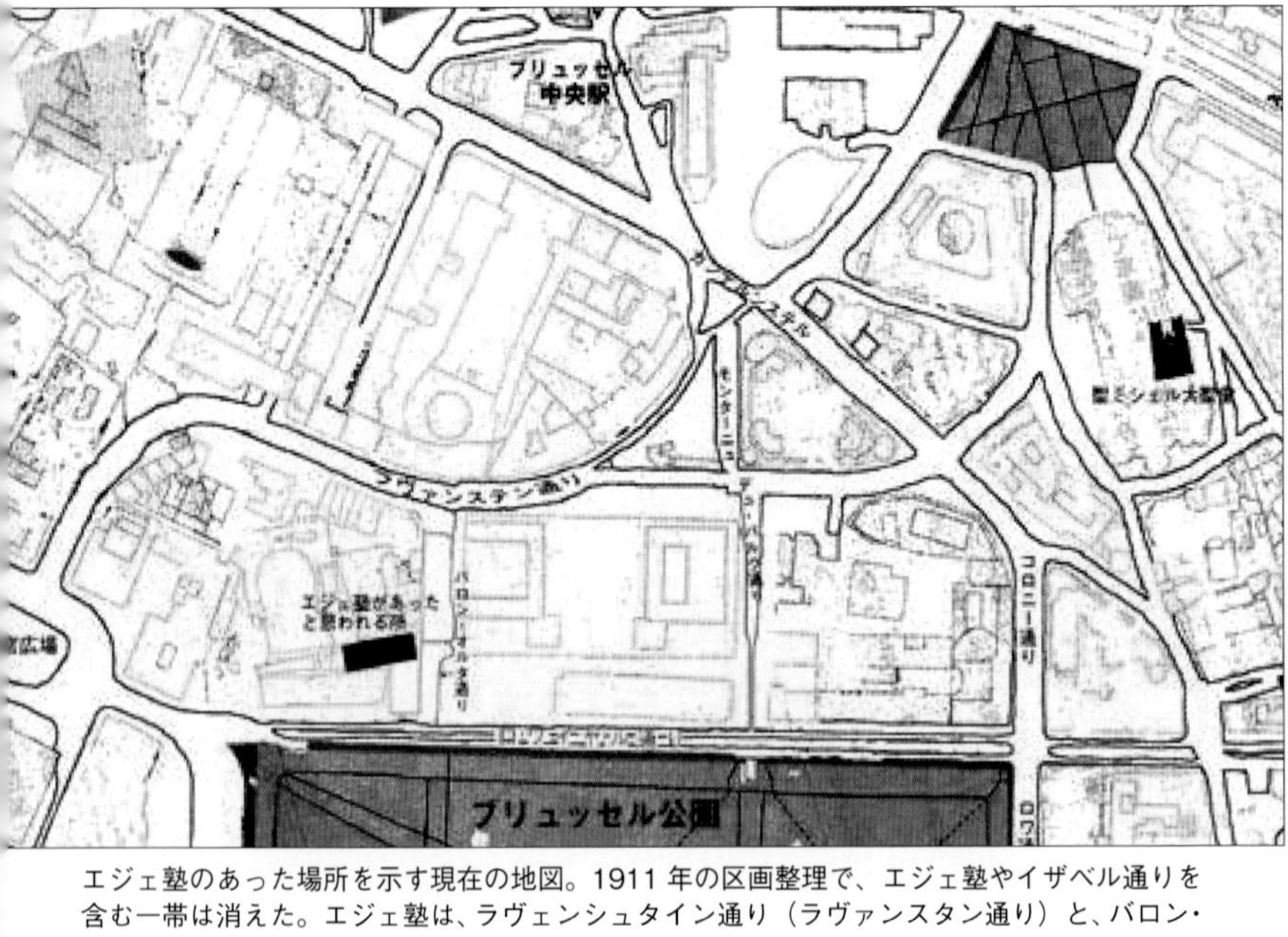

エジェ塾のあった場所を示す現在の地図。1911 年の区画整理で、エジェ塾やイザベル通りを含む一帯は消えた。エジェ塾は、ラヴェンシュタイン通り（ラヴァンスタン通り）と、バロン・オルタ通りの交差する近くにあった。

エジェ塾と、アテネ・ロワイヤルと、イザベル通り（セリナ・ブッシュ、p. 17, 1843）

NEAR THIS SITE FORMERLY STOOD THE
PENSIONNAT HEGER WHERE THE WRITERS
CHARLOTTE AND EMILY BRONTE
STUDIED IN 1842-43

THIS COMMEMORATIVE PLAQUE WAS
PLACED HERE BY THE BRONTE SOCIETY
WITH THE KIND PERMISSION OF THE
PALAIS DES BEAUX-ARTS/PALEIS VOOR
SCHONE KUNSTEN 28-9-79

エジェ塾の銘板（ヘレン・マキューアン氏ご提供）は、バロン・オルタ（ホルタ）通りがラヴェンシュタイン通りと交わる近くにある。建築家ヴィクトール・オルタ（ホルタ）男爵は、美術院の設計をした。美術院は、かってのエジェ塾の庭に建てられている。

エジェ塾跡を示す銘板の斜め下に立つのは、訳者の娘庄司泰子。（訳者撮影、1998年）

ブリュッセル公園のビザンチン風キオスク（野外音楽堂）では、頻繁に音楽会が開かれた（セリナ・ブッシュ、83 頁、1850 年）。

シャーロット・ブロンテが、実際に 1843 年の聖母被昇天祭(8 月 15 日)の公園の夜祭りで『狩人の合唱』のコーラスを聴いたことは、『ヴィレット』（第 38 章）で、ルーシー・スノウが『猛々しい狩人の合唱』を聴いた体験として描かれている。

「ベルギー独立紙」や「ブリュッセル新聞」によれば、当夜は二つのコンサートがあり、二つ目は、夜 10 時から 11 時まで、ヴォクソール庭園で、行われた。1842 年から 1848 年までブリュッセル音楽院初代オルガン教授であった **Christian Friedrich Johann Girschner** (1794-1860) 指揮のオーケストラ伴奏で、ブリュッセル・ドイツ男声合唱団が 10 曲歌った。第 5 曲が、ギルシュナー作曲の『狩人の合唱』であった。**Akiko Higuchi, *The Brontës and Music*, 2 vols**. (東京： 雄松堂出版、2008). Vol. II, pp. 171-203 をご参照ください。

＊セリナ・ブッシュの図版は Selina Busch, *Brussels in Brontë Times: A Historic Picture Album: A Limited Edition:* 8/50 (The Netherlands, Culemborg, 2005). によった。

シャーロット・ブロンテ

過去から現在へ

CHARLOTTE BRONTË

by

Patsy Stoneman

Japanese translation rights arranged with
LIVERPOOL UNIVERSITY PRESS
through Japan UNI Agency, Inc., Tokyo.

Published in Japan in 2023 by SAIRYUSHA

本書を今は亡き

近藤いね子先生
川本静子先生
青山誠子先生
デレック・ブルワー先生
エリザベス・ブルワー先生
マーガレット・スミス先生

に捧げる。

コリンに

「実に彼の心こそ、私の図書館である*」

＊シャーロット・ブロンテ著、青山誠子訳、『ブロンテ全集6　ヴィレット 下』（みすず書房、一九九五）第33章　一九二頁）より。

目次

日本の読者のみなさまへ

この小さな書物は、初めは英国文化についての知識を世界に広めるために尽くす団体である英国文化振興会（ブリティッシュ・カウンシル）から委嘱され、「作家と作品」というタイトルのシリーズの中の一冊として出版されました。書名が示すように、シャーロット・ブロンテの作品を彼女の人生との関わりで検討するものです。

シャーロット・ブロンテをあまりよく知らない読者のために、私の書物がこのすばらしい作家への入門書として役立つことを願っております。けれども、この本は簡略な概説書ではなくて、最近の文学理論や批評に促されて、彼女の小説や他の作品についての私自身の分析を提示し、特に力関係に着目しました。それが家族内であれ、社会階層間であれ、男女間であれです。私の目的は、議論が興味を掻き立てつつ、読者に理解されることです。

しかしながら、私の取り組み方がかなり凝っているために、翻訳の努力が必要となり、この仕事に非常に尽くしてくださった訳者樋口陽子博士に、大変に負っております。翻訳作業中、私たちはずっと連絡を取り合いました。彼女の目配りは模範的でした。実のところ、彼女の明敏な質問のお陰で、英語は何と複雑な言語なのか、同意語に近い語句がいくつあるのか、英語の文法構成にいかに微細な区別があるのか、意味のニュアンスがいかに捉え難いかを、以前よりはるかに気付くようになりました。これらの複雑さのどれもが、細部に気付く訳者から逃れることはありませんでした。

日本では、シャーロット・ブロンテの作品がすでに人気があることを存じております。注意深く翻訳されたこの本が、皆様のシャーロット・ブロンテ作品の鑑賞を深め、広げてゆくことを念じて止みません。

パッツィ・ストンマン

二〇二三年一月

略年表

一七七七年　パトリック・ブロンテ（当時はブランティ）、現在の北アイルランドのダウン州ドラムバリロウニーに誕生。
一八〇二年　トマス・タイの後援でケンブリッジ大学セント・ジョンズ・コレッジ入学。
一八〇七年　牧師職任命後、数か所で牧師補に就任。
一八一一年　『田舎家詩集』[*1]（*Cottage Poems*）出版。
一八一二年四月　ヨークシャー西部での教区牧師時代に、シャーロットが『シャーリー』で再現したローフォウルズ工場へのラダイトの攻撃を体験。
　十二月　ペンザンス出身のメソディスト、マライア／マリア・ブランウェルと結婚。
一八一三年　『田園詩人』[*2]（*The Rural Minstrel*）出版。
一八一四年一月　マライア／マリア・ブロンテ、リヴァセッジのハイタウンで誕生。

＊1　ブライアン・ウィルクス著、白井義昭訳『ブロンテ：家族と作品世界』（彩流社、一九九四）三三頁。橋本清一訳『ブロンテ全集10　詩集＊＊』『草屋詩集』出版（みすず書房、一九九六）一一五一―一一六八頁。
＊2　藤野幸雄『『嵐が丘』：ブロンテ家の物語』（彌生書房、一九八二）三九頁。藤野幸雄『ブロンテ家の物語』（勉誠新書、二〇〇〇）四二頁。藤野氏は「一八一四年に第二詩集を刊行」を記す。

一八一五年二月　エリザベス・ブロンテ、リヴァセッジのハイタウンで誕生。

一八一六年四月　シャーロット・ブロンテ、ソーントンで誕生。

一八一七年六月　(ブランウェルとして知られる) パトリック・ブランウェル・ブロンテ、ソーントンで誕生。

一八一八年　パトリック・ブロンテ、『キラーニーの乙女』(*The Maid of Killarney*) 出版。

七月　エミリー・ジェイン・ブロンテ、ソーントンで誕生。

一八二〇年一月　アン・ブロンテ、ソーントンで誕生。

四月　家族はハワースへ転居。この地でパトリックは「終身牧師補」。

一八二一年九月　(母) マライア/マリア・ブロンテ、おそらく癌で死去。姉エリザベス・ブランウェルが妹の看護のために来訪し、その後子供たちの世話のために滞在 (子供たちは彼女を「ブランウェル伯母さん」と呼ぶ)。

一八二四年七月　年端もゆかぬマライア/マリアとエリザベスはランカシャーのカービー・ロンズデイル近くのカウアン・ブリッジにある (『ジェイン・エア』のローウッド校のもとになった)「牧師の娘たちのための学校」('Clergy Daughters' School') に入学。続いて、シャーロットは八月に、エミリーは十一月に入学。

一八二五年　マライア/マリアとエリザベス、ハワースへ戻るが、結核で死亡。シャーロットとエミリーも帰宅。

一八二六年　パトリック・ブロンテが子供たちにおもちゃの兵隊人形を購入。この兵隊人形た

一八三一年　ちが、子供たちの夥しい初期作品のもとになる。子供たちは西アフリカに虚構の「大グラスタウン」（Great Glass Town）を建設する。

一八三一年　シャーロット、マーフィールドのロウ・ヘッドにあるウラー先生の学校（Miss Wooler's School）に入学し、エレン・ナッシーとメアリー・テイラーと出会う。

一八三二年　シャーロット、ロウ・ヘッドを去り、自宅でエミリーとアンに教える。

一八三四年　仮想のザモーナ公爵はグラスタウンを去り、アングリアの国王となる。エミリーとアンは、ゴンダルという彼女たち自身の想像上の国を造る。

一八三五年　シャーロット、教師としてロウ・ヘッド校に戻る。生徒として入学したエミリーは、ホームシックで苦しみ、三か月後に帰宅する。アンが代わりに入学して、一八三七年十二月に帰宅する。

一八三八年　シャーロット、デューズベリーに移転したウラー先生の学校を去る。

一八三九年　シャーロット、ヘンリー・ナッシーからの結婚申し込みを断る。スキプトン近くのストーンガップのシジウィック夫人宅で住み込み家庭教師になるが、三か月後に去る。デイヴィッド・プライスのプロポーズを断る。「アングリアよ、さらば」[*3]（'Farewell to Angria'）を執筆。

一八四一年　シャーロット、ロウドンのアッパーウッド・ハウスのホワイト夫人宅へ住み込み

*3　'The Last of Angria'：樋口陽子訳「アングリアの最後に」。都留信夫他訳『ブロンテ全集　11 アングリア物語』（みすず書房、一九九七）六八四―六八五頁。

一八四二年　家庭教師として赴くが、四か月後に去る。

シャーロットとエミリーは、エジェ塾でフランス語とドイツ語の仕上げをするために、ブリュッセルへ行く。シャーロットは既婚の教師、エジェ先生に恋をする。

九月　パトリック・ブロンテの若い牧師補で、非常に人気のあったウィリアム・ウェイトマンが、ハワースでコレラにより死亡。

シャーロットの友人メアリー・テイラーの妹マーサ・テイラーが、ブリュッセルで、コレラで死亡。ブランウェル伯母は腸の不調でハワースで死去。シャーロットとエミリーは帰宅したが、伯母の葬儀には間に合わない。

十月

一八四三年　シャーロット、単独でブリュッセルに戻るが、孤独感が募る。

一八四四年　シャーロット、ハワースに戻る。エジェ先生は、彼女が必死の思いで認めた書簡に返信しない。

一八四五年　アン、一八四〇年以来住み込み家庭教師をしていたソープ・グリーンのロビンソン家を辞す。一か月後に、ブランウェルは、この同じ家族から、おそらくロビンソン夫人との情事のせいで、家庭教師の職を解雇される。このことで、彼は大仰に乱れ、慰めようもなくなる。

一八四六年　シャーロットとエミリーとアン、「カラー、エリス、アクトン・ベル」というペンネームで詩集を出版。書評は良かったが、売れない。

一八四七年　シャーロットの小説『教授』は繰り返し出版を拒まれたが、『ジェイン・エア』

一八四八年六月　はスミス・エルダー社が引き受けてくれ、十月に出版。たちまち成功した。エミリーの『嵐が丘』とアンの『アグネス・グレイ』は、すでにトマス・ニュービー社が引き受けていて、十二月に出版。

九月　アンの第二作『ワイルドフェル・ホールの住人』出版。シャーロットとアンは、二人が別人だということを証明するために、ロンドンを訪問。

十二月　ブランウェルは、自らの心身の健康をなおざりにしたことと、酒に溺れ、阿片チンキを乱用したことで、気管支炎で死亡。

一八四九年五月　エミリー、治療を拒んで、結核で死亡。

アンも結核に罹患。シャーロットとエレン・ナッシーと共に、スカーバラへ最後の旅をし、そこで四日後に死亡。

十月　シャーロットの小説『シャーリー』出版。

一八五〇年　今やシャーロットの身元が明らかになり、彼女は文学界に参加し始め、エリザベス・ギャスケルほか大勢に出会う。『嵐が丘』と『アグネス・グレイ』の新版に「序文」と「略伝」を書く。

一八五三年一月　鬱屈した気分と病気が長引いた後で、シャーロットの小説『ヴィレット』出版。『エマ』を書き始める。

一八五四年　シャーロット、父の牧師補アーサー・ベル・ニコルズの深い愛情を知った後で、彼と結婚。彼のアイルランドの親族たちは、彼女に好印象を与えた。

一八五五年三月　シャーロット、妊娠初期の過剰な嘔吐により死亡。

一八五七年　エリザベス・ギャスケル、『シャーロット・ブロンテの生涯』を出版。シャーロットの小説の第一作『教授』の死後出版。

一八六一年　パトリック・ブロンテ、八十五歳で死去。アーサー・ベル・ニコルズ、アイルランドへ帰郷。

略語 及び 関連翻訳書と参考図書

◆本書に収録されているテキストで日本語訳されているものを註として付し、さらに本書の理解に有用と考えられる文献を参考図書として上げた。

A.　Christine Alexander (ed.), *The Brontës: Tales of Glass Town, Angria, and Gondal: Selected Writings* (Oxford: Oxford World's Classics, 2010).[*1]

B.　Juliet Barker, *The Brontës* [1994] (2nd edition, London: Abacus, 2010).

JE.　Charlotte Brontë, *Jane Eyre* [1847] ed. Margaret Smith, intro. Sally Shuttleworth (Oxford: Oxford World's Classics, 2008).[*2]

L.　Margaret Smith (ed.), *The Letters of Charlotte Brontë*. 3 vols, (Oxford: Clarendon Press, 1995-2004).[*3]

＊1　C・アレグザンダー著、岩上はる子訳『シャーロット・ブロンテ初期作品研究』（ありえす書房、一九九〇）。
岩上はる子著『ブロンテ初期作品の世界』（開文社出版、一九九八）。

岩上はる子監訳『秘密・呪い：シャーロット・ブロンテ初期作品集Ⅰ』（鷹書房弓プレス、一九九九）。

岩上はる子監訳『未だ開かれざる書物の一葉：シャーロット・ブロンテ初期作品集Ⅱ』（鷹書房弓プレス、二〇〇二）。

都留信夫他訳『ブロンテ全集11　アングリア物語』（みすず書房、一九九七）。

＊2　シャーロット・ブロンテ著、小池滋訳『ブロンテ全集2　ジェイン・エア』（みすず書房、一九九五）。

＊3　中岡洋、芦澤久江編訳『シャーロット・ブロンテ書簡全集／注解』全三巻。（彩流社、二〇〇九）。　上：一八二九―一八四七、中：一八四八―一八五〇、下：一八五一―一八五五。

G.　Elizabeth Gaskell, *The Life of Charlotte Brontë* [1857] ed. Angus Easson (Oxford: Oxford World's Classics, 2009).[*4]

P.　Charlotte Brontë, *The Professor* [1857] ed. Margaret Smith and Herbert Rosengarten (Oxford: Oxford World's Classics, 2008).[*5]

S.　Charlotte Brontë, *Shirley* [1849] ed. Herbert Rosengarten and Margaret Smith, intro. Janet Gezari (Oxford: Oxford World's Classics, 2008).[*6]

V.　Charlotte Brontë, *Villette* [1853] ed. Margaret Smith and Herbert Rosengarten,intro. Tim Dolin (Oxford: Oxford World's Classics, 2008).[*7]

その他の主な和文参考資料

シャーロット・ブロンテ、パトリック・ブランウェル・ブロンテ、アン・ブロンテ著、鳥海久義、野中　涼、森松健介訳『ブロンテ全集10　詩集＊』（みすず書房、一九九六）。

エミリ・ブロンテ、パトリック・ブロンテ著、川股陽太郎、橋本清一訳『ブロンテ全集10　詩集＊＊』（みすず書房、一九九六）。

Sandra M. Gilbert and Susan Guber, *The Mad Woman in the Attic: the Woman Writer and the Nineteenth Century Literary Imagination* (New Haven and London: Yale University Press, 1979; Second printing, 1980).

山田晴子、薗田美和子訳『屋根裏の狂女――ブロンテと共に』（朝日出版社、一九八六）。

中岡　洋編著、『ブロンテ姉妹の留学時代』（開文社出版、一九九〇）。

青山誠子『シャーロット・ブロンテの旅・飛翔への渇き』（研究社出版、一九八四）。
山口弘恵著『アン・ブロンテの世界』（開文社出版、一九九二）。

●本文中で、訳者の記載のないものは樋口陽子訳。

＊4　エリザベス・ギャスケル著、中岡洋訳『ブロンテ全集12　シャーロット・ブロンテの生涯』（みすず書房、一九九五）。
＊5　ギャスケル夫人著、和知誠之助訳『シャーロット・ブロンテの生涯』（山口書店、一九八〇）。
＊6　シャーロット・ブロンテ著、海老根宏（武久文代、廣田稔）訳『ブロンテ全集1　教授』（みすず書房、一九九五）。
＊7　シャーロット・ブロンテ著、都留信夫訳『ブロンテ全集3　シャーリー 上』、『ブロンテ全集4　シャーリー 下』（みすず書房、一九九六）。
　シャーロット・ブロンテ著、青山誠子訳『ブロンテ全集5　ヴィレット 上』、『ブロンテ全集6　ヴィレット 下』（みすず書房、一九九五）。

第一章　幼少期と初期作品

「勇気を出して、シャーロット、勇気を出して」[*1]（G. 309）

これはシャーロット・ブロンテの妹アンの臨終の言葉である。一八四九年に亡くなった時、アンは、六人きょうだいでただ一人三十三歳のシャーロットを残して逝くことを知っていた。シャーロットの妹であり、アンの姉であるエミリーも、勇気あれと願っていた。

ただひたすら　わたしが乞い願うのは
生と死を通して　耐える勇気のある

＊1　エリザベス・ギャスケル著、中岡洋訳『ブロンテ全集12　シャーロット・ブロンテの生涯』（みすず書房、一九九五）四六一頁。ギャスケル夫人著、和知誠之助訳『シャーロット・ブロンテの生涯』（山口書店、一九八〇、第一七章）四二四頁。山口弘恵著『アン・ブロンテの世界』（開文社出版、一九九二）八〇頁。「勇気を出して、シャーロット、勇気を出してね」

なにものにも囚われない魂。[(1)][*2]

シャーロットと彼女の姉妹たちと弟は、ごく幼い時から、悲嘆と死別に耐える勇気を奮い起こさねばならなかった。子供たちの母親が一八二一年に亡くなった時、シャーロットは五歳、弟のブランウェルは四歳、エミリーは三歳で、アンは一歳だった。上の二人の姉たち、マライア／マリアとエリザベスは、ほんの七歳と六歳だったが、ある程度母親代わりをしていた。けれども三年後には、二人は、後にシャーロットとエミリーも合流することになった教育施設として悲惨極まりない「牧師の娘たちのための学校」（シャーロットの『ジェイン・エア』のローウッド校）に入れられた。マライアとエリザベスは帰宅したものの、十一歳と十歳で順に亡くなった。シャーロットは九歳で最年長者になり、七歳のエミリーと共にヨークシャーのウェスト・ライディングのハワースにある家庭に戻り、ブランウェルとアンに再会した。

当時のハワースは、よそ者には気候の厳しい遠隔地で、文明開化していない地域とさえ見做されていた。しばしば孤立した村と言われていたが、実は羊毛生地を生産する小さな産業の町だった。険しいメインストリートの坂道の両側のそこここにある小屋で働く手織り織機の織り手たちがいた。下の谷には、二十近くの小規模な織物工場があった。しかし、ブロンテたちの父親は商人ではなくて、ハワースの「終身牧師補」（教区牧師というわけではないが、下位の牧師補より上の階級）だった。一家が暮らしていた牧師館は、町からやや離れた玉石敷きの通りを上がり切った所にあり、教会に面した墓地で二方を囲まれていた。牧師館の背後には、一見限りなく広がる荒野が、水平線まで伸びている。

シャーロットとアンが帰宅した一八二五年から、シャーロットが再び学校へ入学した一八三一年まで、生き残った四人の子供たちは、父親パトリック・ブロンテ師と、子供たちの母親の姉の「ブランウェル伯母さん」と、牧師館で暮らした。伯母は遠いペンザンスの家を離れて、子供たちの世話をするために来てくれていたのだった。よそ目には、侘しい暮らしのように見えた。一八五〇年に、マンチェスター在住の小説家エリザベス・ギャスケルが、ただ一人生き残ったシャーロットに初めて会った時、友人に、「B嬢の暮らしのような暮らしを、私はこれまでに一度も聞いたことがありません」と書いた。ギャスケルは、姉妹たちも弟も皆が亡くなった後で、シャーロットを牧師館に訪ねた。シャーロットの寂寥感の強烈な印象は、子供たちが幼いうちに母を失ったことについてのギャスケルの想像力を歪めた。一八五五年にシャーロット自身が亡くなった後で、ギャスケルが『シャーロット・ブロンテの生涯』（一八五七）を書いた時、彼女は子供たちには友人がいない、という忘れたくても忘れられない孤独の姿を描いた。子供たちは、すでに「年齢以上に落ち着いていて、もの静かであった」[*3]（G. 43）。母親と二人の姉たちが亡くなった今では、「なおさらおとなしく、一層孤独になっていった」[*4]（G. 46）。

けれども近年の学者たちは、子供たちの幼少期について、異なった姿を示す。なぜ二つの異なる意

*2　エミリー・ブロンテ著「老克己者」第一四六番、一八四一年三月一日。川俣陽太郎・橋本清一訳『ブロンテ全集10　詩集＊＊』（みすず書房、一九九六）九四八頁。
*3　中岡洋訳『ブロンテ全集12　シャーロット・ブロンテの生涯』（みすず書房、一九九五）四八頁。
*4　中岡洋訳、前掲書、五三–四頁。

が考えられるのかは、エミリーとアンが十代後半だった一八三七年に書いた『日誌』を読めば多分わかるだろう。この日誌には、紙の散らかったテーブルに向かって腰掛けている二人の少女のスケッチが描かれている（A. 486）。ギャスケルに印象を与えた使用人たちは、このように本好きな子どもたちを「年齢以上に落ちついていて、もの静かであった」と思っただろう。しかし、子供たちが読んだり書いたりしたものを知れば、子供たちへの見方も変わるだろう。ギャスケル自身、子供たちは「お互い同士にとってお互いがすべてであった」から、「交際というものを求めはしなかった」（G. 46／前掲書、五六頁）ことをよく承知していた。彼女は、紙の表紙に縫いつけられて、極めて小さい文字で書かれた僅か数センチ幅の大量の超小型本について、驚嘆の念を抱いて報告した。これらは、シャーロットとエミリーがカウアン・ブリッジ校から帰宅した後で、子供たちが書いたものだった。

ギャスケルは、伝記を書き進めることを強く願っており、この書き物は虫眼鏡を使ってのみ、ようやく判読できたので、この初期の小型本を、おそらくほんの数冊読んだだけだっただろう。子供たちの早熟な作品の扱う範囲と熱意には、強く印象づけられはしたものの、扱われたテーマの中には、シャーロットを作家としてのみならず、品行方正なヴィクトリア朝の淑女として提示したいという彼女の意図とは、うまく噛み合わないものもあった。彼女は、シャーロットが十三歳で書いていた物語を数編読んだ時、ある友人に、「もっとも荒々しく、もっとも首尾一貫しないもの」で、「狂気の淵にまで運ばれた創造力という考えを読者に与えるものです(3)」と述べた。今日、私たちは、この「小さな本」について、本文を校訂し、内容を分析した現代の学者たちのお陰で、当時よりも多くの事柄を知っている(4)。けれども、ギャスケル自身も、どのようにしてこれらの書き物のうちのあるものが出来上がったかについて、シャーロットの説明を引用している。シャーロットの「その年の出来事」（一八二九）で、彼女は以下のように述べている。

パパが、ブランウェルに、リーズでいくつかの木の兵隊を買ってきました。［そこで］翌朝ブランウェルは、一箱の兵隊人形を持って、私たちの部屋にやってきたのです。エミリと私はベッドから飛び出しました。私は一つをひっつかんで、「これはウェリントン公爵よ！　これを公爵にするわ！」と叫びました。私がこう言い終わったとき、エミリも同じように一つを取り上げてそれを自分のものにすると言いました。そのときアンが［階段を下りて］やって来て、一つを自分のにすると言いました。私のが、全部の中でいちばんきれいで背が高く、あらゆる点で完全無欠でした。[*5]（G. 70）

最初期作品の最も権威ある校訂者のクリスティン・アレグザンダーは、次のように指摘している。

この初期に書かれた想像による芝居の驚くべき特徴は、ブロンテの子ども達の侘しい子共時代という通常の物語とは矛盾する登場人物たちの自信と強がりだ。侘しい子供時代というのは、ヨークシャー荒野のはずれにある孤立した村で、気難しい父と住み、人間の暮らしに対して敵意

＊5　青山誠子訳『ブロンテ全集11　アングリア物語』「今年のできごと」（みすず書房、一九九七）四–五頁。

ある環境の中で身を寄せ合って生きていた四人の母なし子たちについて、ギャスケルが記載したものに由来している。（A. p. xv）

「その年の出来事」の中で、シャーロットは、たしかに自信があって独断的な印象を与える。もしも、彼女のウェリントン公爵に対する熱狂が驚くべきもののように思えるとしても、私達は、一八二九年に、公爵が軍の英雄で、ワーテルローの勝者であったのみならず、当時は首相だったことを、子供たちは新聞で読んでいたので、彼についてすべてを知っていた、ということを想起するべきである（ワーテルローとは、シャーロットの生まれたほんの一年前の一八一五年に起きた決定的戦闘だった）。「その年の出来事」の初めの部分で、シャーロットは次のように説明している。

うちでは週に二つの新聞を取り、三つの新聞に目を通します。トーリー党の新聞『リーズ・インテリジェンサー』と、ベインズ氏、彼の弟、婿、二人の息子のエドワードとトールボット・ベインズが編纂しているホイッグ党の『リーズ・マーキュリー』を取っています。私たちは『ジョン・ブル』にも目を通します。これは極端な保守主義で、とても過激です。お医者のドライヴァー先生が、この新聞を、いちばん優れた雑誌『ブラックウッズ・マガジン』と同様に、私たちに貸してくださるのです。[*6]（G. 69）

それから、シャーロットは（年齢と誕生日を付けて）その編集者の名前や、「もっとも非凡な天才の持ち主、スコットランドの羊飼いジェイムズ・ホッグ」(5)*7 (G. 69)を含めたすべての寄稿者たちの名前を列挙し続ける。今日の十三歳の少女が、新聞に関わる人々にこれほど執心することを想像することは難しい。けれども、これらのジャーナリストたちは、ただ知的興味を喚起するばかりではなく、高度な感動を引き起こす能力も持っており、当時のメディアのスターだった。ブロンテたちの初期作品でニュースから取り上げる実際の事件や実在の人々は、想像上の場所や事件を特徴づける虚構の登場人物に発展してゆき、この二つの世界は、はっきりと区別できるというわけではない。

シャーロットの「島人たち」の第二巻で、アフリカの沿岸から離れた島での学校の暴動についての物語を、彼女は突然に中断する。そして、一八二九年のカトリック教徒解放法案についての実際の議会での議論を紹介する。

「議会が開かれカトリック問題が提出され、公爵の政策が示されると、あたりは野次、怒号、激励と大混乱におちいった。国王の演説から今日までの三ヶ月の日々。だれもカトリック問題とウェリントン公爵あるいはピールのこと以外は、考えることも話すことも書くこともできないというありさまだった。カトリック教徒受けいれの条件を述べたピールの演説を報じた『インテリジェンス』の特別号がきた日のことを、私は覚えている。お父さまは夢中で包み紙をひきはがし、

＊6　青山誠子訳『ブロンテ全集11　アングリア物語』「今年のできごと」（みすず書房、一九九七）三–四頁。なお、青山訳では英語原文の Baines を「ベイン」としてあるので、引用文を訂正した。

＊7　エリザベス・ギャスケル著、中岡洋訳『ブロンテ全集12　シャーロット・ブロンテの生涯』（みすず書房、一九九五）八七頁。

わたしたちはまわりに集まって不安に息をつめて、お父さまがひとつひとつきちんとわかりやすく読みきかせ、説明を加え、意見を述べるのに聞き入っていた。それがすべて終ると伯母は、とても素晴しいと思います、これだけ安全対策をしておけば、たとえカトリックでも悪さはできないでしょう、といった。思えば法案が上院に達するかどうか疑問視され、おそらく可能性はないといわれていたのだった。その問題を決定する新聞が届いたとき、不安は恐ろしいまでに高まり、わたしたちは緊張につつまれて事の成行きを見守った。扉が開く音がし、議場は静まりかえり、正装した貴族院議員たちが居並び、緑の飾り帯と胴着を身につけた公爵が立ち上がると、貴族夫人の全員が起立し、演説が読みあげられた。お父さまは、それらが黄金のごとく貴重な言葉だといい、ついに法案は四対一で可決されたのだった。しかし、これは余談です。云々」[(6)][*8](A. 18–19)

シャーロットがこれらの情景を述べた時の息もつかせぬ熱狂は、劇的に物事を真に迫って描き出す能力だけではなく、彼女が家庭という温室のような雰囲気の中で暮らしていたことも示唆する。子供たちの物書きの少なくとも初期段階では、家族が分かち合ったこの興奮の中心には、「パパ」の姿があった。

晩年のパトリック・ブロンテ師と会ったギャスケルは、彼の厳めしい態度に怯えたことと、不満を抱いていた召使たちの作り話によって惑わされて、彼を隠者のような変わり者だと述べた。けれども、ブロンテ一家に関して、最も権威ある現代の伝記作家のジュリエット・バーカーは、パトリック・ブロンテについて、まったく異なる見解を明らかにした。(7) この地域の記録を調べて、彼女は、彼が（例えば新聞社数社に手紙を書いて）国家の政治活動で注目した事や、ハワースの教区の出来事に関して身近に関わった事柄や、将来の作家としてのシャーロットにとって最も重要なことだが、自分の子供たちの教育について強い関心があったことを、示してくれている。この「気難しい」と思われた父親には、ユーモアのセンスすらあった。それで、彼の奇行についてのギャスケルの伝記への反応は、予想外に穏やかだった。彼はギャスケル宛ての手紙にこう書いた。「拙者は自分がなぜか変わり者（excentrick）だということを否みはしませぬ。拙者が世間の穏やかで物静かな内気な者（concentric）の一人に数えられるなら、拙者は今の拙者ではないでしょうな。ほとんど確実なことは、拙者の子供たちのような子供たちを持つことにはなるまいよ」(B. 947)。

「大公爵」を称賛することで、子供たちは、明らかにパパの判断に応えている（「パパの言葉は貴重な金のようでした」）、そして外界についてのパパの解釈は、少なくとも初めの頃には、新聞で子供たちが読む物について、価値の枠組を与えて来た。実際、パトリック・ブロンテは前世紀に他国で始まった自分の経験から、子供たちに多くの物事を伝えてきた。パトリック・プランティ、あるいはパト

＊8　C・アレグザンダー著、岩上はる子訳『シャーロット・ブロンテ初期作品研究』（ありえす書房、一九九〇）八一―二頁。「しかし、これは余談です。云々」は前掲書にはなく、以下から借用した。ギャスケル夫人著、和知誠之助訳『シャーロット・ブロンテの生涯』（山口書店、一九八〇）八六頁。なお、Brontë: Miscellaneous and Unpublished Writings of Charlotte and PB Brontë. Volume II. (The Shakespeare Head Press and Kinokuniya, 1989) p. 468 では、"Oh, those six months, …" となっており、和知訳と同様に、中岡洋訳『ブロンテ全集12　シャーロット・ブロンテの生涯』（みすず書房、一九九五）第5章、八九頁でも「六ヵ月」となっている。

リック・ブランティと名付けられて、彼は、一七七七年にアイルランド〔現在の北アイルランド〕のダウン州ドラムバリロウニーの二部屋しかない小屋で、十人の子供たちの長子に生まれた。驚いたことに、彼は十六歳で自分自身の学校を開校し、二十一歳で、地元のウェズレー教徒〔メソディスト教徒〕の郷士であるトマス・タイの家族の家庭教師となった。タイの後援で、パトリックはイングランドへ出かけ、ケムブリッジ大学セント・ジョンズ・コレジに入学した。一八〇七年には、ウェストミンスターのセント・ジェイムズ宮殿の王宮付属会堂（チャペル・ロイヤル）で、英国国教会の牧師に任命された。彼は、若い時期には、悲しみに耐えるためにではなく、危険を冒して大志を実現するために、勇気を必要とした。けれど、もし彼にアイルランドの小屋から王宮付属会堂へと目覚ましく上り詰めた向こう見ずの勇み肌があったとしても、思慮深さも必要であった。

ドラムバリロウニーでは、プロテスタントが優勢であったけれども、相当数のカトリック少数派もおり、パトリック自身の母親はカトリック教徒だったかもしれない。当時、アイルランド全土は英国の統治下にあって、両国のカトリック教徒たちは、公職からも、投票からも、議員になることからも締め出されていた。英国の国教会派は、ローマ教会信徒による侵略を恐れていた。一方、英国政府は、アイルランドにいて市民権を強く要求するカトリック多数派からの脅威を受けていた。一七九八年に、パトリックの弟の一人が、フランス革命の勢力によって鼓舞され、支持されて、何よりもカトリック教徒のための市民権を獲得するために、ユナイテッド・アイリッシュメンの武装蜂起に参加した時、パトリックはこの扇動的圧力を強く痛感した。パトリックがトマス・タイのプロテスタントの家で暮らしていたまさにその地域で当時彼が経験した暴力沙汰の情景と敗北した反逆者たちへの英国軍の懲罰的大虐殺は、生涯を通じて暴動への恐怖を生み、彼の奇妙にも進歩的な保守主義を説明するのに役立つが、これをシャーロットは父親と共有するようになった。二人共それぞれが、被圧迫者に対する同情を、法の規則への熱烈な信念と結び付けている。それ故に、これ以上の暴発を除くだろうと彼が願った権利をカトリック教徒に与える一八二九年のカトリック教徒解放法案で、彼は心から安堵した。(8)

カトリック教徒だけが、パトリックの青年時代に平穏を脅かした唯一のものではなかった。一八〇二年に、イングランドへ旅行した時、彼はアイルランドでの事件についての不安のみならず、フランス革命の暴力とナポレオン・ボナパルトの侵攻に対するすさまじく、恐ろしいほどの反感があるのを知った。イングランドは、一七九三年以来、共和制とナポレオン帝政を合わせた革命体制のフランスと戦っていて、一八一五年までナポレオンと戦い続けようとしていた。この風潮の中で、パトリックは法と秩序の力を信奉するようになった。ケムブリッジに到着後、彼はナイル川の合戦（一七九八）の英雄で、ナポリ王が感謝して新たに「ブロンテ公爵（Duke of Brontë）」の称号を授けたネルソン卿に敬意を表して、自分の名前をブロンテ（Brontë）と登録した。一八〇四年に、彼は、まもなく国防長官になった若いパーマストン卿の指揮下で、フランスの侵入に反対して招集された志願兵の組織に誇りをもって志願した。同じ精神で、彼はアーサー・ウェルズリー、後のウェリントン公爵の指揮下で、イベリア半島作戦*9に熱心に従った。スペインのタラヴェーラ、サラマンカとイ

*9　一八〇八―一四にウェリントン公爵の率いるイギリス軍が、スペイン・ポルトガル両軍と連合し、イベリア半島に侵攻したナポレオン軍を撃退した民族主義的戦争。

タリアのヴィトーリアというウェルズリーが勝利した地名は、ブロンテ家の子供たちによく知られており、子供たちの初期作品に現れる。

しかし、海外の戦争は、パトリックの混乱した時期に、彼が出会ったものの終わりではなかった。一八〇七年の牧師職任命の後で、彼はエセックスとシュロップシャーで、そして最後に西ヨークシャーの羊毛生産の町で牧師補を勤めた。ここで彼は産業革命で作り出された新興都市の労働者階級の深刻な貧困と悲惨な生活状況に、身近に遭遇した。産業革命は、手織り織機を大規模な機械と置き換え、失業が飢餓を意味した時代に、労働者が過剰になることになった。ナポレオンに対する作戦の一部として、政府は、ヨークシャーの羊毛の主な顧客であった合衆国を含む中立の国々が、フランスと交易することを制限する「枢密院令」を発布した。その報復として、アメリカは英国の商会からの注文を取り止めて、貿易は惨憺たる水準にまで落ちた。絶望した労働者たちは素性の知れない「キャプテン・ラッド」に率いられて、機械打ち壊し運動という作戦活動を始めた。一八一一年には、ラダイツ〈機械破壊運動の労働者たち〉と戦った政府軍の軍隊は、イベリア半島作戦で戦った軍隊よりも多かった。そしてパトリックは、自分がまたもやこの面倒ごとの真っ只中にいるのを知った。一八一二年に、彼はハーツヘッドで牧師補だった。ここで、彼の教区の男たちは、輸送中の機械を破壊するラダイト派の襲撃に参加し、有名な話だが、ローフォウルズ工場襲撃にも加わった。パトリックは暴力を嘆いたが、産業革命に関わる暴動の話は、明らかに彼の体験から得られたもので、子供たちの初期の物語に現れるのみならず、シャーロットの成人になってからの小説『シャーリー』(一八四九)にも描かれる。

年少のブロンテ家の子供たちには、父親の見解が範を示したけれども、子供たちの初期の書き物が盲目的に国教徒的だというのではなかった。おそらく、おもちゃの兵隊たちに合うようにと選ばれた子供たちのとても小さな本は、大人の干渉を阻むように考えられた一種の安全策だったのだろう。知ってのとおり、エリザベス・ギャスケルは、彼女が読んだものの中に、明らかにショックを受けたものもあった。彼女はシャーロットの物語の中のいくつかには、「非凡な長所」(G. 67／八四頁) があるのを知るが、「現実の事件に関する叙述は、……家庭的で写実的でぎごちないものではあるけれども、いったん創造力の出番となると、彼女の空想と言語はともに奔放となり、時にはまさにはっきりとした譫言（うわごと）となりかねないこともある」(G. 71／九〇‐一頁) と書いている。

文体の多様性は、年端もゆかぬブロンテ家の子供たちの大好きな雑誌、『ブラックウッズ・エディンバラ・マガジン』にある程度由来している。これには、政治や科学や探検の地味な記載と同じく、ゴシック小説や超自然的物語も含まれた。ブラックウッズ誌は、子供たちに、書いた物への信頼できる体裁も提供した。子供たちは書名の頁の体裁と想像による刊行の詳細にいたるまでも模写したのだから。子供たちは、また、「物語、論文、詩、絵画の批評、書評、編集者への書簡や『会話』にいたるまで、書き物のジャンルに相応しいそれぞれに異なった修辞上の技術を学んだ。『会話』は、“Noctes Ambrosianae” (A. p. xix) として知られている有名な文学上の議論や時事問題の議論に基づいていた。多様なジャンルには多様な意見を必要とした。そして、シャーロットとブランウェルの両人共が、多くの明らかに著名な登場人物を発展させた。[*10]

＊10　Noctes Ambrosianae は、一八二二‐三五に Blackwood’s Edinburgh Magazine に掲載された J. G. Lockhart によって発案され、Ambrose’s Tavern で行われた John Wilson 等の有名作家たちの七十一の対話集で、スコットランドのロマン派的様相を記す。

例えば、どのようにしてシャーロットがおもちゃの兵隊たちのエピソードを、異なった人物の発言に書き改めているかを知ることは、興味深い。「今年のできごと」[11]で、シャーロットと彼女の弟妹たちは、ありのままで現れる。そして十二人の兵隊たちのうちの一人を「ウェリントン公爵」だと宣言するのは、シャーロットだ。しかし、「十二人の探検家」[12]というシャーロットの物語は、「十二人」それぞれの視点から書かれていて、その中には、若いアーサー・ウェルズリー（史実として、彼は後年ウェリントン公爵になる）を含む。この物語では、十二人はイングランドから船で出帆し、風で吹き流されて進路をはずれてトリニダードへ、それから、西アフリカへ行き、そこで彼らはグラスタウンという大都市を建設する。超自然の招きに応えて、広大な砂漠を一昼夜歩き続け、一同は「ダイアモンドの宮殿」を見つける。「ルビーとエメラルドの柱にはまばゆいばかりのランプが輝いている」。これが「魔神たちの王子たち」の館だ。「守り神の王子たちが座っていた」「彼らの衣には金の刺繍が施され、ダイアモンドが散りばめられていた」「守り神の長たちは、……アーサー・ウェルズリーの手を取って叫んだ。このお方こそ、ウェリントン公爵になられるお方だ！」[13]。彼女（それは、もちろん、シャーロットだ）は、それから、未来の公爵の輝かしい経歴（A. 11）を予言する。眺望の変化は、「実際の」事件（おもちゃの兵隊たちの到着）となって現れる。そして、旅行譚、魔法、改変された歴史と、念入りに変化することになる。お話を生み出す創造力は、牧師館で暮らす平凡な日常の子供たちに、超自然的な力を与えている。

『島人たち』（一八二九）の中では、焦点の当て方が変わってくる。ここでは、今や古参の政治家となった公爵が、イベリア半島作戦中にサラマンカで体験した幻影について、二人の息子に語る。この幻影は、彼が「物凄い怪物……黒くて醜悪で……野獣の皮を身にまとい、額には……『偏屈』という一語の焼き印が押されている」物に、将来遭遇することを予言する。この幻影の中で、公爵は「『正義』の文字が金文字で書かれた投げ矢」[*14]（A. 26）を怪物に向かって投げつけることで、怪物を征服する。この投げ矢とは、もちろん、寓意の形で表現されたカトリック教徒解放法案だ。この二つの例だけでても、用いられたスタイルの多様性は、シャーロットが『ブラックウッズ誌』以外の手の届く出典から引き出してお話を紡いだことがわかる。たとえば（宝石を散りばめた宮殿は）聖書の「ヨハネの黙示録」、（魔人たちは）『千夜一夜物語』、（怪物は）バニヤンの『天路歴程』。子供たちの後年の書き物は、スコット、シェイクスピア、古典からの幅広い出典を含み、その言及の範囲の広さには瞠目するばかりである。

おもちゃの兵隊たちは、もちろん、みんな男だった。ブランウェルの兵隊人形は、初めはナポレオ

＊11　一八二六年六月六日の朝の情景。一八二九年三月十二日記。シャーロット・ブロンテ著、青山誠子訳『アングリア物語』「今年のできごと」から「若者たち」（みすず書房、一九九七）四–五頁。青山誠子著『青年たち（一八二六年六月）』『ブロンテ姉妹』（清水書院、一九九四）三四頁。C・アレグザンダー著、岩上はる子訳『シャーロット・ブロンテ初期作品研究』（ありえす書房、一九九〇）五二頁。

＊12　岩上はる子著『ブロンテ初期作品の世界』（開文社出版、一九九八）三五頁以降。一八二九年四月。

＊13　岩上はる子著『ブロンテ初期作品の世界』（開文社出版、一九九八）三八–三九頁より抜粋。青山誠子著『シャーロット・ブロンテの旅：飛翔への渇き』（研究社出版、一九八四）五頁。青山誠子著『ブロンテ姉妹：女性作家たちの十九世紀』（朝日新聞社、一九九五）五二–五三頁。内田正子『ブロンテ全集２　アングリア物語』「ある夢想の物語」（みすず書房、一九九七）一五頁。

＊14　C・アレグザンダー著、岩上はる子訳『シャーロット・ブロンテ初期作品研究』（ありえす書房、一九九〇）八四頁。

ン（シャーロットのウェリントン公爵にとってぴったりの敵将）で、後にノーサンガーランド伯爵アレグザンダー・パーシーに発展した。エミリーとアンはパリとロスを選んだ。この二人はブラックウッズ誌で北極探検が報道された英国海軍の英雄たちだった。子供たちが発明したグラスタウン〔後の「ヴェルドポリス」〕とアングリアでは、現実世界におけると同様に、大海原を航海したり、植民地に定住したり、都市を建設したり、戦場で戦ったりしたのは男たちだった。しかし、シャーロットはティーンエイジャーになるにつれて、男性の英雄的行為についての考え方が、バイロンの詩によって変わっていった。

シャーロットとエミリーとアンの有名な小説は、一八四〇年代と一八五〇年代という性的なお上品ぶりと因習社会とに結び付くヴィクトリア朝〔一八三七―一九〇一〕に出版された。けれども、父親は十八世紀に成人し、子供たち自身はおおまかに「摂政期〔一八一一―二〇〕」と見做されるヴィクトリア朝期以前に成長していった。一八二〇年にジョージ四世となった摂政の宮〔ジョージ三世の治世中〕は、浅薄で、かつ、けばけばしく、浪費的で、過剰に貴族的な様式に「摂政時代」という自分の名前をつけた。これは当時のいわゆる「社交界」小説〔一八二五―三七あるいは一八二六―四一〕の中で述べられており、この風潮はヴィクトリア女王の治世が一八三七年に始まるまで続いた。(9) エミリーとちょうど同年齢だった将来の女王は、実際には最も礼儀正しく育てられた。けれども、シャーロットの『島人たち』*15〔一八二九〕では、「ヴィットリア王女」は「これ以上はないようなけしからんやり方で……絶えず喧嘩をしたり、争ったり」する手に負えない女生徒として現れ、現在のところ、「島の非常に荒れ果てた場所で野営している」（A. 20–1）。

このヴィクトリア朝期以前の風潮がもたらした結果の一つは、パトリック・ブロンテが十九世紀後半では少女たちのためには適切と思われた道徳的な風紀取り締まりを、娘たちには行わなかった、ということだった。一八二〇年代にでさえ、彼が娘たちに新聞各紙だけではなく、バイロンの詩を読むことも許したことは、やはり注目に値する。バイロンは「賛否両論あったけれども」、上流社交界の名士の間では、「まだ非常な人気を博していた[10]」。もっと節度のある人々のグループでは、彼は醜聞まみれで不道徳だと思われていたけれども。たとえば、一八一三年から桂冠詩人（一八四三年まで）で、後にシャーロットが忠告を懇請したロバート・サウジー（一七七四―一八四三）は、バイロンの『ドン・ジュアン』（一八一九―二四）を、嘲笑に「戦慄をもよおすものや、不信心を伴った堕落、反政府的扇動と誹謗を伴った放蕩[11]」を混ぜ合わせた「社会に対する……高度な罪悪」と見做した。十代後半で、シャーロット・ブロンテは、敬虔さよりも世間の流行に同調し、クリスティン・アレグザンダーによれば「憑りつかれた状態すれすれまで[12]」バイロンの作品をおもしろがって貪り読んだ。『チャイルド・ハロルドの巡礼』（一八一二―一八）や、『トルコ物語』――『邪宗徒』、『アバイドスの花嫁』、『海賊』と『ララ』（一八一三―一四）――の主人公たちは、やはり冒険家、海賊、兵士たちだった。しかし、彼らの気性は、それまでにシャーロットが出会ってきた誰よりも、はるかに魅力的だった。彼らはハンサムで、勇猛で、傲慢で、冷笑的で、むら気で、謎めいており、女性にとっては抗いがたかった。十八歳の一八三四年までに、シャーロットはトマス・ムア（一七七九―

＊15　岩上はる子著『ブロンテ初期作品の世界』（開文社出版、一九九八）三三一頁以下に、一八二七年に始まったという記載。

一八五二）の『バイロンの生涯』（一八三〇）を読み、彼の結婚、不貞、義妹への近親相姦の愛、母親がメアリー・シェリーの義妹だったバイロンの私生児の娘について、すべて知っていた。この時までに、シャーロットの作り出したウェリントン公爵の扱いは、丁重だがどちらかというとおもしろみのないものになってきていて、彼女の焦点は公爵の二人の息子たちに向けられた。長男も同じくアーサー・ウェルズリー、ドゥアロウ侯爵と呼ばれていたが、グラスタウンの貴族ザモーナ公爵に昇進し、次いでアングリア国王に昇格した。ザモーナは、あらゆる点でバイロン風だった。初めは若い神のようだったが、武勇談を重ねて行くうちに、冷笑的で野心満々で、女性たちとの関係では無慈悲な性格に変貌していった。

ロマンス小説の中のバイロンにそっくりな男たちは、男性の観点から見るとスリリングだ。けれども、シャーロットにとっては、女性たちは、たとえ女主人公たちであっても、男性の世界では無力なチェスのポーン〔将棋の歩〕に過ぎず、マゾヒスティックな報いを受けるのがせいぜいだ、という気持ちから逃れることはできなかった。「呪文」[*16]〔あるいは「呪い」〕（一八三四）で、読者はザモーナの愛人であって、彼の子供たちの子守兼家庭教師であるマイナ・ローリーに出会う。生まれの卑しい臣下で、自分の従属的立場が気に入っており、「彼の生まれながらの奴隷」であることを誇りにしている。ザモーナの医師は、彼女について「惚れることに運命づけられた奴隷――献身的で、苦悩し、一つの考えに没頭し、その魅力が彼女を非常に強く束縛するような男の重荷を負うことと、彼の軛を担うことに、一種の奇妙な喜びを見出す」（A. 114）者として、述べる。このような女たちは、バイロン的な英雄には自然についてくる補完物で、ザモーナと繋がりのあるすべての女性たち――彼の三人の貴族出身の妻たちすらも――彼の魅力に「囚われて」いる。[13]

シャーロットは傲慢な男らしさに対抗するために、確かにある武器を持っていた。これは風刺であった。ファニー・ラッチフォードがシャーロットのザモーナの描写で「バイロン風の乱痴気騒ぎ[14]」と呼んだものに彼女が耽溺していたにもかかわらず、「彼女は、第二の人物、つまりザモーナの弟のチャールズ・ウェルズリー卿を用いることによって、自分の創ったザモーナから、ある程度の距離を置くことができた。ウェルズリー卿は、君主に相応しい兄を特に犠牲にする終始一貫して軽薄で、反抗的で、皮肉屋だ」。私たちが知っている最も完璧なザモーナ像は、実のところ、（シャーロットが一八三四年に書いた）彼をけなす弟の言葉「画集をのぞく」に由来する。

火か！　稲妻か！　これはいったい何者か？　旗印に染め抜かれた日輪さながら、ザモーナの姿が口絵を飾っている。……ご婦人方が何とお呼びになるか知らないが、いつもながらの堪えがたいというか抗いがたいというか独特の雰囲気に包まれ、雷が落ちようとも瞬きはおろか眉ひとつ動かさぬとばかりに立ちはだかっている。情熱と栄光の人！……おおザモーナよ！　漆黒の羽飾りの陰に光るその眼！　そこに善なるものは少しも宿っていない。……ここにあるのは鎮まる

＊16　「呪文」：*The Spell, EWCB,* Vol. 2, Part 2, p. 150. C・アレグザンダー著、岩上はる子訳『シャーロット・ブロンテの初期作品研究』（ありえす書房、一九九〇）一六五頁。一八三四年六月二十一日–七月二十一日。
「呪い：狂想的作品」（*The Spell, An Extravaganza*）岩上はる子著『ブロンテ初期作品の世界』（開文社出版、一九九八）一一九–一二二頁。一八三四年六月–七月。
「秘密・呪い」：岩上はる子監訳『シャーロット・ブロンテ初期作品集 Ⅰ』（鷹書房弓プレス、一九九九）一〇三–一五四頁。

ことのない情熱と燃えさかる炎ばかりだ。罪への衝動、誇りに猛り狂い、舞いあがり駆けくだる熱狂、戦いと詩作、それらは体じゅうの血管に火をつけ、荒々しい血潮は心臓で燃えたぎり噴出する溶岩流となってふたたび帰る。若き公爵だと？　若き悪魔よ！(15)*17

もちろんバイロン自身は、『ドン・ジュアン』（一八一九－二四）では自嘲的に書いた。シャーロットも彼女の若い頃の摂政政治時代の流行りの小説類の皮肉な語調を熟知していた。ブラックウッズ誌に書評へザー・グレンは、シャーロットの一八三〇年代の執筆の社会的状況は、ブラックウッズ誌に書評が出て抜粋が載ったエドワード・ブルワー・リットン（一八〇三－七三）の『ペラム』（一八二八）のような「社交界」小説に由来することを、説得力を込めて説明する。シャーロットの物語では、とグレンは以下のように論じる。

社交界小説におけると同様に、読者は特権的上流階級の半ば風刺的で、半ば魅惑的な肖像画を与えられる。おしゃべりについても、同じことが強調される――スキャンダル、「流行っている情報」（あるいは上流社会のニュース）、政治上の噂話、新聞のレポート、応接間での機知に溢れるやり取り、同じ登場人物のお出まし――放蕩者、社交界の美女、金欠病の若い弟たち、それから、引く手数多（あまた）の成り上がりものの女相続人たち、同じ貴族風の「俗語」やフランス語を流行を追って振りまくこと。ここでもまた、洒落男は際立つ人物である。(16)

もちろん、それは後にチャールズ・タウンシェンドとして現れる伊達男のチャールズ・ウェルズリーで、彼の冷笑的な視点は、シャーロットの後のアングリア物語を彩る。そして彼女の既刊作品だけに親しんでいる読者は、『スタンクリフのホテル』（一八三八）と『ヘンリー・ヘイスティングズ大尉』[17]（一八三九）のような中編小説の溌剌として放蕩無頼な調子と、きわどい金持ちの遊び人の俗語に驚かされる。『ヘンリー・ヘイスティングズ大尉』は、タウンシェンドが妻を広告で探すことから始まる。彼はこのように記す。自分は、「眼のひとつ、または歯の一列ぐらいの不足があったとしても、……あの偉大かつ至高の美質――あの卓越し、かつ抗いがたい魅力――げーんーきーん――の所有を示す申し分のない証拠書類が提出されるならば」特に気にしない。*18 彼が読者に語るこの広告は以下のようなものだ。

この男は、金も職もないまま、恐ろしいディレンマの二つの角の間で進退谷（きわ）まり、より破れかぶれでない方法によって金の工面を図るあらゆる企てに失敗した挙げ句の果てに、結局本を書くか結婚するかを余儀なくされたのであった。――この半年というもの、言ってみれば海亀スープとフォアグラを食べて暮らしていたのに――こころゆくまで喧嘩、どんちゃん騒ぎ、乱暴狼藉

*17　シャーロット・ブロンテ著、内田正子訳『ブロンテ全集11　アングリア物語』「ある夢想の物語」より「画集をのぞく」（みすず書房、一九九七）一一八頁。
*18　シャーロット・ブロンテ著、山本和平訳『ブロンテ全集11　アングリア物語』「ヘンリー・ヘイスティングズ大尉」（みすず書房、一九九七）三八四頁。

の限りを尽くしてきたのに、ああ、今となっては懐は空っぽ、楽しみは消え去ってしまったのだ。前者を再び満たし、後者を呼び戻すためには、本を書くか、結婚するかしなけりゃならない。(18)*19

けれども、皮肉というものは、物知りの聴き手によって理解されるものだから、実社会ではシャーロットにはあまり役に立たなかった。一八三四年までに、チャールズ・ウェルズリーとして、シャーロットが『画集をのぞく』を書いた時、彼女のブランウェルと妹たちとの親密さは、すでに途切れてしまっていた。この時期、一八三一―二年の約十八ヶ月間、シャーロットは学校へ出かけて留守だった――今回は、シャーロットの生涯の友となったミス・マーガレット・ウラーによって経営された完璧に満足できる教育施設、マーフィールドのロウ・ヘッド・スクールへ。この学校は居心地がよく、家庭のようで、生徒数はわずか八人か九人だけ。フランス語と水彩画を含む本物の教育を提供した。おそらく、もっと重要なことは、この学校のおかげで、シャーロットがハワースの外で暮らす人々、牧師館の外で暮らす人々と知り合ったことだった。特に二人の同期の生徒たちが、彼女の友人となり、彼女を自宅に招いてくれた。一人はメアリー・テイラーで、彼女の家族は『シャーリー』のヨーク一家のモデルになった。それからエレン・ナッシーは、シャーロットの特別な腹心の友となった。この二人の少女たちは、気質も意見も非常に異なっていた。メアリーは外向的で急進派、他方エレンは上品で保守的だった。一八四五年に、メアリーはニュージーランド（当時は未開地に接する開拓地の境界にある辺境の地域社会）へ移民するという突飛な手段を取り、事業を立ち上げた。シャーロットは、すぐに衝撃を受けやすいエレンによりも、メアリーにはあまり隠さずに本音を吐露した手紙を書いたが、彼女がシャーロットからの多数の書簡の中のわずか一通しか保存しなかったことは、遺憾である。けれども、私たちがシャーロットの人生について多くを知っているのは、シャーロットが二十年以上にわたってエレンに書いた数百通の書簡を彼女が保存し、彼女がエリザベス・ギャスケルにそれらを『シャーロット・ブロンテの生涯』の中に織り込むことを許諾したお陰である。

更に三年間在宅していた後で、一八三五年に、シャーロットは教師としてロウ・ヘッドへ戻った。生徒として、初めはエミリーが短期間、次いでアンが一緒に行った。二人の学費は、シャーロットの仕事で支払われた。シャーロットは生徒として在学した時には、学ぶ機会を享受したのだったが、教師としては惨めだった。早熟な弟妹たちと異なり、生徒たちには、知的な好奇心がなかった。それに、妹たちが在学していた間でさえも、教師だったので、妹たちとはほとんど連絡を取り合うことができなかった。とりわけ、シャーロットが弟妹たちと共同で発明した世界の際限なく魅惑的な発展を育ててきた想像上の芝居、冗談、パロディ、当てつけから、孤立してしまっているように感じた。しかし、たとえ在宅していたとしても、エミリーとアンはすでにグラスタウン／アングリア物語から別れて、ゴンダルという彼女たち自身の虚構の国を造り上げてしまっていた。合戦に夢中のブランウェルは、シャーロットの陰謀と恋愛物語に苛立っていた。その上に、彼女は、自分がエレンのように世間が期待するように穏やかに暮らす他の若い女性たちとは異なることを、ますます意識するようになっていった。一方、彼女の日常生活は、ほとんどが彼女の想像の世界の中断されたもの

＊19　山本和平訳、前掲書、三八五頁。

であると感じていた。また、彼女は、牧師の娘として、自分の想像がますます性的な性質を帯びていくことがおそらく罪深いのだと気づいていた。そして、このことは、物静かで敬虔なエレンとの会話によって強められた。一八三六年の手紙に、彼女はこのように書いている。「わたしに少しでもほんとうのよさがあるなどと考えて、あなた自身をごまかしたりしないでください。……わたしはあなたのようではありません。もしわたしの考えを、わたしの心を奪う夢を、それからまた、ときとして私を喰い尽くし、わたしに世間というものをあるがままに惨めなほど味気なく感じさせる熱烈な想像力を知ったら、あなたはわたしを憐れみ、おそらくは軽蔑さえするでしょう」[*20]（*L.* i. 144.）

シャーロットの想像の世界についての有名な詩、「私達は子供の頃に織物を織った」（一八三五）は、ロウ・ヘッドでの教師として過ごした第一学期を回顧している。通常、これは肯定的に読まれる短い抜粋の形で引用される。

1　私達は子供の頃　織物を織った
明るい空の　織物を、
私達は幼い頃　清らかに
澄んだ水の　泉を掘った。[*21]

2　私達は若い頃　芥子の種を播き

アーモンドの　枝を切った、
今や私たちは　成熟した歳になり――
どれもが　埋もれて萎れているのか？[22]

6
芥子の種は　遠い土地で
巨大な木を　ねじ曲げる
乾いて芽吹かぬ　アーモンドの細枝は
永遠に　触れていた。[23]（A. 151）

…………

＊20　中岡洋・芦澤久江編訳『シャーロット・ブロンテ書簡全集／注解』（彩流社、二〇〇九）上巻、一二四―六頁。エレン・ナッシー宛。一八三六年五月十日付。「わたしに少しでもほんとうによいところがあるなどと想像して、誤解をしてはいけません。……わたしはあなたのようではないのです。もしあなたがわたしの考えを、わたしの心を奪う夢を、それからときどきわたしを食い尽くし、わたしに社会というものをあるがままに惨めなほど味気なく感じさせる熱烈な想像力を知ったら、あなたは私のことを憐れんで、そしておそらく軽蔑するでしょう」〔エリザベス・ギャスケル著、中岡洋訳『ブロンテ全集12 シャーロット・ブロンテの生涯』（みすず書房、一九九五）一五〇頁。〕

＊21　シャーロット・ブロンテ著、鳥海久義訳『ブロンテ全集10　詩集＊』（みすず書房、一九九六）二一六頁。「追憶」の第一節。

＊22　鳥海久義訳、前掲書、二一六頁。第二節。

＊23　鳥海久義訳、前掲書、二一八頁。第六節の初めの四行。

けれども、詩の完全な姿では、彼女があの別世界を死に物狂いで求める必要性を明らかにするために書かれた数頁にわたる詩である。

9　私の周りには　愛したり知っていた何ものも無くて
私が異郷の屋根の下に　座っていた時
おお　いか程私の心は　お前の方へ引き戻され
お前の絆が　何と強く私を縛っていたかを感じた。[*24]（A.152）

彼女の死に物狂いの状態は、「あの輝く愛しい夢」が、思考の中で、彼女を、初めは「荒野の故郷」へ、それから「僅かな間に　無数の家々が　堂々たる／天蓋で私の頭上を覆っていた」（A.153）。「半神」のザモーナに焦点を合わせた特別の物語が、今や発展して、あと二頁すると、物語の切迫感は散文に変わる。[*25]

私、すなわちシャーロット・ブロンテは、決して忘れはしないだろう。狂気じみた泣くような楽の音が、私の心の——ほとんど私の肉体の——耳に、身の毛もよだつような感じで聞こえてきたのを。また私がロウ・ヘッドの教室に座っているとき、どんなにまざまざと見たことか——ザモーナ公爵がオベリスクに寄りかかり、無言の大理石の勝利の女神が彼の頭上に立っていて、足もとには羊歯（しだ）が波打ち、黒い愛馬は放たれてヒースの野で草をはみ、月光は穏やかでこの上なく静かに、人けのない広い道の上に眠り、アフリカの空は一面に広がって星と共に震えていたのを。私は夢中だった。自分がどこにいるのかも、また、陰鬱でわびしい自分の境遇も、すっかり忘れてしまっていた。葬送車の羽飾りが風に揺れるように、公爵がその兜の漆黒の羽飾りを振り上げるさまを見たとき、私は自分の息づかいが、せわしく激しくなるのに気づいた。そして（……）嘆きを帯びて勝ち誇るようなあの音楽が彼を興奮させ、彼の急速な脈拍をますます募らせていることに気づいた。

「ブロンテ先生、何を考えていらっしゃるの？」と、あらゆる魔力を消してしまう声がいった。そしてリスター嬢が小さなもじゃもじゃ頭を、私の目の前に突き出した！「カクテ……キエウセヌ」[*26]（A. 156–7）

ここで、自分の声で書くことで、彼女は皮肉を籠めずにザモーナの魅力を提示する。そして、次の二年間（一八三六―七）に書かれた「ロウ・ヘッド日記」として知られている断片の中で、シャーロットは現実と麻薬によって起きるような幻覚とに痛ましく分断された状態に居続けた。ブロンテの初期作品は、しばしば「ジュヴェニリア〔少女期作品〕」と呼ばれているが、シャーロットがロウ・

＊24　鳥海久義訳、前掲書、二一九頁。第九節。
＊25　鳥海久義訳、前掲書、二二〇―二二二頁。
＊26　C・ブロンテ著、一八三五年十二月十九日、ハワースにて。青山誠子『ブロンテ姉妹：女性作家たちの十九世紀』（朝日選書518、一九九五）一九二―一九三頁。

ヘッドを去った時は二十三歳であり、この書き物の大部分は「少女期作品」と呼ぶにはほど遠い。彼女の現実の生活と、彼女とブランウェルが「魔界」（A. 162）と名づけるようになった物との間の均衡は、「現実」の世界が、彼女にごく僅かのことしか提供しないので、危険極まりなく非現実世界に傾いている。ウェリントン公爵、ザモーナ公爵も――「パパ」でさえ――「虚勢」を張るために姉弟の生活の中に居場所を見つけてくれたかもしれない。そして、子供として、彼女は姉弟の声でしゃべったり、姉弟の冒険に参加できた。しかし、若い女性として、彼女は勉学の最中であり、「耐える勇気[*27]」のみを必要としたのだった。

ふと思う。人生の最良のときを、わたしはこんな惨めな捕らわれのなかで費やしてしまおうというのだろうか。こんな能なしの生徒たちの怠惰、無気力、ばか騒ぎ、愚鈍に対する怒りを押し殺して、優しく我慢づよく熱心な振りをしていなければならないのか。来る日も来る日もこんな椅子に鎖でつながれ、殺風景な壁に四方を囲まれ閉じ込められていなければならないのか。外ではさんさんと夏の陽が降り注ぎ、一年でもっとも輝かしい時を迎え、夏の一日が暮れてゆくたびに、今わたしが失っているこのときは二度と戻ってはこないのだと告げているのに。[*28]（A. 162）

窓をパッと開けると、遠くの教会の鐘が聞こえる。

それから、私たちがゼロから魔法で呼び出したすべての強大な幻影たちが、何かの宗教信条のような強力なシステムに、激しく襲ってくるように、私にやってきた。私は、自分が書こうとすれば、まるで栄光を籠めて書くことができたように感じた――私は書きたくてたまらなかったのだ。「ヴェルドポリス全土、山岳地帯の北部全土、森林地帯の西部全土、河川にうるおされた東部全土のすべて」の精霊たちが大挙して群がり来て、私の胸をいっぱいにした。この事に耽溺する暇があったならば、この瞬間の漠然とした感覚で、私がこれまでに書いたことのあるどのような作品よりも、少なくともずっと良い物語が書けただろう、と感じた。「なのにその時、うすのろが課題をぶらさげてやってきたのだ。へどを吐いてやったらよかったと思う」[*29]。(A. 163)

現実世界では、彼女の才能を伸ばす機会が与えられなかったばかりではなく、魅力的な男性にも恵まれることはなかった。一八三九年に、ミス・ウラーの学校を最終的に辞してから、シャーロットは満足できない結婚申し込みを二回拒んだ。エレンの兄のヘンリーには、次のように書いた。

わたしはあなたが想像なさっているような真摯で真面目な人間ではございません。あなたはわ

＊27　エミリー・ブロンテ著、川俣陽太郎訳『ブロンテ全集10　詩集＊＊』(みすず書房、一九九六)、一四六番「老克己主義者」九四八頁。
＊28　岩上はる子著『ブロンテ初期作品の世界』「自伝的断片　一八三六年八月十一日、ロウ・ヘッドにて」(開文社出版、一九九八)三二五頁。
＊29　「」二箇所はC・アレグザンダー著、岩上はる子訳『シャーロット・ブロンテ初期作品研究』(ありえす書房、一九九〇)二一四頁。

たしのことをロマティックでエクセントリックだとお思いになるでしょう——わたしが皮肉屋で辛辣だとおっしゃられるでしょう——それでもごまかしを潔しとしません。そして結婚の誉れを得、オールド・ミスの烙印を逃れるためとはいえ、わたしには幸福にして差し上げることができないと自覚している殿方を受け入れるような真似は決していたしません[*30]。(*L.* i. 185.)

シャーロットは、結婚をジェイン・オースティンの登場人物の一人が、女性の「貧窮を免れる方法としては、まず上々の部類だ[19][*31]」と呼ぶものとして認識していた。しかし、彼女は自分が結婚を単なる安楽として片づけるつもりではないこともまた知っていた。この態度と、この手紙の中で辛辣に「個人的な魅力」の欠如として言及するものゆえに、彼女の将来の人生は、妹たちの人生と同様に、奴隷としての性的魅力すら欠いて、退屈で骨の折れる人生になる定めである。父親には、彼女に残す財産はなく、彼が亡くなれば、牧師館の住居さえも失われるだろう。生活費を得るために働かなくてはならず、学校の教師として成功できなければ、個人の家庭での住み込み家庭教師にならなくてはならない。

彼女がスキプトン近郊のストーンガップのシジウィック夫人の堂々たる邸宅で最初の仕事につくために旅に出た時、彼女は、社交界の暮らしを直接に見られる、という考えに、ある程度ワクワクしていた。しかし、見込みははずれ、勤めは僅か三カ月しか続かなかった。エミリーに、彼女は手紙を書いた。「『私は上流の社交界の感動に浸りたいとよく思っていたけど、もうたくさんです——眺めて聴いているだけなんて、退屈な仕事です』。家庭教師というものは存在をもたないもので、遂行しなければならない退屈な勤めに関係ある者として以外には、生きた理性的存在として考えてもらえないことが、以前よりもいっそうはっきりわかりました」[*32]。（*L.* i. 191）

シジウィック家から逃れて、彼女は、これまでで最も長いフィクションの作品で、通例は「少女期作品」に含まれる最後の作品である「キャロライン・ヴァーノン」（一八三九）を書き始めた。その女主人公は、ザモーナのそれまでの犠牲者たちよりももっと生き生きして、個性的である。キャロラインは、活動的な男たちを熱烈に称賛し、「平凡な場所」、あるいは「退屈で物憂い暮らし」（A. 256, 266）を軽蔑するけれども、彼女の「陳腐ではない」生き方は、やはり「彼女が愛する人のために死ぬこと」（A. 268）で、彼女もまたザモーナに、「一種の荒々しい献身的な熱狂」（A. 308）で従う。この物語は、チャールズ・タウンシェンドによって語られているので、キャロラインの心酔とザモーナの利己主義の双方が、彼のいつもの皮肉に支配されており、ヘザー・グレンが「自由奔放な男らしさという馬鹿らしさで人を狼狽させる感覚」と呼ぶものを作り出し、これは「ザモーナとノーサンガー

＊30　中岡洋・芦澤久江編訳『書簡全集』上巻、一八七–八頁。エレン・ナッシー宛て。一八三九年三月五日付。
＊31　ジェイン・オースティン著、小山太一訳『自負と偏見』第二二章（新潮文庫、二〇一四）二〇一頁。
＊32　中岡洋・芦澤久江編訳『書簡全集』上巻、一九六頁）一八三九年六月八日付。エミリ・J・ブロンテ宛。「わたしは上流社交界のざわめきのなかに身を置いてみたいものだと思っていましたが、もうたくさんです。――傍観し、傾聴するのは退屈な仕事です。家庭教師というものは存在をもたないものであって、遂行すべき退屈な義務に関わりがある者としてでなければ、生きた、そして理性的存在としては考えられていないということが以前よりも一層はっきりとわかりました」（エリザベス・ギャスケル著、中岡洋訳『ブロンテ全集 12』『シャーロット・ブロンテの生涯』（みすず書房、一九九五）一九〇頁。一八三九年六月八日記）。

ランドとの間の最終的対立という誇張された大ぼら」の典型となった。[20] グレンは、「『英雄崇拝』……は、シャーロットのこれらアングリア物語の最後の作品類には、皮肉なことに、全く存在しない[21]」とまで述べる。

しかしながら、この話が突然に終わることについて満足するべきものは何もない。この話で、キャロライン——初めはとても「独創的で特異」(A. 258) だった少女——は、物語から消える。物語は、彼女を「所有する」ことを主張できる二人の有力な男たちに焦点が合ったままである——彼女の愛人ザモーナと、彼女の実の父親、ノーサンガーランドだ。グレンが論ずるように、「虚勢」は「大ぼら吹き」としての正体が明かされるが、この物語では、現実世界でと同じく、キャロラインはひどい結末にたどり着き、行動の機会を持つのは男性たちだけだ、という事実を、皮肉で誤魔化すことはできない。シャーロットはただしょげたりしないでいるばかりではなく、ザモーナの魔力から逃れる必要があった。それで、まだ「キャロライン・ヴァーノン」を執筆中に、「アングリアよ、さらば」を書いた。「わたしは、長く逗留しすぎたあの焼けるような国——空に炎(ほむら)立ち——真っ赤に燃えて照り輝く夕映えがいつも覆っている国——を、このあたりでぜひとも立ち去らなくては、と思います。興奮は冷めやり、今や心はもっと涼しい地方へと向かうでしょう。夜が明けるとくすんだ灰色の曇り空で、やがて訪れる昼間も少なくともひとときはどんよりした雲のために熱気が鎮められているような地方へと」(A. 314) と、彼女は書く。*33

ブランウェルは、アングリアを決して断念しなかった。エミリーはゴンダルの詩を死ぬまで書き続けていた。六年間住み込み家庭教師の務めに耐えてきたアンは、ゴンダルに飽きて、固い決意で処女

出版の小説を書き始めた。「本当の身の上話には、どんな話であっても教訓が含まれているものだ」。(22)*34

けれども、シャーロットは毎日の生活の「空虚を埋めたいという渇望」を満たすための別世界なしには、「苦痛を」感じていた（A. 166）。「（アングリアよ）さらば」で、彼女は以下のように書いている。

「これほど長い間私の想像力の中で暮らしてきた人たちの像（イメージ）にお引き取り願うことは、たやすいことではないのです。みんなわたしの友人や親しい知人でした……こういった者たちから去るにあたり、あたかも家の敷居に立って、その家の人たちに別れを告げているような気分になっています」。それなしでは、彼女の将来の生活は「遠い国へ来てしまったような気持なのです。そこは見知らぬ顔ばかり。住民一同の性格が、理解するには綿密な検討を要し、詳しく説明するには大層な力量を要する謎、という遙かな国へ」*35（A. 314）。彼女がこの未知の世界へ顔を向けた時、彼女は独り言を呟いたに違いない、「勇気を出して、シャーロット。勇気を出して」*36。

＊33　シャーロット・ブロンテ著、樋口陽子訳『ブロンテ全集11　アングリア物語』「アングリアの最後に」（みすず書房、一九九七）六八五頁。
＊34　アン・ブロンテ著、鮎沢乗光訳『ブロンテ全集8　アグネス・グレイ』（みすず書房、一九九五）三頁。
＊35　シャーロット・ブロンテ著、樋口陽子訳『ブロンテ全集11　アングリア物語』「アングリアの最後に」（みすず書房、一九九七）六八五頁。
＊36　アン・ブロンテが亡くなる直前にシャーロットに囁いたとされる言葉。第一章の冒頭参照。

第二章　『教授』

「ぼくはまるで兜をかぶって面甲を下したも同様に、……視線から守られているように感じていた」[*1]（*P.* 17）

二三歳のシャーロット・ブロンテが、非常に長い年月にわたって彼女の想像力を育んできたアングリアの「焼けるような国」に別れを告げたとき、その代わりに彼女を待ち受けていたのは、まさに「涼しく」、「くすんだ」、「熱気が鎮められている」（A. 314）ものであった。[*2] これは、再び住み込みの家庭教師に行こうということであった。二年後に、ブラッドフォード近郊のアッパーウッド・ハウスのホワイト家に勤めていたときに、彼女はエレン・ナッシーに次のような嘆きの言葉を書いた。

＊1　シャーロット・ブロンテ著、海老根宏訳『ブロンテ全集1　教授』（みすず書房、一九九五）二六頁。
＊2　シャーロット・ブロンテ著、樋口陽子訳『ブロンテ全集 11　アングリア物語』「アングリアの最後に」（みすず書房、一九九七）六八五頁。

わたし自身でなければ誰にも家庭教師の仕事がどんなにつらいものだかわかりません。……わたしにとって最大の困難といっても、あなたには取るに足りないと思われることもありますから。……女中たちにも奥様にもわたしに必要なものを、それがどんなに必要であっても、くださいということがなかなかできません。必要なものを持って来てくださいと頼みに［台所まで］入って行くくらいだったら、どんな不便でも我慢する方がまだ楽なのです。[*3]（*L.* i. 246-7）

シャーロット自身の性格――恥ずかしがり屋で誇り高く、子どもがあまり好きではない――は、たしかに住み込み家庭教師という役割には適していなかった。けれども、彼女の苦悩は、ある程度はガヴァネスという役割そのものに固有のもので、異なる階級間の身分の違いというものが、現代人の意識する階級というものよりも、はるかに統制されて融通のきかなかった社会では、現代の社会学者たちの専門用語では「不適合状態」と呼ぶものに由来していた。ヴィクトリア朝の作家エリザベス・シーウェルは、「個人の家庭でのガヴァネスの地位の実際の不快感は、この地位には定義がないという事実から起きる。ガヴァネスは親戚ではなく、客ではなく、女主人ではなく、使用人ではなくて――これらのすべてを包含したものだ。だれもガヴァネスをどのように扱ったらよいのか、必ずしもよくわかっていないのだ」[(1)]。（後のイーストレイク卿夫人）エリザベス・リグビーは、次のように書いている。「英国文化の常識から考えると、ガヴァネスの本当の定義は、生まれ、作法、教育では私たちと同等だが、世間的な富の点で私たちよりも劣る者である。家柄も育ちもあらゆる意味で淑女という言葉にぴったりの女性で、だが彼女の父親が破産したとする。すると彼女は、私たちの子供たちの導き手で教師という至高の理想に合わせる以外には、何も望まなくなるのだ」[2]。その結果は、リグビーが簡潔に述べるように、「生まれ、知力、作法が、雇用者たちより上でありながら、これほど残酷に、ガヴァネスという辛い地位に合うような暮らしを要求される階級は、ほかにはない」[3]。

シャーロットよりもはるかに長期間、この不釣り合いな状況に耐えてきたアン・ブロンテは、『アグネス・グレイ』（一八四七）で、この侮蔑的待遇の説明をしてくれる。けれども、この小説は、二つの階級にかかわるガヴァネスとして初めて勤務した地位が、観察するのには、類のない有利な場であったことも示している。マルクス主義の批評家テリー・イーグルトンは、更に先へ進み、ブロンテたちに特色ある力を与えているのは、地位の不適合によって生み出された憤りだと論じている。「重層決定」〔一つの事として観察された事が、複数の原因で起きる〕という心理分析の用語を用いて、彼は、精神病の兆候が重複し合う多くの原因の結果であるように、彼女たちの書いたものの驚くべき効果は、「一連の小さな社会的葛藤を集めながら、それをいろいろな形で圧縮し、じつにさま（ざ）まな複雑な統一体をこしらえる」結果であると論じている。*4

まずはじめに彼女たちは社会構造のなかでもきわめてむつかしい立場に置かれていた。つまり牧師の娘と言う立場に。父親は裸一貫からたたきあげるような苦労をしたのだが、それによって得

＊３　エリザベス・ギャスケル著、中岡洋訳『ブロンテ全集12　シャーロット・ブロンテの生涯』（みすず書房、一九九五）第十章、二二五頁。一八四一年三月三日付けエレン・ナッシー宛て書簡。

＊４　テリー・イーグルトン著、大橋洋一訳『テリー・イーグルトンのブロンテ三姉妹：*Myths of Power*』（晶文社、一九九一、二刷）四四—五頁。

たのは「終身牧師補」という低い地位でしかなかった。……しかも彼女たちは社会的に不安定な存在、すなわち女性であった――その犠牲を強いられる境遇をとおして社会一般に蔓延している搾取が透けてみえるような、そんな残酷に抑圧された社会集団の一員であった。そして彼女たちはまた教育のある女性であった。そのような女性たちは文化と経済のはざまで身動きのとれないまま逼塞するしかなかった――際限なくひろがる想像的世界を胸のなかであたためていた彼女たちを待っていたのは、「高級な」召使い程度のあつかいしかうけないという冷酷な現実であった。そして彼女たちは教育のある孤立した女性であった。彼女たちは緊密な知的接触をたやさないでいた世界から、社会的にも地理的にも隔たった所にいたため、孤独からくる情緒的飢餓状態のなかでみずからを蝕むしかない。[(4)*5]

イーグルトンは、この一連の圧力の重層的決定が、姉妹たちに、父親同様に、階級上昇志向へ推進する発電機のように働いたことを知る。たしかに、シャーロットの生涯での次の仕事には、忍耐ではなくて、まさしく勇敢な企画が必要だった。ガヴァネスの役割に絶望して、シャーロットとエミリーとアンは、彼女たち自身の学校を開設することを思いついた。ブランウェル伯母は、資金を求める願いに応じてくれた。それで、第一段階として、一八四二年に、シャーロットとエミリーはブリュッセルへ出かけた。そこで、彼女たちは、お上品な若い淑女たちの学校にとって基本的に必要なフランス語を完璧なものとし、ドイツ語もある程度習得することを希望したのだ。シャーロットがブリュッセルで過ごした二年間は、彼女の人生でもっとも重要であった。そして、彼女の既刊小説のそれぞれに、おのおの異なった方法で素材を提供した。彼女とエミリーは、エジェ塾という女子寄宿学校に落ち着いた。ここでは女塾長のエジェ夫人が、住み込みの女性教師たちと、夫と、通いの男性教師たちを雇っていた。エジェ先生はエジェ塾で年長組に規則的に授業をした。そして、女生徒としては、もちろん通常の年齢よりもかなり年長の二人の若いイギリス人女性たちの並外れた潜在能力を、すぐに認めた。

エジェ先生は、創意に富み、生徒に学習意欲を起こさせる教師で、二人の姉妹にフランス文学のさまざまな優れた見本を模倣して書く練習課題を与えた。エミリーは、自分の個性を損なうから、と嫌ったが、シャーロットは喜んだ。これらの課題〔模擬文〕、すなわち作文の練習は残っている。スー・ロノフの出版のお陰で、彼女たちの書いたフランス語を英語に転写したもの、つまり英訳したものと、エジェ先生の欄外の論評を、見ることができる。[5] 先生は明らかに彼女たちのために非常に力を尽くし、シャーロットは先生に力いっぱい応えた。自分の家族以外で、人生で初めて、権威のある、理解力に優れ、十分な教育を身につけた活発な精神が、彼女自身の精神と連動し、彼女の才能を認めた。シャーロットは本腰を入れて勉強し、第一年目は、とても幸せだった。

次第に、周囲の状況が暗くなってきた。ハワースでは、パトリックの人気のある若い牧師補ウィリアム・ウェイトマンが、コレラで亡くなった。更に悪いことには、ブリュッセルで近くにいたメアリー・テイラーの快活な妹マーサ・テイラーがコレラで他界した。最後に、ブランウェル伯母の死が、姉妹を家に呼び戻した。そして、エミリーは、ブリュッセルに戻らない、と宣言した。エジェ先生の

＊5 大橋洋一訳、前掲書、四五―六頁。

魅力に惹かれて、シャーロットは勇敢にも単独で戻った。しかし、この二年目は、一年目のようではなかった。シャーロットの師に対する顕著な献身が次第に不愉快になっていったエジェ夫妻は、彼女に配慮することを止め、深い寂寥感に悩むままにした。事実上、無理矢理に追い払われて、シャーロットは一八四四年初めにハワースへ戻った。次の二年間、ますます募る必死の思いを手紙に認めたが、エジェ先生は返事を返すことはなかった。

その上、広告を出しても、問い合わせをしても、企画したブロンテ学校に生徒は集まらず、この計画は断念された。シャーロットの小さな躍進の企ては何の成果ももたらさず、忍耐が、再び彼女の運命になった。対照的に、メアリー・テイラーは、「静かに耐える(6)」ことを拒んだ。シャーロットがエミリーへの手紙に書いたように、メアリーは「家庭教師とか、教師とか、婦人帽子屋とか、ボンネット製造業者とか、女中とかにはなれない、なりたくないと決心しています。イギリスでは、自分が好きになれそうな仕事に就く手段がわからないのです。それで彼女は国を出て行こうとしているのです(*L.* i. 251)。[*6]一八四五年三月に、メアリーはニュージーランドへ移民した。シャーロットは、「わたしにとっては、まるで大きな惑星が空から落ちて行くようなものです[*7]」(*L.* i. 372)と書いた。

ロビンソン家のガヴァネスとチューターとして勤めていたヨーク近くのソープ・グリーン・ホールから初めにアンが、次にブランウェルが帰宅した夏に、もっとひどい打撃が振り下ろされた。アンはとても評価されていたが、ブランウェルはロビンソン氏に解雇されていたのだ。氏は、「口にはいえないほど不埒千万なもの」が「露見したこと[*8]」を知らせた。ブランウェルは、ロビンソン夫人と情事をし続けていたようなのだ。エジェ先生への空しい愛を無言で耐えてきたシャーロットは、ブランウェルが彼のリディアから別れるに当たっての大げさな悲嘆に、我慢がならなかった。特に、彼が阿片とアルコールで「心の苦しみを麻痺させたり、紛らせたりすることしか[*9]」（*L*. i. 412）考えないように見えることに。六カ月後に、彼女は「自制力」が、「彼の中ではほとんど壊されてしまっているのではないか[*10]」（*L*. i. 448）と書いた。

感情面では衰弱していたにもかかわらず、ブランウェルはいまだになんとか執筆をしていたばかりでなく、自分の詩を地方紙に載せてもらったりもした。また、もっと広い出版の機会を得る努力もした（B. 558-61）。パトリック・ブロンテ自身も、若い頃に、敬虔で教育的な種類の詩と散文のフィクションの両方を出版していた[(7)]。そして、ブランウェルとシャーロットの双方が、すでに文学上の交流を図ろうとしていた。一八三六年という早い時期に、シャーロットは桂冠詩人のロバート・サウジーに詩を送り、後にフェミニスト批評家のおかげで有名になった返答をもらった。彼女には「詩の才能」があるけれども、「文学は女性の一生の仕事にはなり得ませんし、またそうなるべきではないのです[*11]」（*L*. i. 166-7）。一八四〇年に、彼女は自作の小説の初めの部分をハートレー・コールリッジに

＊6　中岡洋・芦澤久江編訳『シャーロット・ブロンテ書簡全集／注解』（彩流社、二〇〇九）上巻、二九四頁。一八四一年四月二日付。エミリ・J・ブロンテ宛。
＊7　中岡洋・芦澤久江編訳『書簡全集』上巻　四三三―四頁。エレン・ナッシー宛。一八四四年一〇月二六日付？
＊8　ギャスケル著、中岡洋訳『ブロンテ全集12　シャーロット・ブロンテの生涯』（みすず書房、一九九五）三三三頁。
＊9　中岡洋・芦澤久江編訳『書簡全集』上巻　四八六頁。　エレン・ナッシー宛。一八四五年七月三一日付。
＊10　中岡洋・芦澤久江編訳『書簡全集』上巻　五二〇頁。マーガレット・ウラー宛。一八四六年一月三〇日付。
＊11　青山誠子著『ブロンテ姉妹』（清水書院、一九九四）五八頁。『書簡全集』にはない。

送った。彼からの返信は失われてしまったが、彼女の（多分送らなかった）返答の下書きは、確かにある。その中で、彼女はある状況のもとで書いてしまったことを自嘲する。その状況とは、「理想と現実は心のなかでもはや明確な概念ではなく、合体しておもしろい寄せ集めとなり、そこから白痴的なものになりかねない表情、思想、作法が生じてくるのです[*12]」（*L. i.* 236）というような状況で、書いたのだと。けれども、一八四五年というこの惨めな年にでさえ、彼女はまだ書き続けていた。

突然、一条の閃光が現れた。「一八四五年の秋のある日」と彼女は書く。

> わたしは偶然妹エミリの筆跡になる詩の草稿一巻を見つけた。もちろん彼女が詩を書くことができ、また書いているのを知っていたので、驚きはしなかった。わたしはそれに眼を通した。すると驚き以上の何かが私をとらえた。――これらはありふれた感情の吐露ではないし、普通女性が書く詩とはまったくくちがっているという深い確信であった。それらは簡潔で引き締まっており、力強くて純粋だと思った。私の耳にはまた独特の音楽、野性的で憂鬱で、そして心が高められるような響きがあった[(8)][*13]。

シャーロットの「深い確信」は、エミリーがこの作品を出版することを渋った根深い気持ちを克服するためのエネルギーとなった。シャーロットは次のように書く。「わたしたちは幼い頃からいつかは作家になるという夢を抱いていた[*14]」。「この夢は……今突然力強さと堅固さを得た。それは決意の性格を帯びていた[(9)][*15]」。何日も説得した後で、エミリーは、彼女の詩を、シャーロットとアンがすでに書いておいた詩に加えることに同意した。そしてシャーロットはほとんど無名のエイロット・アンド・ジョウンズ社という出版社から自費出版することを企画した。エミリーの条件の一つは、仮名での出版だった。それで、この本は『カラー、エリス、アクトン・ベルによる詩集』という、「性別も曖昧であるように選ばれた」名前で世に出た。シャーロットは次のように説明する。「曖昧な名を選んだのは、明らかに男性的な洗礼名を使うのはちょっと良心の咎めでできなかったし、女性だと名乗るのは嫌であった、なぜなら……女性作家というものは偏見をもって見られやすいとぼんやりとした印象をもっていたからである」[10][*16]。一年後に、僅か二冊が売れていた。けれども、広く出回っていた書評には、肯定的な書評が三つあった。『クリティック』は特に気に入ってくれて、「ここに申し分のない、健全な、斬新で、力強い詩……詩としての真の言葉で表わされた独創的な思考がある[11]」と書いた。

シャーロットは、自分は詩がうまいなどと思ったりはしていなかった。現代の編集者トム・ウィニフリスは、「シャーロットは、家族の中で、おそらく父親の次に出来の悪い詩人だ」とぶっきらぼうに書く。たしかに、彼が論じるように、シャーロットの詩は「エミリーの詩と比べたら、とても太刀

＊12　中岡洋・芦澤久江編訳『書簡全集』上巻　二七〇頁。下書き、ハートレー・コールリッジ宛。一八四〇年一二月一〇日付。
＊13　エリザベス・ギャスケル著、中岡洋訳『ブロンテ全集12　シャーロット・ブロンテの生涯』（みすず書房、一九九五）三三〇頁。
＊14　エリザベス・ギャスケル著、中岡洋訳『生涯』三三一頁。
＊15　エリザベス・ギャスケル著、中岡洋訳『生涯』七四〇頁。
＊16　エリザベス・ギャスケル著、中岡洋訳『生涯』三三一頁。

打ちできない」(12)が、彼女の詩は、サウジーが「詩の才能」と呼んでいたものを、たしかに示している。ほとんどが(一行に強音節が四つの)弱強四歩格か、(強音節が四つと三つと交互にくる)(奇数行が四歩格で偶数行が三歩格で、各行の音節が八：六：八：六と配列されている)バラッド調(讃美歌調とも言う)で書かれ、情緒の状態を探る物語形式を用い、テンポ、連の形態、脚韻の押韻形式を多様にする技や、情緒的効果を求めて語を選ぶという技術に優れていることを示す。これらの詩の多くは、ブリュッセル滞在よりも前に書かれたが、これらは挫折感や裏切りや孤独感の雰囲気も共有するので、シャーロットのベルギー体験は、これと実に容易に適合した。ほぼたしかに、一八四三年に書かれた一組の詩で、シャーロットは、初めは捨てられた愛人「フランシス」として語り、次に不注意な裏切り者「ギルバート」の見地からしゃべる。フランシスは「愛されず――私は愛し、嘆かれず――私は嘆く」ので、「完全に　絶望の　軛」[*17]に耐える。

私にとっては　宇宙は唖で
　つんぼで　空虚で　全くの盲目(めくら)、
一つ心の狭い限界の中で　私は命を躍らせ
　存在を要約しなければならない。(13)[*18]

対照的に、ギルバートは、彼の妻ではなくて、彼を愛する女性の「身を震わせる　一途な姿」[*19]に対して権力を振るう「暴君めいた力」[*20]について、自己満足して思案する。この詩のメロドラマ風の力は、自宅の安全な炉端に座っているときに、溺れた女のいる海嵐を見るギルバートの幻影に存在する。その女の亡霊が結局は彼を自殺に追い込む。自殺に際して、彼は「天の厳しい命令」に従う。つまり、彼が彼女を扱ったように。「公正な天命を　こうくり返した。『お前が　あの女に当てた尺度を／お前に　当てはめる番じゃ！』」[(14)][*21]「フランシス」は深い感銘を受けたように見えるが、一方で「ギルバート」はゴシック的な効果と、不愉快な報復的大詰めに頼る。シャーロット自身、後年、「私はこの仕事の自分の分担を好みません……鎮まろうとしない絶え間ない活気に満ちた心。当時、しばしば『海がますます荒れてきた』[*22]からで、「海藻も砂も小石も――みんなその騒ぎのなかでひっくり返っていました」[*23]（*L.* ii. 475）と書いた。

シャーロットの人生でかなり過去にさかのぼった時期のテーマは、怠惰に対してイラつく女性である。「妻の願い」と「森」の中で、妻は夫の危険を分かち合うことに幸せを感じる。「一度は使い果たした　私の全力を／重要な目的に　向けたからですわ」[(15)][*24]。この行動への必要とシャーロット自身の人生での「重要な目的」のための必要とが、その地味な成功にもかかわらず、彼女たちの出版という

＊17　シャーロット・ブロンテ著、鳥海久義訳『ブロンテ全集10　詩集＊』（みすず書房、一九九六）五三頁。
＊18　鳥海久義訳、前掲書、五四頁。
＊19　鳥海久義訳、前掲書、七〇頁。
＊20　鳥海久義訳、前掲書、七一頁。
＊21　鳥海久義訳、前掲書、九一頁。
＊22　新改訳『聖書』（日本聖書刊行会、一九九一、二版六刷　一九七〇）ヨナ記　1・11。引用・注つき。一三八九頁。
＊23　中岡洋・芦澤久江編訳『書簡全集』中巻　一四六二頁。エリザベス・ギャスケル宛。一八五〇年九月二六日付。
＊24　鳥海久義訳、前掲書、四一頁。

冒険によって満たされたように見える。彼女は、次の企画にも熱心だった。この詩集は一八四六年五月に世に出た。その年の六月までに、彼女はシャーロットの『教授』、エミリーの『嵐が丘』、アンの『アグネス・グレイ』という「三つの物語」の出版についての問い合わせを書いていた。

三つの作品を一緒に出版することを申し出た理由は、ヴィクトリア朝の小説市場が、特にミューディーズとW・H・スミスという貸本屋に支配されており、彼らは一度に一巻ずつ貸し出せる三巻本の小説を好んだからである。姉妹が完成させた三つの「物語」のどれもが、一つだけで三巻本の長さにはならなかった。でも、彼女たちは、貸本屋に三つの小説をまとめて提供することで、流行を利用しようと願ったのだった。今やうんざりすることが始まった。シャーロットは三つの手稿を包装して、一つ、また一つと次々に出版社に送った。結局、トマス・ニュービーが『嵐が丘』と『アグネス・グレイ』の出版に同意したが、『教授』には同意しなかった。『教授』は全部で九回拒まれ、シャーロットの存命中には出版されなかった。しかし、これは注目に値する。

現在、『教授』に付けて印刷されている「序文」は、小説と同時に書かれたのではなく、『シャーリー』の出版後に、シャーロットがスミス・エルダーに出版してもらおうと思い、関心を引くために最後の試みとして書いたものである。けれども、この序文は、執筆当時を思い返し、（この小説を受け取ってもらった場合を予想して、いくらかの皮肉を込めて）彼女の目的が「アングリアよ、さらば」で表わされた目的、つまり、「くすんだ」、「熱気が鎮められているような」で表現された最終目的を達成するためであったと説明している。

私はかつて持っていたかもしれないような、飾り立てた冗長な文章への好みを捨て、質素で地味なものをこそ好むようになったのだ。……私は自分に言い聞かせた――私の主人公は私が見てきた本物の生きた男たちと同じように働いて暮しを立てなければならない――働いて得た収入以外に一シリングたりとも手にしてはならない。突然の運命の変転によって、一躍富と高い身分を得たりしてはならない――彼がかち得るどんなささやかな財産も、額に汗して獲得せねばならない……美しい娘や、身分のある貴婦人とは結婚さえしてはならない――アダムの息子として、彼はアダムの運命をともにし、生涯を通じて苦楽の入り混じった、ささやかな享楽の杯で満足しなければならない。[*25]（*P.*3）

この決意は、高度に潤色されたアングリア物語のスタイルを弱めるだけではなく、ブリュッセル体験の感情の高揚した物語を仕上げる可能性も弱めるという意味であった。それでいて、『教授』はブリュッセルに設定されている。トム・ウィニフリスがある時講演で述べたように、シャーロットは既婚のベルギー人教師と恋に落ちた。彼女の書いた主人公たちそれぞれが、既婚者か、ベルギー人か、教師か、これらの組み合わせなのは、偶然の一致だということがあり得るだろうか？　しかし、肝心なことは、この作品を単なる自伝として読むことではない。彼女の初期作品におけると同じく、ここで注目に値するのは、シャーロットが類似の題材を異なった観点から書き改めることのできる能力の

＊25　海老根宏訳『ブロンテ全集１　教授』（みすず書房、一九九五）三―四頁。

高さである。

第一に、『教授』には一人称の語り手がいるが、この人はシャーロットでもなければ、女性ですらない。「アングリア物語」におけると同様に、現実の「くすんだ」世界においても、行動の能力を持っていたのは男性だった。「私の主人公は（……）働いて暮らしを立てなければならない[*26]」と宣言した中で、シャーロットは教養小説、あるいは個人の成長過程の小説、という新たに人気の出た形式を採用している。そして、フェミニストの批評家たちが述べるように、一九世紀のかなり末になっても、男性登場人物にとっては、子供時代から社会的に高い地位への「船出」〔立身出世〕であった人生の物語が、女性にとっては、通常は「港に戻る」〔妻として家庭に入る〕ことであった。ここで女性は、身体的成熟のせいで、子供時代と同じ家庭に引き戻されるか、あるいはイーグルトンが「孤独からくる情緒的飢餓[16][*27]」と呼ぶものに引き戻される。対照的に、『教授』は模範的な「船出」をし、サミュエル・スマイルズの『自助論』（一八五九）〔明治初年に『西国立志伝』として訳出された〕で最高に高揚した社会的雰囲気の中で書かれた。ヘザー・グレンは、以下のように指摘する。「スマイルズのベストセラーの基礎となった講演は……一八四五年にリーズの青年相互改善協会で、初めて行われた。この年には、ほぼ確かなことだが、ほんの数マイル先で、『教授』が着想されたのであった[17]」。

『教授』の主人公クリムズワースは、実際に「次第に出世する」が、彼はパトリック・ブロンテのような貧しい家の出ではないことに注目するべきだ。彼には貴族の生まれで、イートンで教育を受けたという利点がある。ディケンズの主人公デイヴィッド・コパフィールド（一八五〇）のように、彼はもっとよい地位を期待したこともあって、低い地位を恨む。しかし、この点で、彼は時代の典型でもある。パトリック・ブロンテが一八〇二年に遭遇したイングランドは、権力を土地から得た男たちによって治められていた。土地を相続しなかった彼らの若い息子たちは、教会、軍隊、あるいは法律のような立派な職業につけたであろう。一八四〇年代になるまでに、産業革命は裕福な企業家たちを生み、彼らの権力は、工場所有者として、及び工場を動かす資本にあった。このような環境では、ウィリアムの兄エドワードのような貴族制度から恩恵を受けない人々でも、更に高い地位に登ることができた。けれども、ヘザー・グレンが「不吉な不安定」の一例として述べる世界では、〔兄の工場での〕ウィリアムのように落伍することもあり得た。(18)

貴族の親戚たちから縁を切られることで敵対する二人の兄弟の一人となったウィリアムの物語は、アングリア物語に由来しており、二人の兄弟というモチーフは、シャーロットを魅了してきているように思える。(19) 恵まれない境遇の弟というウィリアムの地位は、いくつかの局面での反応をもたらす。これは社会的には現実的であるが、また妖精物語のモチーフでもある。一方、彼の「まるで惨めな家庭教師か何かのように悄然として」[*28]（*P.* 20）いる、という意識は、シャーロット自身の地位の不適合感を模している。ガヴァネスとしての最初の勤め先で、シャーロットは元気がないように見えることで叱られて、ショックを受けた。そして将来は「自分の感情を抑えよう、やって来るものは何でも引き受けよう」（*L.* i. 194）[*29] と決心した。ウィリアムもまた他人が潜在的な敵として現れる世界での単に

＊26　海老根宏訳、前掲書、一頁。
＊27　テリー・イーグルトン著、大橋洋一訳、前掲書、二四頁。
＊28　海老根宏訳、前掲書、二九頁。
＊29　中岡洋・芦澤久江編訳『書簡全集』上巻　二〇一頁。エレン・ナッシー宛。一八三九年六月三〇日付。

一つの経済的単位として機能することを誓う。シャーロットと同じく、彼の主な武器は自制心である――「まるで兜をかぶって面甲を下したも同様に……視線から守られているように[30]」（P. 17）自分の感情に近づくことを許すことによって他人に便宜を図ることを、頑強に拒否することである。

貴族の親戚の援助を断って、ウィリアムは北部地方の兄の工場で、事務員としての退屈な仕事に甘んじる。けれども、彼は兄の無視に対して「強固な無関心の楯[31]」（P. 20）を向け、「自分の最良の能力が錆びつき、抑えつけられるのを黙って我慢しただろう[32]」（P. 25）が、彼は「暗く、じめじめした井戸の壁に生えている植物になったような気になりはじめた[33]」（P. 25）。友人ハンズデンに、将来について思い切って賭けてみないかと促され、彼はベルギーへ出帆し、そこで最初は男子校で、それから隣接する女子塾で教師としての仕事を見つける。ここで彼の自制心は、私たちが上品なヴィクトリア朝小説には期待しない形を取る。つまり、彼は自分の生徒たちの肉体的魅力に抗うことが必要になるのだ。

彼が「整った顔立ち、血色のよい健康そうな肌、大きな輝く瞳、ふくよかな、いやむっちりとさえいえるほどの身体……ぼくはこの最初の光景に……禁欲主義者（ストア）よろしく耐えたりはしなかった。〔眼が〕くらくらした[34]」（P. 70）。けれども、まもなく、彼は幻滅した。

> 彼女たちは一人残らず、悪徳と言うものを全く知らずに育てられたことになっていた。彼女たちを無垢ではないにしても少なくとも無知の状態に保つために、数知れぬ防止策が講じられていた。それでは一体どうして、これらの少女たちが十四歳に達すると、節度と品位をもって男の顔を正面から見られる者がほとんど一人もいなくなるのか？男の眼からごくありふれた視線を受けただ

けで、図々しく大胆な媚態か、それとも淫らな愚かしい色目使いがいつもそれに答えることになるのか。[*35]（*P.* 82）

類似のプロセスがリューテル嬢という若い塾長についても起きた。ウィリアムは、隣の男子校の校長ペレ氏との会話で、彼女の身体的魅力を話し合う気にさせられる[*36]（*P.* 80）。ペレ先生自身はリューテル嬢と婚約しているが、この二人はウィリアムを慰みごととして「弄んで」いる。しかし、この企みを発見して憤っていてさえ、ウィリアムはリューテル嬢について思いを巡らすときに、「誘惑がぼくの感覚を貫いた[*37]」（*P.* 130）ということを感じないではいられない。リューテル嬢の学校経営は成功しているにもかかわらず、彼女と彼女の女生徒たちの両方が、有利な結婚をするために身体的な魅力を用いて、伝統的な女性の地位に居座っていることが示される。けれども彼女の結婚後、ウィリアムはペレ夫人が「ぼくを絡め取ろうと思ったまさにその恋の網にかかってしまったのである[*38]」（*P.* 153）ということに気づく。

＊30　海老根宏訳、前掲書、二六頁。
＊31　海老根宏訳、前掲書、二八頁。
＊32　海老根宏訳、前掲書、三七頁。
＊33　海老根宏訳、前掲書、三八頁。
＊34　海老根宏訳、前掲書、一〇五頁。
＊35　海老根宏訳、前掲書、一二四頁。
＊36　海老根宏訳、前掲書、一二一頁。
＊37　海老根宏訳、前掲書、二〇一頁。
＊38　海老根宏訳、前掲書、二三五頁。

ペレについてはと言えば、「ペレの独身生活はいかにもフランス式で、道徳的抑制など当然無視したものであったが、ぼくは彼の結婚生活もまた大いにフランス流のものになるだろうと思った。彼が何人かの知り合いの夫たちにとっていかに脅威の的であるか、彼はよく自慢したものだ。今となっては同じやり方で彼に仕返しをするのは難しくあるまい、僕にはそのことがよく見てとれた[*39]」(*P.* 156)。これは一八四〇年代の小説としてショッキングな内容であり、おそらく『教授』がシャーロットの在世中に出版されなかった理由を説明している。バイロンや社交界小説のロマンスの性的自由は、ここではクリムズワースが告白するように、リアリズムというわかりやすい言葉で表現されている。「ぼくはローマ教皇ではない――無謬性を誇ることなど全くできない。要するにもし僕がここに留まれば、三ヵ月も経たぬうちに何も知らないペレの屋根の下で、現代フランス小説の実演が本格的に準備されはじめるのだ[*40]」。この見通しを拒んで、クリムズワースはブランウェルへのほのかな言及と思える「家庭内の裏切り事件……の一例[*41]」からの決意を引き出す。「この実例は小説という黄金の後光に包まれてなどいなかった。ぼくはその剝き出しの現実の姿を見た。そしてそれは実に厭わしいものだった[*42]」(*P.* 157)。

しかし、この小説では、性的な放縦さはベルギー人のことにされている。プロテスタントの人々が自己規制をするのに対して、カトリックの教育では、服従というルールには、口先だけのおためごかしで放っておくからである。それゆえ、この小説でリューテル嬢に対する毒消しになるのは、半分イギリス人で半分はスイス人の、働いて自活しているフランシス・アンリという若いプロテスタントの女性である。シャーロットのように、フランシスは小柄でほっそりしており、彼女の内に秘めた力と知性が、ベルギー人女性たちとは異なった方法でウィリアムを惹きつける。「親もなく貧しくそこに立っている彼女を愛した。官能主義者にとっては取るに足らないが、ぼくにとっては宝物のような女性――ぼくと同じ考えを考え、ぼくと同じ感情を感じる、この世におけるぼくの最良の共感の対象……思慮と先見、勤勉と忍耐、自己犠牲と自己抑制」[*43]（*P.* 141）。このくだりはこのような調子で続く。もし、読者がこれをシャーロットの自画像だと思って読むと、当惑する。けれど、フランシスとウィリアムがお互いを見失う時、シャーロットの新しい自制心は、フランシスの絶望を表に出さず、彼女の「秘めた内心の傷口」[*44]は、ウィリアムが二人の再会の後で読む詩を通して知らされる[*45]（*P.* 185）。

けれども、今、シャーロットは自助を自分自身のテーマにする。そして妖精物語での弟のモチーフを、ガヴァネスの「抑圧された」エネルギーと結びつける。フランシスに対するウィリアムの愛は、彼女に家庭を提供するために、「もっと努力し、もっと収入を得、もっと偉くなり、もっと多くを所有したいという強い願望」[*46]（*P.* 146）を生み、それから着実な経済上の奮闘が数章続く。ペレ氏の学校を辞して、「ぼくは潔癖さを忘れ、引っこみ思案を克服し、誇りを投げ捨てた。そして頼みこみ、粘

＊39　海老根宏訳、前掲書、二三九―二四〇頁。
＊40　海老根宏訳、前掲書、二四一頁。
＊41　海老根宏訳、前掲書、二四一頁。
＊42　海老根宏訳、前掲書、二四一頁。
＊43　海老根宏訳、前掲書、二一七頁。
＊44　海老根宏訳、前掲書、第二三章、二一一連目、二八九頁。
＊45　海老根宏訳、前掲書、第二三章、二八三―九一頁
＊46　海老根宏訳、前掲書、二二四頁。

り、反論し、催促した」[*47]（*P.* 177）。その結果、彼は成功する。教養小説の通常のパターンでは、彼の経済的成功は結婚で報われる。これはコミュニティの中での彼の成人としての地位を強固にし、彼の物語は、当然ここで終わるだろう。シャーロットは、その代わりに「終わった後を書く[(20)]」という初期の例を提示する。フランシスは、結婚後、夫が成功したのと同じように、自分自身の学校を持って成功するという目的を持つべきだと主張する。「私は観想の生活も好きですけれど、活動の生活のほうがもっと好きです。私は何かの形で活動しなくてはいけません。あなたと一緒にです。……楽しむためにだけ一緒にいるような人たちは、共に働き、たぶん共に苦しむような人たちに比べるなら、本当にお互いに好きになることも、それからお互いに尊敬し合うことも決してないんです[*48]」（*P.* 189）。『教授』の最後の数章では、普通の終わり方をせずに、驚くような結婚生活を一瞥させてくれる。一日の仕事が終わってから、ウィリアムとフランシスは毎晩会話をかわして楽しむ。そこで彼女は「ぼくをからかい、いじめ、挑発したが、その時の彼女の手のつけられない機知と性悪ぶりときたら、この気分が続く間彼女を全くの白い悪魔に変貌させるほどだった[*49]（*P.* 211）。息子の誕生は、彼女の学校経営に何の支障もないように思われた。夫婦は大成功をして、二九歳と三七歳で引退する。極貧から大金持ちに上り詰めたことは、富豪や妖精物語の経済状況と同様である。英国へ戻って、二人は小さな地所を購入する。ここで焦点が息子の教育に移るのは、もう一つの驚きだ。――現実の世の中で、どのようにしたら彼に最高にふさわしいように合わせられるか。現在のところ、ヴィクターの気紛れな精神は、母親の理性と愛情とによって「抑え込まれて」いる。けれども、ウィリアムは尋ねる。「これから先も世間は理と愛を武器にしてヴィクターの激情に応えてくれるだろうか？ そうではあるまい……この子はやがて慰撫の代わりにげんこつを、キスの代わりに足蹴をもらうことになるだろう[*50]」（*P*. 222）。それゆえ、ヴィクターはイートンへ行かねばならない。「そこでの最初の一、二年は全く惨めなものになるのではないかと思う」が、苦しみは「彼に自己抑制の術を深く植えつける[*51]」（*P*. 221-2）。

それで、自制がこの小説の支配的主題である。ヴィクターは、彼の両親のように新しい経済的風潮の中で、自力本願の一個人となるように訓練されなくてはならない。この問題は、シャーロットとアンにとっては、『教授』と『アグネス・グレイ』を書いていた時にブランウェルの一連の恥さらし行為があったので、鮮明であったに違いない。寛大な家庭教育の後で、「世の中に放たれた」ブランウェルは、職を一つ、また一つとしくじっていった。そして、この両方の小説は、少女には独立に対するもっと広い機会が必要であると説く一方で、少年には誘惑に対してもっと防衛する必要があると論じている[21][*52]（*L*. i. 448）。『教授』では、自制心のお陰でウィリアムは経済的に落ちぶれることもなく、性的恥辱も免れた。一方で、（この本の中のベルギー人たちのように）若い女性たちへの慣習的なゆるい監督のせいで、彼女たちがいちゃついたり、誘惑されたりは、なすがままである。ウィリアムの

＊47　海老根宏訳、前掲書、二七四頁。
＊48　海老根宏訳、前掲書、二九七頁。
＊49　海老根宏訳、前掲書、三三二頁。
＊50　海老根宏訳、前掲書、三四九頁。
＊51　海老根宏訳、前掲書、三四九頁。
＊52　中岡洋・芦澤久江編訳『書簡全集』上巻　五二〇頁。マーガレット・ウラー宛。一八四六年一月三〇日付。

女性の等価者としてのフランシス・アンリは、活動的で知的な仲間同士であることが官能性と取って代わる結婚の模範を示す。しかし、自制心に支払った代償は高く、小説が述べる抑制への容赦ない強調は、是認ではなくて、それを要求する社会への批判をほのめかしている。[22] ウィリアムの世界は、子どもたちでさえ敵意に立ち向かうために、学校教育を受けねばならないものであるし、平穏と思われる引退生活を送っていて支え合っている夫婦ですら、自分たちを他人の眼から守るために、それぞれが未来に立ち向かうための用心深い仮面を完全にはずすことができるというわけにはいかない世界なのだ。

第三章　『ジェイン・エア』

「この**わたし**がわたしのことを気にかけているのだ。わたしが孤独になればなるほど、友人も心の支えもなくなればなくなるほど、ますますわたしは自分を尊重するのだ」（*JE* 317）[*1]

シャーロット・ブロンテの『ジェイン・エア』（一八四七）は、今や全世界で有名である。出版直後に成功し、次々に版を重ねた。彼女の出版社の原稿審査係は、夜半過ぎまで寝ずに読み、出版社主自身は、この原稿を読むために、約束をキャンセルし、小説家W・M・サッカレーは、これを読むために、予定していた一日分の仕事ができなかった。アメリカ人たちは、「ジェイン・エア熱病」という名で通っている「悲惨な精神的伝染病」[(1)]によって悩まされていた。ヴィクトリア女王は、これを「本当にすばらしい本」[(2)]と呼び、エミリー・ディッキンソンは、「衝撃的だ」と思った。一六〇年後の今、これは学問研究の目的になると同じく、今でも世界中で読者たちのお気に入りの本のうちの一冊

＊1　シャーロット・ブロンテ著、小池滋訳『ブロンテ全集2　ジェイン・エア』（みすず書房、一九九五）四九八頁。

に入っている。これは数十ヵ国語に翻訳され、あらゆるメディアで幾度となく潤色翻案され、後の数えきれないほどの小説家によって模倣された。(3) しかし、『ジェイン・エア』の直前に書かれた『教授』は、出版を九回拒まれて、その後今日まで人気が出たことは一度もない。『ジェイン・エア』の並外れた成功を、どのように説明しますか?

「私は今では非常に多くの本を書きました」とシャーロット・ブロンテは一八三九年に書いた。しかし、彼女は想像上のアングリアの物語について述べていたのだ。『教授』は、彼女が現実世界と関わるという考えつくした意図で書いた初めての作品で、気遣いつつ書き進めようとした。それは、まるで「遠い国へ来てしまったような気持なのです。そこは見知らぬ顔ばかり。住民一同の性格が……謎、という遙かな国」*2 (A. 314) に入るようなものだ、と書いた。であるから、『教授』の主人公は用心深く、油断なく構え、世間に対して、敵に包囲されたような構えをしている。読者さえ彼の無防備な感情を分かち合おうと招いたりすることは滅多にない。ウィリアム・クリムズワースにとって、自制心は護身用の甲冑に等しい。

シャーロットは、このようにして書くことで、世間の習慣や期待に添ってこの世界に入って行った。それで、自分の本が「出版者というものが大体において……もっと想像力豊かで詩的なもの——高揚した空想や、人びととの哀感への好みや、もっと美しい、気高い、世間離れした」*3 (P. 3) ものを読みたかったので拒絶されたということを発見した時、彼女の鋭い皮肉のセンスが喚起させられた。彼女の皮肉な反応は、一八四七年にスミス・エルダー社が『教授』を拒んだが、「三巻本ならば注意深く検討しましょう」(B. 621) というヒントを得た時に、積極的なエネルギーに転じた。実際のところ、シャーロットは『教授』が次々に転送され続けている間に、ほとんど『ジェイン・エア』を書き終えてしまっていた。彼女のそれまでの出版者たちとの文通のお陰で、読者との関わり方の決定的変化、つまり、読者ともっとくつろいで信頼し合う関係へと促されることになった。

『ジェイン・エア』という題名をつけて、まだ自分が誰であるかを隠していたけれども、『ジェイン・エア：自伝：カラー・ベル編』で、シャーロットは初めて女として自信を持って書く。ジェイン・エアに類似の登場人物たちは、「ヘンリー・ヘイスティングズ」や「キャロライン・ヴァーノン」に現れていたが、ストーリーは颯爽とした男性登場人物たちによって語られる。(4)『教授』のウィリアム・クリムズワースは、「惨めな家庭教師か何か」*4（P. 20）のように、疑似女性の立場のような語り口で語るけれども、彼は自分の物語を「胸躍るようなものではない」*5し、この物語は、「ぼくと同じ仕事で苦労した」「何人かの人びと」*6（P. 12.）にしか興味を引かない物語だと述べて、自分のストーリーに弁解的である。その上に、『教授』には、読み手という意識がほとんどない。決して返事を書かない友人へ宛てた書簡として書き始められて、それは宛名人不明で返信をしない受取人に送られた「配達不能の郵便」の性質を持つ。

*2　シャーロット・ブロンテ著、樋口陽子訳『ブロンテ全集11　アングリア物語』「アングリアの最後に」（みすず書房、一九九七）六八五頁。
*3　シャーロット・ブロンテ著、海老根宏訳『ブロンテ全集1　教授』（みすず書房、一九九五）四頁。
*4　海老根宏訳、前掲書、二九頁。
*5　海老根宏訳、前掲書、一八頁。
*6　海老根宏訳、前掲書、一八頁。

対照的に、『ジェイン・エア』ではシャーロットはそれぞれの「惨めな家庭教師かガヴァネス」に対して、またこの人たちのためにさえ、話しかける勇気を奮い起こしたように思える。ジェイン・エアが、シャーロットの以前のテーマを反響させて、「単調で平静すぎる生活（……）の見えない綱」[*7]（*JE* 116）を嘆く時、彼女は大勢の支持者に求める。

人間は平静な生活で満足すべきだ、と言ってもだめだ。人間は行動を持たねばならない。行動を見つけられないのなら、作りたくなる。私よりももっと動きのない生活を運命づけられた人が何百万といる。彼らは自らの運命に無言ながら反逆しているのだ。この地球上の膨大な人生の中に、政治的反逆以外の反逆がどれほど煮えたぎっているか、誰にもわかるまい。女は一般に大変おとなしいと考えられている。でも、女だって男と同じように感じているのだ。能力を働かせる必要があるのだ。兄弟と同じく力を発揮する場を必要としているのだ。あまりにも厳しい抑制、あまりにも完全な沈滞を強いられれば、男と同じ苦痛を感じるのだ。女はプディングを作り、靴下を編み、ピアノを弾き、バッグの刺繍だけをしていればよろしい、と言うのは、特権的な地位にある男の偏狭だ。[*8]（*JE* 109）

この一節はフェミニスト宣言と呼ばれてきている。そして現在と同じく当時も読者を興奮させたのは確かにこの小説の熱烈な抗議の調子であった。ヴィクトリア朝の女らしさという観点からすると、それは革命的なことに近いとみなされた。[(5)] しかし、この論法がこの小説の特質なのではない。初めから、ジェインのストーリーは、説得するためのスピーチによってではなく、彼女が経験を共有しようと読者を招くことによって、私たちの注意を強く引く。

読者はだれでも昔は子どもだった。だから、私たちのそれぞれが、時として理解できない世界に直面した時に、怒りぶつけることを妨げられたという鮮やかな個人的な記憶を持つ。シャーロットが初めの数章で呼び起こすのは、この思い出す激情の積み重ねで、ここで十歳のジェインは、我慢のならない従兄のジョン・リードに暴行され、侮辱された。そして、「いつもジョンの言いつけには従っていた」[*9]（*JE* 10）けれども、「気違い猫みたい」[*10]（*JE* 12）にやり返した。ジェインは「彼のことを考えただけで恐ろしさにぼうっとなることさえ度々あった。なにしろ彼に対して、彼の脅しや暴力に対して、わたしは何のなすすべもなかったのだから」[*11]（*JE* 10）ということだったが、彼女は、なお、不当に受けた苦悩の気持ちについて明言する。わたしは言いました。「いじわるの悪党！　お前なんか人殺し—奴隷監督—ローマの暴君！」[*12]（*JE* 11）彼女の伯母が、ジョンの代わりにジェインの「反逆」を罰した時、彼女の「理性」は、「不当だ！　不当だ！」[*13]（*JE* 15）と叫んだ。

＊7　シャーロット・ブロンテ著、小池滋訳『ブロンテ全集2　ジェイン・エア』（みすず書房、一九九五）一七六頁。
＊8　小池滋訳、前掲書、一六六頁。
＊9　小池滋訳、前掲書、八頁。
＊10　小池滋訳、前掲書、一一頁。
＊11　小池滋訳、前掲書、八頁。
＊12　小池滋訳、前掲書、九頁。
＊13　小池滋訳、前掲書、一六頁。

奴隷の隠喩は続く。しかし、たとえ「反逆奴隷の怒りがまだ力強くわたしを元気づけてくれた」*[14]（*JE* 14）間でさえ、この話は、観点の微妙な変化を示す。ジェインがジョンをローマ皇帝になぞらえている時、話の声は言い続ける。「わたしには彼がまさに暴君、人殺しに見えた」*[15]（*JE* 11）。そしてこのコメントは、直後に出てきたものではなくて、もっと静かな有利な立場から出たものだ。ジェインが赤い部屋に閉じ込められた時、このもっと静かな声が続く。「何だってわたしはこんなに苦しまねばならぬのか――この絶え間のない自問に、その時は答えることができなかった。時間の――何年かわからぬほどの――隔たりのある現在なら、はっきりわかっている。わたしはゲイツヘッド館では異分子だったのだ。お屋敷のだれとも似ていなかった」*[16]（*JE* 15）。小説の全体を通して、事の起きた直後の激情のインパクトは、この昔の静かな声と並置される。これは感情の力を軽んじることなく、また『教授』では必須と考えられた一種の抑圧を要求することもない、人情味の溢れる道理の声である。出来事の一つまた一つが、直後の「激情」と反省後の「理性」という二重の声で、反抗と忍耐の問題を問う。いつ、人は権威に屈服するべきなのか、そしていつ、反抗は正当化されるのか？

しかし、この論争は抽象的な言葉でなされるのではない。これらの初めのシーンの具体的な情況は、大邸宅で思いやりのない親戚の中で貧しい血縁者として暮らすジェインの社会的な境遇を語るばかりではない。テリー・イーグルトンは「一連の小さな社会的葛藤を集めながら、それをいろいろな形で圧縮し、じつにさま（ざ）まな複雑な統一体をこしらえる」(6)*[17]と述べる。私たちは、初め、ジェインが窓際の腰掛に腰かけているのを見る。「二重の隠れ家の中にこもったことになる。赤いカーテンで私の右側は何も見えない。左側はすけて見えるガラス窓で、わびしい十一月の午後から、わたしを隔ててはくれないにせよ、守ってくれる」[18]（*JE* 8）。内側と外側の間にあって、社会によって与えられる虐待という脅しと、悪天候に曝されるという脅しの間にいる彼女の居場所は、批評家が「社会構造のなかでもきわめてむつかしい立場に置かれていた」[7][19]ジェインのような（あるいはブロンテ姉妹たち自身のような）登場人物たちの識閾の、あるいは敷居の位置と呼ぶもののための視覚的相関関係を形成する。彼女が窓際の腰掛に掛けている時、窓の外の「一面の白い霧と雲」[20]は、彼女の読んでいる本と共鳴している。この本は「北極圏の広大な氷原と……極寒のさまざまな厳しさ」[21]（*JE* 8）について述べている。けれども、今回、彼女が赤いカーテンから引きずり出される時に、彼女の不安定な安全を壊すのは、罰を与える世間である。ロチェスター氏のソーンフィールド邸で、彼女は、白と赤の色使いが「雪と炎のまじり合う」[22]（*JE* 104）のを見つけるだろうが、そこの白と赤の明らかなバランスは、彼女の花開こうとする希望が、「冬のノルウェイの松林のように、枯枝が白く淋しく」[23]（*JE* 295）なって、霜という隠喩によって枯らされる時に、くじかれる。彼女がロチェスターの愛人となる危険から

＊14　小池滋訳、前掲書、一五頁。
＊15　小池滋訳、前掲書、九頁。
＊16　小池滋訳、前掲書、一七頁。
＊17　テリー・イーグルトン著、大橋洋一訳『テリー・イーグルトンのブロンテ三姉妹』（晶文社、一九九一、二刷）四四―五頁。
＊18　小池滋訳、前掲書、四頁。
＊19　テリー・イーグルトン著、大橋洋一訳、前掲書、四五頁。
＊20　小池滋訳、前掲書、四頁。
＊21　小池滋訳、前掲書、五頁。
＊22　小池滋訳、前掲書、一五八頁。
＊23　小池滋訳、前掲書、四六四頁。

逃れる時、悪天候に曝されるという隠喩は現実となる。そして、ムーア・ハウスの窓の外側で、雨に濡れて、寒くて、空腹で、疲れ果てて、彼女は自分が加わりたいと願っている社会的グループを覗き込む。家の内側と外側の情景のイメージの移動は、情緒的喪失の冷たさの白と、怒りと欲望の炎のような赤とのコントラストのパターンとを結びつける。

ジェインの識閾の地位は、『教授』のクリムズワースの識閾の地位同様に、ある程度は彼女が孤児で、社会の中での居場所を定める親がいないことによって決まる。女性にとって、これは必然的に危険と機会の両方を伴うことになる。フローレンス・ナイティンゲールは、小説の中の女性にとっては、孤児としての身分が欠かせられないと考えた。孤児でないと、行動を起こす十分な自由を持てないだろう。「女主人公は、一般に家族の絆がない（ほとんどいつも決まって母親がいない）か、あるいは母親がいるとしても、母親たちは娘が完全に独立することに干渉したりはしない(8)」。家族の中に安全な居場所のある若い女性は、「結婚することと次の家庭生活という港に入ること」だけを、楽しみにして待つだろう。しかし、孤児はある程度このような習慣に従うことから免れて、自分自身の才覚で生きるようにと世の中に投げ出される。自己を頼みにすることが許されるというばかりではなく、自立することを余儀なくされるのだ。薬剤師のロイドさんがジェインに学校へ行ったらどうか、と示唆すると、彼女は「学校生活とは完全な変化だ。長い旅をして……新しい生活に入ることなのだ*24」（*JE* 25）と熟考する。そして、彼女がローウッドを去ろうと企てる時に、外界へ出る「勇気*25」（*JE* 85）を持つ。この孤児の少女の物語は、このようにして男性の教養小説の模倣をすることが可能となり、ついに「港からの船出(9)」を約束する。

事実、旅はジェインの一生の段階を明確に特徴づける。ゲイツヘッド邸とリード一家から、ジェインはブロックルハースト氏のローウッド校へ、それから、この物語のもっとも長い部分であるロチェスター氏の居場所のソーンフィールド邸へと。この邸から彼女はいとこたちの暮らすムーア・ハウスへ逃げる。そして、最終場面で、戻って、ファーンディーンで暮らしているロチェスターを見出す。ジェインは、「小説の新しい章は、芝居の新しい幕に似ないでもない[*26]」(*JE* 93) と書く。そして『ジェイン・エア』の五つの居住地は五幕物の芝居を暗示する。提示部(ゲイツヘッド)、発展(ローウッド)、頂点(ソーンフィールド)、反転(ムーアハウス)、解決(ファーンディーン)。おまけに、激情の場面(ゲイツヘッドとソーンフィールド)と理性あるいは抑制の場面(ローウッドとムーアハウス)は、交互に出て、ファーンディーンで調和のとれた解決となる。ジェインはこれらの場所を旅するので、全体として彼女の人生の物語は、自分を知ること、あるいは冷静沈着への旅として読める。これらの概要は役立つが、簡素化したものである。「自己を知るための個人の旅」は、誰にでも当てはまる一般のタイプを示唆する言葉の一形態であり、十九世紀の英国人女性としてのジェインの経験の特殊性を割り引いて考えると、あまり特異だということではない。

ジェインが子供なのに反抗したことに怯えた伯母は、彼女をブロックルハースト氏が運営する少女たちを教育するローウッド慈善学校へ送り出す。カウアン・ブリッジにあったクラージー・ドーター

＊24　小池滋訳、前掲書、三三―三四頁。
＊25　小池滋訳、前掲書、一二九頁。
＊26　小池滋訳、前掲書、一四一頁。

ズ・スクール（牧師の娘たちのための学校）についてのシャーロット・ブロンテ自身の記憶から書かれたローウッドの章は、述べられている肉体的苦痛――寒さと半飢餓――と、スキャチャード先生の理由のない意地悪を、今の読者は覚えている。しかし、もっと重要なことは、ブロックルハースト氏が、彼の実在のモデルだったウィリアム・ケーラス・ウィルソンのように、十九世紀の宗教生活における重要な動向を体現しているという事実である。原罪という考え――子どもは誰でも、世界で初めて生まれた男性であるアダムの過ちを受け継いで生まれる――を信条として押し進めて、ウィリアム・ケーラス・ウィルソンのような極端な福音主義者は、教育とは、自然の、あるいは「動物的」傾向を抑えることを意味すると信じた。[10] シャーロット・ブロンテは、この実際の脅しを、ブロックルハースト氏が、自然の巻き毛さえ押さえつけねばならない、「わたくしたちは生まれつきに同調してはなりません。わたしはうちの生徒に、神の恩寵を受けた子供となって貰いたいのです」[*27]（*JE* 64）から、と滑稽な誇張した形で表わす。

ジェイン・エアはこの独断的な考えに激しく怒り、抵抗する。そして、もしスキャチャード先生がヘレンにしたように、彼女を懲らしめようとするならば、「もしあの笞で殴られたら、あたしは先生の手からあれをもぎ取って、目の前でへし折ってやるわ」[*28]（*JE* 55）と主張する。しかし、ゲイツヘッドから離れる前でさえ、反乱の気分は続かないだろうということを、理解し始める。ジェインに不利なことをブロックルハースト氏に言ったことで、リード夫人に憤激して、彼女は伯父の結婚によって親戚となったこの伯母との親戚関係を否認する。「あなたがわたしの親戚でなくてよかった……もし誰かに、あなたをどう思う、あなたからどのような仕打ちを受けたかと尋ねられたら、あなたのことを思っただけでむかむかする、あなたからひどい虐待を受けた、と答えましょう」[*29]（*JE* 36）。「戦場の勝者」として去ったが、それにもかかわらず、彼女はまもなく次のことを理解する。

私のように子供が大人相手に喧嘩をすると……後で必ず痛烈な後悔とひやりとした反動を経験しないではいられない。かっかと燃えさかり、すべてをなめ尽くすヒースの丘の野火こそが、リード夫人を告発し脅していた時の私の心の状態のシンボルであったろう。そして、炎が消えた後の真っ黒焦げの同じ丘が、三十分間ほど無言の反省の結果わたしの行動の狂気の沙汰を見せつけられ、わたしの憎悪の応酬がいかに浅ましいかを悟った時の状態を、いかにも適切に表現していたことだろう。[*30]（*JE* 37-8）

ここでジェインの激しい怒りは、不正によってと同じく、無視されたことによって燃え上がった。後年、彼女はリード伯母さんに述べる。「わたしはかっとなる性（たち）ですけど、執念深くはありませんよ。子供の頃には、伯母さんさえ許してくれるなら、伯母さんを喜んで愛そうと思ったことが、何度もあったのですよ」[*31]（*JE* 240）。

＊27　小池滋訳、前掲書、九五頁。
＊28　小池滋訳、前掲書、八一頁。
＊29　小池滋訳、前掲書、五一頁。
＊30　小池滋訳、前掲書、五三頁。
＊31　小池滋訳、前掲書、三七〇―一頁。

従ってローウッドではジェインの激しい気質は、ブロックルハースト氏の抑圧によってではなくて、友情と愛で抑えられた。ヘレン・バーンズの穏やかなキリスト教精神にのっとってさえも、不正な罰を甘受することは正しいのだと、ジェインを説得することはできない。彼女は『教授』の基調であるまさにこの忍耐という言葉を拒否する。「この忍耐哲学は理解できなかった」[*32]（*JE* 56）と、若いジェインは叫ぶ。「わたしが理由もなしに殴られたら、手ごわく殴り返してやらなくてはいけない。絶対そうよ――二度とふたたび殴ってはいけないと思い知らせるくらい手ごわくね」[*33]（*JE* 57）。ヘレンの死後、ジェインの師で、かつ友となるテンプル先生が、彼女が不当な扱いを受けた話を聞き、それが真実かどうかを調査したことで、ジェインの尊敬を得るということは重要だ。ジェインの述べたゲイツヘッドでの事件が本当だ、ということを知り、先生は全校生徒の前で、彼女の無実を証明する[*34]（*JE* 74）。テンプル先生が不正に対して弁論をもって対処した扱い方は、反抗にとって代わる手段で、小説全体は法廷の用語で知らされる。[(11)] それにもかかわらず、テンプル先生の影響の下にいて、ジェインは「義務と秩序に従うようになった」ように見えたけれども、彼女の「控えめな」行為の動機は、テンプル先生がローウッドから去る時に、失われる。「八年間の慣習に半日であきあきしてしまった。自由が欲しかった。自由に渇えていた。」祈りの声は、聞いてもらえなかった。「『では』とわたしは半分なげやりになって叫んだ。『せめて新しい苦役を与えて下さい！』[*35]」（*JE* 84-5）

ソーンフィールド邸での住み込み家庭教師としての職は、きつい労働ではない。しかし、穏やかなフェアファックス夫人と従順なアデールとの暮らしは、彼女が閉じ込められていると感じているので、まさに「苦役」のように思われる。ローウッドでは、「牢獄の敷地[*36]」（*JE* 85）を囲むように思われていた丘を、「越えたいと願っていた」[*37]（*JE* 85）。今、ソーンフィールドで、彼女は同じような身体的に乗り越えられない境界があるのを知る。「「稜線の向こうまで見られればいいな、聞いたことはあるがまだ見たことのない忙しい世界、都市、活気にあふれた地方が見られればいいな、と願った」[*38]（*JE* 109）。三階の廊下を歩きながら、彼女の「わたしの慰め」は、「いつまでも終わることのない物語に心の耳を傾けることだった――わたしの想像力が創作し、絶えることなく告げる物語だった。私が願いながらも現実には持っていない出来事、人生、火、感情で生き生きと脈打っている物語だった」[*39]（*JE* 109）。

後に、この同じ章の中で、ジェインがロチェスター氏に出会う時、この出会いは彼女の想像から現れるもののようだ。私たちは、子どものジェインが超自然的な物語を熟知していたことを知っている――赤い部屋で怖がった幽霊とか、ベッシーが子ども部屋で語る「古いお伽話や民謡」[*40]（*JE* 9）。十八歳で彼女の心は未だに「いろいろな種類の明るい妄想や陰気な妄想」で満たされており、「子どもの時には及びもつかぬ迫力と鮮烈さ」で強められた。このようなわけで、夕闇の中で馬の蹄（ひづめ）の音を淋

＊32　小池滋訳、前掲書、八二頁。
＊33　小池滋訳、前掲書、八五頁。
＊34　小池滋訳、前掲書、一一二頁。
＊35　小池滋訳、前掲書、一二八―九頁。
＊36　小池滋訳、前掲書、一二九頁。
＊37　小池滋訳、前掲書、一六五頁。
＊38　小池滋訳、前掲書、一六六頁。
＊39　小池滋訳、前掲書、一六六頁。
＊40　小池滋訳、前掲書、六頁。

しい小路で聞くと、彼女は「『ジャイトラッシュ』と呼ばれる北イングランドの妖怪が、馬、騾馬、大犬などさまざまな姿になって淋しい道に出没し」（*JE* 112）た[*41]ことを思い出す。ソーンフィールド邸に戻ると、ロチェスターは類似した気持を示す。彼が彼女に小道で出会った時、彼は言う。「妙なことに妖精物語を思い出して、わしの馬に魔法をかけたのかと、もう少しで尋ねそうになった」[*42]（*JE* 122）。二人のうちのどちらもまじめに妖精を信じているというわけではないが、この件でも示されているジェインの特殊な姿のように、超自然的なイメジャリーは日常のリアリズムを越えた遊び心のある想像の世界を広げて見せる。これは他人同士である二人にとっての思いがけない精神的な出会いの場である。

この初めてのインタヴューは、ロイドさんとブックルハースト氏を別とすれば、ロチェスター氏はジェインが出会った初めての成人男性であるということを理解すると、一層注目に値する。彼は彼女が「あの世の住人みたいな顔」[*43]（*JE* 121）をしていると言う。しかし、男や女にとって、お互いに赤の他人として出会うことは、ヴィクトリア朝の社会では珍しくはなかった。中流階級と上流階級の少年たちは、思春期になると、学校へ送られただろう。そして少女たちは、厳しく制限された環境で少年たちと出会う。少女は、それまでに単独では会ったことのない男と結婚することがあり得た。それだから、ジェインとロチェスターとの二回目のインタヴューはおもしろい。インタヴューで、二人は二人が会う条件を取り決める。ジェインはロチェスターの権威を彼がもっと明白な典拠——彼女が彼の「給料をもらっている使用人」[*44]（*JE* 134）だ——ということを喜んで忘れるように思えるので、彼の権威を受け入れることに同意する。小説の中での二人の会話は重要である。ロチェスターの経験がジェインに彼女が切望する「人生、火、感情」へ、身代わりになって近づくようにさせるからだ。シャーロット・ブロンテが十八歳の時、彼女は、ロンドンは「私にとってバビロンかニネベ、あるいは古代ローマのような［ほとんど］信じがたいといっていい大都会[*45]」（*L.* i. 128）と書いた。そしてジェインは同様に書く。「彼が教えてくれる新しいものの見方を受け入れたり、描いてくれる目新しい情景を想像したり、彼が案内してくれる新しい世界へと頭の中で彼について歩き回るのは、とても楽しいことだった」。二人の会話は、換言すれば、ジェインの想像上のヴィジョンの広範にわたる興奮を、心地よさと友情の相互作用とに結びつける。それで、彼女は「わたしのご主人さまではなくて肉親のように感じた[*46]」（*JE* 146）。

二人の関係を固めるこの時期に、会話を特徴づける言葉による説明はない。けれども、最初と最後の両方の対話で、からかいつつ議論する特性からみて、その中間の時期も生き生きとした会話だったに違いない。二人の結婚式の前にジェインが言うように、ロチェスターを上回る力の感覚、彼を自分の許に留めておく能力という彼女の意識の中での浮き浮きした気分、つまり「この針のような応答[*47]」

＊41　小池滋訳、前掲書、一六九頁。
＊42　小池滋訳、前掲書、一八五頁。
＊43　小池滋訳、前掲書、一八五頁。
＊44　小池滋訳、前掲書、二〇五頁。
＊45　中岡洋・芦澤久江編訳『シャーロット・ブロンテ書簡全集／注解』（彩流社、二〇〇九）上巻、一〇三頁。エレン・ナッシー宛。一八三四年六月一九日付。
＊46　小池滋訳、前掲書、二二三頁。
＊47　小池滋訳、前掲書、四二九頁。

（*JE* 273）で「面白がっているらしい*48」（*JE* 274）という気持ちは、危険を招くという意識で弱められる――二人の相互作用のいくらかの部分を特徴づける「率直で心のこもった*49」（*JE* 146）感じは、いつなんどき「わたしの理解を絶して*50」（*JE* 137）、お互いに理解ができないへだたりが生じ、裂け目に陥るかもしれない。ロチェスターが意識の中の測り知れない秘密をほのめかしたり、あるいは彼が説明すらせずに彼女の前からいなくなったり、彼女の信用を失う時に。

「喜びの波の下に大きな心配のうねりが潜む*51」（*JE* 151）という痛切な不安定が、二人が親密になるに従って現れる。そして、ジェインの心の生き方の物語は、彼女が除外されているミステリーの合図となるゴシックめいた騒ぎによって中断される。彼女が初めてロチェスターに出会う章は、彼女の監禁の感覚と、「わたしよりももっと動きのない生活*52」（*JE* 109）に苦しむ「何百万*53」（*JE* 109）もの人々についての瞑想で始まる。しかし、この効果が広範囲に及ぶ「フェミニスト宣言」の直後に、彼女の夢想が不気味な笑い声で破られた時、彼女は突然に自分が特別な立場にいることを思い出させられる*54（*JE* 109-10）。一九二〇年代に『ジェイン・エア』について書いたヴァージニア・ウルフは、ジェインの女性の運命に対する抗議の論争と、突然にプロットへ戻ることとの間の「一連の流れが妨げられる[12]*55」ことに批判的である。けれども、後年のフェミニストたちは、この結びつきが偶然に起きたものなどではない、と見ている。というのも、小説では、当初はわからなかった笑い声が、後に皮肉なことに、ジェインが三階の廊下を歩いていたすぐそばで*56（*JE* 109）籠の中の動物のように幽閉されていた狂気のロチェスター夫人の笑い声であり、この小説のもう一つの例である幽閉の類似のイメージを明らかにするからである。

> ここ、一人の女性の自立と愛の奮闘についての小説の中心に、完全に監禁されて社会的には死んだものとみなされている女性がいる。それにもかかわらず、彼女は自分に対する拘束を突破して、時折、彼女が隠蔽されて名のみの女主人である邸に、大混乱を引き起こす。……あまりにも過酷な拘束を受けている女性――マリッジ・セツルメント*57で、物として提供された女性――は、絶えず否定されている力を、理不尽な方法で示す。(13)

これはナンシー・ペルが一九七七年に書いたものだ。けれども二年後にジェインとバーサとの類似点についての考察が、サンドラ・ギルバートとスーザン・グーバーの *The Madwoman in the Attic: The Woman Writer and the Nineteenth-Century Literary Imagination*〔『屋根裏の狂女：ブロンテと共に』（山田晴子、

*48 小池滋訳、前掲書、四二九頁。
*49 小池滋訳、前掲書、二二三頁。
*50 小池滋訳、前掲書、二一〇頁。
*51 小池滋訳、前掲書、二三二頁。
*52 小池滋訳、前掲書、一六六頁。
*53 小池滋訳、前掲書、一六六頁。
*54 小池滋訳、前掲書、一六六―七頁。
*55 川本静子訳、『自分だけの部屋』（みすず書房、一九八八、一九九五）一〇五頁。
*56 小池滋訳、前掲書、一六五頁
*57 婚姻財産設定。川田秀子著、「シャーロット・ブロンテの財産」『ブロンテ全集2　ジェイン・エア』（みすず書房、一九九五）月報を参照。

藺田美和子共訳、朝日出版社、一九八六）」[14]によって、長く読み継がれることになった。

拘束や監視の下で暮らす結果の一つは、（『教授』でわかるように）犠牲者はプライヴァシーを守るものとしての社会的なマスクを発展させる。ロバート・サウジーが若いシャーロット・ブロンテの自由奔放な幻想の飛翔を嘆いたとき、彼女は「何かに気をとられていて一風変わっていると見られることを注意深く避けています。そんかことをすれば、いっしょに暮らしている人々に、わたくしが何を追求しているか勘付かせることになります[*58]」（*L*. i. 169）と答えた。そして『ジェイン・エア』で、ゲイツヘッドの一人の女中は、ジェインの激しい感情の爆発にもかかわらず、「この子は陰険な子よ。この年齢（とし）でこんな猫っかぶり見たことない[*59]」（*JE* 12）と宣言する。ギルバートとグーバーは、一九世紀の女性たちが受け入れ難い怒りを抑えることによって、社会で生き残ることを学んだように、今日の女性作家たちは礼儀正しいうわべを保ち、「反乱の衝動をヒロインにではなく、狂気か怪物のような女に投射する」と論じる。彼女たちは、『ジェイン・エア』をこのプロセスの典型的なテクストと見做し、それによって、「女性作家は反抗の衝動をヒロインにではなく、狂女、あるいは妖怪的な女性の人物の方に託すことによって、自身の自己矛盾、すなわち家父長制社会の拘束への従属を希望する一面、反対にそれを拒否したくもある自分の願望を表現しているのである。[15][*60]

一九世紀の読者は、狂気のロチェスター夫人を、物語に刺激を与えるためのセンセーショナルな手段として見るか、あるいは、ジェインとロチェスターを別れさせておくための不安定な状態を作り出す道具としてのプロットの工夫だったかのどちらかだと考えた。二〇世紀には、フロイトの理論が、読者に、ジェインが社会で受け入られるためには捨てなくてはならない性的過剰への警告として、彼女を見るようにさせた。これと対照的に、ギルバートとグーバーは、ジェインの心理的抑圧をバーサの身体上の監禁と同等のものとして提示する。彼女たちの分析は、この小説の中の構造のパターンの力を認識するのに役立つ。しかし、それはジェイン自身の反抗的精神の存続と表現を十分に認めるものではない。リード伯母さんは、九年間ジェインは「じっと我慢していたのに、一〇年目になって猛烈に攻めかかってくるなんて、何とも理解できない」[*61]（*JE* 239-40）という事実に、あっけにとられている。そして、これが彼女の物語を通して繰り返されるパターンなのだ。

屋根裏の狂女は、完全にシャーロットの想像の産物であるというわけではない。幽閉されて、多かれ少なかれ秘密にされていた狂気の人々について、彼女が知っていた例がいくつかある。[(16)] しかし、この特別な狂女は、ゴシック的センセーションの仲介を通して提示されている――薄気味の悪い笑い声、ロチェスターのベッドへの放火、ジェインの結婚式用のヴェールを引き裂くこと――これは、小説に奇怪な様相を与える。この記載は、このような記載を、「単なる」センセーションとして退けるものではない。フロイトが説明したように、奇怪な効果は、完全に異質なエクトプラズム〔霊媒の体から発するという仮想の心霊体、形態化した霊魂〕の状況で作り出されるのではなくて、私たちが忘れる努

＊58　中岡洋・芦澤久江編訳『書簡全集』上巻、一六〇頁。一八七三年三月一六日付。ロバート・サウジー宛。
＊59　小池滋訳、前掲書、一二一頁。
＊60　サンドラ・ギルバート、スーザン・グーバー 共著、山田晴子、薗田 美和子 共訳『屋根裏の狂女』（朝日出版社、一九八六）一一〇頁。
＊61　小池滋訳、前掲書、三七〇頁。

力をしてきたあるお馴染みのものによって醸し出される――「隠されたままにしておくべきだが、明るみに出てきたあるもの」、要約すると、「抑圧された者の不気味な帰還(17)」と呼ばれるものだ。社会の習慣に従うことによって押し留められているジェインの怒りは、それゆえに、その爆発がバーサの言葉にならない暴力によって反映されたときに、奇怪なものとして現れる。そして、フロイトが患者に「談話療法」を成し遂げることを促すと同様に、ジェインは彼女の激怒を明確にさせることによって繰り返し救われる、ということは重要だ。

ロチェスターは、自分の以前の生活についての隠されたヒントを知ったときのジェインが穏やかで落ち着いていたことを評価する。しかし、彼は、自分が自制せずに彼女を挑発して、彼に対する愛を認めさせたいとも願っている。彼のジプシー女の変装は、ジェインの性格では、「『理性がしっかりと手綱を握ってまたがっているから、感情が暴走して危険な断崖へと突進することを許さない。いかにも情熱とは、真の異教徒のように凶暴に荒れ狂うこともあろう。欲望がありとあらゆる空しい妄想を抱く〔『旧約聖書・詩篇』第二篇、第一節〕こともあろう。しかし、（……）あらゆる決定において最終の票を投ずるのは判断力だ。』*62」（*JE* 201）ということを確信するだけである。しかし、ついに彼はブランシュ・イングラムとの見せかけの婚約を、残酷すれすれまで押し付ける。彼がジェインはビターナット・ロッジへ去るのだということを明らかに平然として申し出ると、彼女はもう一度「猛烈に攻めかかってくる*63」（*JE* 240）。「わたしの心の中の悲しみと愛でかき立てられた激情が、思い通りに主張をしたいと悪戦苦闘し、他の感情を制圧して、生き残り、遂に王座に上って主権を握る――そう、つまり、自ら語るという権利を主張したのだ*64」（*JE* 252）。この愛の宣言における彼女の言葉の調子は、彼女がロチェスターの計画をわかってはいないけれども、それにもかかわらず、彼が状況を支配することは、またしても「不正だ」ということを暗示して、怒りの語調である。

わたしのことを自動人形だと思っているのですか ―― 感情を持たぬ機械だとでも？　自分の口からパン切れを払い除けられ、コップから生命の水を奪い取られても、我慢できるとでも？　わたしが貧乏で、身分も低く、器量も悪いちっぽけな人間だからといって、魂も愛情もない人間だと思っているのですか！　それは間違いですよ！ ―― わたしだって、あなたと同じくらいの魂と ―― 負けぬほどの愛情は持っているのですから！　もし神様のお恵みでわたしが何がしかの美貌とたくさんの財産を持っていたとしたら、あなただって、今私と同じように別れるのがつらいと思うことでしょう。今わたしは、慣習とか因習とか、いえ、肉体すらを仲介として、あなたに語りかけているのではありません。私の魂があなたの魂に語りかけているのですよ。二人ともお墓を通り抜けて神の前に立っている時のように、対等な立場で ―― 今わたしたち二人は、対等な立場にいるのです！」[*65]（*JE* 253）

＊62　小池滋訳、前掲書、三〇八頁。
＊63　小池滋訳、前掲書、三七〇頁。
＊64　小池滋訳、前掲書、三九二頁。
＊65　小池滋訳、前掲書、三九三―九四頁。

「対等な立場にいるのだ！」と、ロチェスターは、ジェインのこのスピーチにこだまのように返した。しかし、二人の婚約期間中に、彼はジェインが階級の障壁(バリヤ)を捨てることを褒めそやすように見えるけれども、彼は今なお自分が男性であることの特権を期待している。和らげられて皮肉めいた情況でだが、ジェインがロチェスターの独占欲丸出しの微笑みを、「黄金と宝石で女奴隷を飾り立てて、幸せでご機嫌になったサルタンのようだと思った」[*66]（*JE* 269）というサルタンの微笑みと比べる時に、奴隷のイメージが再び現れる。テキストに奴隷制度が再現されることは、現代の読者にとっては、個人のというより全体の文化が、「抑圧された者の不気味な帰還」なのである。これは、この一世紀の間の読者には見えなかったもの、つまり、ロチェスターの富は西インド諸島での奴隷によるプランテーションから得られているという事実を、今私たちに思い出させるからだ。事実、二〇世紀後半には大英帝国の終焉に伴い、ポストコロニアリズムと呼ばれる批評のスタンスが起きた。そして、フェミニズムが女性の現代の地位という面から古典作品の読み直しをするという責任を負ったように、ポストコロニアル批評は、『ジェイン・エア』のような小説について、登場人物たちが植民地の富にどのくらい依存してきたかを示すことによって、これまで見えなかった展望を見せてくれる。

『屋根裏の狂女』よりかなり前に、小説家ジーン・リースは、彼女の忘れがたい小説『サルガッソーの広い海』（一九六六）で、バーサ・メイソンのために、西インド諸島の人の伝記を着想していた。これはバーサ（本来の名前のアントワネット）をプランテーションの富豪の女相続人として提示し、彼女を物々交換の媒体手段として扱う男性の親戚の犠牲として提示する——彼女の富をロチェスターの英国の家柄と交換するということだ。その後の何人かの批評家たちは、これよりも先へ進み、母親が

「クレオール」だったバーサを、奴隷にされた種族[18][*67]（*JE* 290）を代表する者として読もうと試みてきている。しかし、ポストコロニアル批評家のガヤトリ・スピヴァクは、『ジェイン・エア』と『サルガッソーの広い海』の両方で、植民地主義の目に見えない犠牲者なのは、バーサではなくて、彼らの富を生み出した黒人奴隷たちだと書く[19]。

ジェインがロチェスターとの婚約中に呼び起こした奴隷の隠喩は、やや異なっていた。それはプランテーションの暮らしからではなくて、東洋の性の奴隷の存在から出たものであった。シャーロット・ブロンテは、東洋の衣装をまとったバイロンの有名な肖像画を知っていたであろう。そして、主人公たちが、ハーレムに収容されている女たちを放縦で独裁的なパシャたちから救い出すという『トルコ物語』を読んでいた。シャーロットのアングリア物語では、主人公のザモーナ公爵は、女性たちに君臨することで「サルタン」として言及されている。そして、『ジェイン・エア』で、ロチェスターが「トルコ皇帝の後宮全員と、この英国のちびっ子と取り替えてくれといわれても断るね！」[*68]と述べるとき、ロチェスターはジェインのイメージと共鳴する。けれども、アングリアでは、ザモーナの陰謀の物語は、男性のウイットのきいた語り手によって語られる一方で、『ジェイン・エア』では、ジェイン自身が物語を支配する。

＊66　小池滋訳、前掲書、四二〇頁。
＊67　小池滋訳、前掲書、四五五―六頁。
＊68　小池滋訳、前掲書、四二〇頁。

「後宮の代役なんて、とんでもないですわ。そんな風にお考えになるなんて止めて下さい。ああいうのがお好きでしたら、今すぐにイスタンブールの市場へ行って、ここでは思い通りに使えなくて途方に暮れているようなお金で、女奴隷をどっさりお買い下さいな」

「ぼくが黒い眼の人肉をよりどり見どり買っている間、ジャネットは何をするのかね」

「奴隷にされている人たち――とくにあなたの後宮の人たちに自由を教えるための使節として出かける準備をしているでしょうね。後宮へ入れてもらって反乱をそそのかします。偉大なるパシャのあなたには、たちまちにしてわたしどもの手で足枷をはめてしまいます。そして、あなたが独裁者としては古今未曾有の寛大な憲章(カルタ)に署名するまでは、わたしは絶対に縄目をゆるめませんから」[*69]（*JE* 269）

これは見事な一節だ。しかし、異なる読み方も受け入れられる。一つには、ジェインを他の人種の虐げられた女性にとってのチャンピョンかつ「連帯する姉妹」として位置づけるように見えることである。他方、スーザン・メイヤーが論ずるように、英国における階級とジェンダーの闘争のための隠喩として「人種上の『他者』を用いること」が、歴史上の現実として存在する植民地の人々を商品化し、束『インド・インク』、あるいは西『インド・インク』に変える。インクとは、英国における抑圧を終息させることについての小説を書くためのインクである。[(20)] スピヴァクの立場は、同様に批判的である。というのも、彼女はこの小説の中に、「好戦的な西欧女性という心理的伝記」[(21)] 以外の何も見ないで、ジェインが人間性を達成するためのジェイン自身の闘争に焦点を合わせる西欧のフェミニストたちを攻撃するからである。

〔註１：著者は、スーザン・メイヤーの論を、次のように解釈する。

他方、スーザン・メイヤーは、西欧あるいはアメリカのフェミニストたちが奴隷制度を英国女性と労働者階級の人々を弾圧するための隠喩として用いる時、この人々は実際に奴隷であって植民地に送られた人々の人間らしさを拒み、あたかもこの黒人たちは実際に誰か他人の物語を書くのに用いる「墨汁」であるかのように、使用するための「商品」としている、と論じる。「インドのインク」は漆黒で光沢のあるインクで、特別な書類や書道に用いる。ここでは、東インドや西インドの人々が、商品・物として用いられるという難解な隠喩である。

訳者注：東インド（インド及び東南アジア諸国）、西インド（北米東岸やアフリカ東岸を含むカリブ海一帯）〕。

〔註２：著者によれば、スピヴァクの論で 'subjects'（原書四二頁下から八行目）を 'people' と、'subject'（同頁下から二行目）を 'person' と訳すとき、ラカンの精神分析を用いている。subject（主語）が verb（動詞）を支配するように、subject（ある人）は物事を引き起こす行動的な人間になる。〕

シャーロット・ブロンテは、多くの点で進歩的であったことを認めなければならないが、植民地所有の観点から見ると、当時の時代の女性であった。今日の読者は、この小説が支持する帝国主義の隠された不正に気付くようになったけれども、『ジェイン・エア』の企画自体は、実のところ、ジェイ

＊69　小池滋訳、前掲書、四二〇―一頁。

ンを完全に沈着であるように導き、かつ、小説のヒロインを決定する対照と類似のパターンで、バーサは重要だ、ということは疑うべくもない。結婚式が破綻した後で、ロチェスターは、今はとても人間とは思えない姿として現われた「見たこともない野獣のように何かをひっつかもうとしたり、唸り声を上げたりしている」「わしの妻」と、「地獄の入口に立ってもこんなに厳しい落ちついた態度を保ち……娘[*70]」（*JE* 293-4）との対照を間近で見るようにと、同席した人々に強いて立ち会わせる。

ジェインの自制心は、婚約期間中に試されている。「［ロチェスター氏のような］ご身分の紳士が家庭教師と結婚する［著者の強調］なんて、あまり例のないことですから[*71]」（*JE* 265）というフェアファックス夫人の意見に促されて、ジェインは彼女のウイットと言葉で彼を寄せつけないできた。そして、彼女は「感傷の深み[*72]」（*JE* 273）を避けることについて話すけれども、本当の危険は性的降伏である。彼を「かなり不機嫌で不愛想[*73]」（*JE* 274）にさせ続けるという彼女の自信は、二人の初期の会話で築かれているが、また、青ひげのお伽話の型を思い出させる。重要なことだが、ジェインが初めてバーサの笑い声を聞くと、三階の廊下の「小さな黒いドアが両側に並んでいる」のが、彼女に「青ひげ公の城」を想起させることにちょうど気付いたところだ[*74]（*JE* 107）。そして、今や彼女は、「この針のような応答[*75]」（*JE* 273）で、死の瞬間を延期するのではなく、性の降伏の瞬間を延期して、シェヘラザードの役を演じる。彼女の結婚への予感は、実のところ、期待されるような幸せなものではない。「迫り来る日――結婚の日を延ばすことはできない[*76]」（*JE* 275）と、彼女は書いている。ジェインは既婚女性の従属的地位を憤り、ロチェスターが贈り物で飾り立てることを断り、伯父のエアに、独立した身分を確立しようと試みています、という手紙を書く。

その上に、明白な対照があるにもかかわらず、ジェインの自制心とバーサの狂気の抑制のきかない奔放さの間の二人の類似はやはり強い。二人が初めて対面した後のロチェスターがジェインに情婦として彼と一緒にいてくれるように誘惑するシーンで、彼はバーサを「放埒淫乱[*77]」（*JE* 306）だからと拒む。けれどもジェインは欲望を知らないわけではない。バーサがロチェスターのベッドに火をつけた後で、ジェインとロチェスターはロチェスターの寝室で二人だけで一緒にいた。そしてロチェスターが「目には奇妙な輝き[*78]」を浮かべて長引く別れの言葉を口にしたとき、ジェインを一晩中「浮きとしながらも不満な海に翻弄されていた[*79]」（*JE* 151）ままにしておいた。フロイト後の読者にとって、ベッドを燃やすということの象徴は、ほとんど見えすいている。結婚式がお流れになった後のインタヴューで、ジェインはロチェスターの誘惑を本能的に感じる。「赤熱した鉄の手で骨の髄をつかまれている[*80]」（*JE* 315）。彼女の感動はあまりにも強いので、彼女は自分のことを「狂っているから

＊70　小池滋訳、前掲書、四六〇―一頁。
＊71　小池滋訳、前掲書、四一四頁。
＊72　小池滋訳、前掲書、四二九頁。
＊73　小池滋訳、前掲書、四二九頁。
＊74　小池滋訳、前掲書、一六二頁。
＊75　小池滋訳、前掲書、四二九頁。
＊76　小池滋訳、前掲書、四三一頁。
＊77　小池滋訳、前掲書、四八二頁。
＊78　小池滋訳、前掲書、二三一頁。
＊79　小池滋訳、前掲書、二三二頁。
＊80　小池滋訳、前掲書、四九六頁。

だ——完全に狂っているからだ。……（訳者挿入）血管が燃えている」[*81]（*JE* 317）と述べる。火のイメジャリーは二人に流れる。ロチェスターは「燃えるような眼差しで、わたしをむさぼり喰おうとしているみたいだ。その瞬間私の肉体は炉の熱風と炎にさらされた麦の切り株のように無力だった」[*82]（*JE* 317）。ジェインの孤児の境遇で与えられた自由な決定の力そのものが、今や降伏のために働くように見える——「わたしの良心と理性そのものまでがわたしを裏切って」[*83]（訳者註 *JE* 317）と彼女は書く。そして、「この世の中でお前のことなんか気にかける人間がどこにいる？お前が何しようと傷つく人間がどこにいる？」[*84]（訳者註 *JE* 317）と叫ぶ。

　ジェインの自分への答えは、この本の中でもっとも有名で、もっとも論争の種になる一節の一つだ。「だが、わたしは頑強に反論し続けた。『このわたしがわたしのことを気にかけているのだ。わたしが孤独になればなるほど、友人も心の支えもなくなればなくなるほど、ますますわたしは自分を尊重するのだ』」[*85]（*JE* 317）。このように引用すると、この陳述は自立の明白な宣言として読める。だが、ここは次のように続く。

> わたしは神が定め、人間が認めた法を守るつもりだ。今のわたしがそうであるように、狂気ではなく正気であるわたしが受け入れた原理原則に従うつもりだ。法も原則も誘惑のない時には必要ないのだ。今のような時、肉体と魂がその厳しさに反逆している時にこそ必要なのだ。……わたし個人の勝手な都合で破っていたら、何の価値もなくなってしまう。……今この時に私が頼るべきものは、以前からの考え、もともとの決意しかない。だから、その上に足を踏みしめるのだ。[*86]（*JE* 317）

自分で自分のことを決めることは女性の権利だと信じている現代のフェミニストたちは、ここでのジェインの態度が、慣習への単なる条件付きの降伏とみなされるので、失望しがちである。この語りは、この小説に最初からしばしば現れる質問を、もっとも議論を呼び起こす形で想起させる。つまり、いつ外的な権威に従うのが正しいのか、いつ反抗するのが正しいのか？

この時点でロチェスターから離れる、というジェインの決意を判断する際に、ジェインの子供時代には、リード伯母とブロックルハースト氏が権威を表す典型であったけれども、彼らが権力を振ることは彼女にとっては不当に思えたので、二人に反抗したのだ、ということを私たちは思い起こすだろう。ジェインの理性は、彼らの権力を是認することができなかった。しかし、ジェインが今懇請する「以前からの考え、もともとの決意」[*87]（*JE* 317）は、単に外面的な権威を表すのではなくて、彼女が「正気」だった時に、彼女自身が是認してきたものだ。彼女の「以前からの考え」の中で決定的なのは、ロチェスターの若かった頃の情婦たちについての彼の説明に対するジェインの応答である。「情

＊81　小池滋訳、前掲書、四九九頁。
＊82　小池滋訳、前掲書、四九九頁。
＊83　小池滋訳、前掲書、四九八頁。
＊84　小池滋訳、前掲書、四九八頁。
＊85　小池滋訳、前掲書、四九八頁。
＊86　小池滋訳、前掲書、四九九頁。
＊87　小池滋訳、前掲書、四九九頁。

婦を持つというのは奴隷を買うに次ぐ最悪のことだ[*88]」（*JE* 311）と彼は言う。そして彼の選んだ言葉は、奴隷制度と反乱に言及する際に、小説の確立したシステムと共鳴する。性的に隷従するという「狂気」は、性的に従属するという「奴隷の身分」へと導かれよう。そして、ジェインは自発的に自分を奴隷にすることはできない。彼女は私たちに「わたしは彼の言葉が誠心誠意のものだと感じた。彼の言葉からわたしに察しがついたことは、こうだ――もしわたしがわれを忘れて……わたしがあのあわれな情婦たちの後釜になったとしたら、いつの日かきっと彼はわたしのことを、今以前の情婦のことを思い出した時と同じような不快な目で見るだろう、と[*89]」（*JE* 312）と、語る。

ヴィクトリア朝の読者層は、「堕ちた女」の社会的な不名誉について、今の私たちよりもずっとよく知っていたであろう。ヴィクトリア朝では、『ジェイン・エア』は何度も演劇化されたが、その中の一つでは、成人したジョン・リードが、ブランシュ・イングラムと偽りの結婚をするように企む――ロチェスターの計画との明白な対比だ――そして、それから彼女を捨て、彼女に「見捨てられた情婦」の運命を嘆くままにさせておく。「地位、友人、身分を失い、すべての堕落の苦しみを受ける街の女は、束の間の罪をいくら悔いても和らげることはできず、いくら購いをしても大目に見られはしない追放された者である――裏切者の男は、彼の卑しい情欲が、大切に愛さねばならなかった女性の心を破滅させるのだが、社会はもろ手を挙げて彼を受け入れる――彼は他人の家庭を勝手気ままに壊し、更に多くの無垢な人々を地獄へ送る[22]。

シャーロット・ブロンテの小説では、ジェインが自らの冷静さを保持するためにロチェスターのもとを去る時に、ジェインは――貧しく、文字通り地面にひれ伏して――どこから見ても堕ちた女になる、というのは皮肉なことだ。しかし、この小説の次の場面では、彼女は自分の本当の出自を隠すので、自制心のみならず自己否定も要求する。彼女の従兄妹たちだということが判明するリヴァーズの家族によって救われることは、この小説のかなり図式的なパターンだということがわかる。けれども、従兄のセント・ジョンとのやりとりは、ぞくぞくするほどの説得力がある。ここにもう一人の極端な福音主義者がいる。しかし、彼を喜劇的な怪奇人間として退けることはできない。ロザモンド・オリヴァーの愛を拒むという彼の自己抑制は、ジェインが自分自身に要求したものの極端な誇張である。しかし、彼が宣教師の役割として「港からの船出」をすることは、ハーレムの収容者を解放するという彼女が自分のために想像するものとは、非常に異なる。私たちは、セント・ジョンの目的が、自分の改宗者たちを自ら強く求める同じカルヴィニストの抑圧に従わせることと、彼のインドでの存在が、英国による支配を支持することを疑わない。

セント・ジョンへのジェインの応答は小説全体を通して典型的な行動である。「わたしは中庸というものを知らない——生まれてからこの方、わたしと正反対の積極的で厳しい性格を相手にすると、絶対的服従と断固たる反逆の中間を知ったことが一度もなかった。いつも絶対的服従を忠実に守り続けて、時どき火山の爆発のように断固たる反逆へと到達した」[*90]（*JE* 400）。この場合、彼女は取返しのつかない従属という場所にいる——彼が結婚を条件にするまでは、「鉄で作った屍衣が、わたしを前

＊88　小池滋訳、前掲書、四九〇頁。
＊89　小池滋訳、前掲書、四九〇頁。
＊90　小池滋訳、前掲書、六三〇頁。

後左右から締めつけて来た」[*91]（*JE* 404）と感じていた間でさえ、彼と一緒にインドへ行くことに同意した。彼女の「血管が燃えて」[*92]（*JE* 317）いて、「炉」[*93]（*JE* 317）のようなロチェスターの魅力の脅迫を感じていたけれども、セント・ジョンは彼女に「自分の天性の情熱の火を絶えずくすぶらすよう強いられ、心の外にまで燃え上がることを禁じられ、閉じ込められた炎が体内を次から次へと焼き尽くしても叫び声一つ上げることが許されない」[*94]（*JE* 408）ことを要求しただろう。セント・ジョンがジェインの拒絶を理解できないことは、彼女に彼が提案したことが効果てきめんの暴虐行為であったことを表す。つまり、「彼の横暴冷酷からヴェールがはげ落ちた」[*95]（*JE* 406）。ジェインが「勇気が出た。……正しいと思ったら、抵抗してもいい人間だ」[*96]（*JE* 406）と述べるのは、重要だ。彼女は抵抗する。彼が、結婚すれば一種の愛が生まれる、と主張した時に、彼女の「反抗心」が「噴出する」。「『あなたの考えている愛がそんなものなら軽蔑するわ』　わたしは言わずにはいられなかった。立ち上がって……『そんな偽物の愛しか与えることのできないあなたを軽蔑するわ。そうよ、セント・ジョン、そんなあなたを軽蔑するわ』」[*97]（*JE* 408）。

この情況で、ジェインがロチェスターから聞くという明らかに超自然的な呼び声は、彼女が述べるように、「魔術」ではなくて「自然がやったこと」[*98]（*JE* 420）のように出現する。私たちは、これをジェイン自身の願望の声として読むことができる。そして、彼女がロチェスターの許へ逃げ戻る時に、次の問いが起きるに違いない。もしロチェスター夫人が今でも生きていても、彼女はロチェスターの許へ戻っただろうか？この問いは小説の終わりまで宙ぶらりんのままで、答えることはできない。なぜなら、最終場面でジェインの激情に伴う火のイメジャリー―は浄化という現実になる。バーサを亡き者にし、ロチェスターの横暴を懲らしめるからだ。現代のフェミニストの中には、ジェインの過激な反抗が、あまりにもたやすく〈その後幸せになりましとさ〉に落ち着くことに苛立つ人々もいる。なぜなら、社会改革を必要とせずに、ひたすら自分にふさわしい男性を必要とする、という解決だからである。しかし、シャーロット・ブロンテは、ジェインがロチェスターに対して精神的にと同じく社会的にも同等であることを主張できるようにするためには必要であった財政上の独立を与えるために、プロットを巧みに操作した。初期ヴィクトリア朝の情況では、慣習に対するジェインの反抗が重要でないとは言えない。マーガレット・オリファントは、シャーロット・ブロンテが男性と女性との間に、一種の新しい関係を作り出したと信じた。そこでは、彼らの「すさまじい愛の行為」が「新しい局面での『女性の権利』の激しい宣言に過ぎない」のだと。(23)

事実、『ジェイン・エア』が読者を引き留め続けたのは、急進的な要素と保守的な要素とが奇妙に混じり合っているからに違いない。これはミルズ・アンド・ブーン（あるいはハーレクィン）ロマンスの型と、フェミニストたちへの霊感の両方を作り上げてきている。史実では、社会はジェインの境

＊91　小池滋訳、前掲書、六三五頁。
＊92　小池滋訳、前掲書、四九九頁。
＊93　小池滋訳、前掲書、四九九頁。
＊94　小池滋訳、前掲書、六四一頁。
＊95　小池滋訳、前掲書、六四〇頁。
＊96　小池滋訳、前掲書、六四〇頁。
＊97　小池滋訳、前掲書、六四三頁。
＊98　小池滋訳、前掲書、六六一頁。

遇の女性たちに自己実現のための多くのチャンスを提供しなかった。そして、パートナーがお互いを同等だとして受け入れ、彼と彼女が「一日じゅう一緒に語り合」い[*99]（*JE* 451）、それでいて肉体的欲望で惹かれ合うという友愛結婚との折衝をすることは、無視できるような業績ではない。その上に、この小説の語りの様式が混じりあっていることが、偶然の一致と遺贈というお伽話の構造の中に小説の社会的リアリズムを置くことで、成功の雰囲気を盛り上げる。一方で、不正、奴隷制、反抗、入獄、狂気への示唆の網を織りなし、その隠喩的システムは、より大きな含意と共振する。何世代もの読者に首をかしげさせた奇妙なことは、この小説がヒロインの結婚で終わるのではなくて、セント・ジョン・リヴァーズの死に近い恍惚感で終わることである。これは、もちろんジェインが選んだかもしれないもう一つの選択肢である。そして、この「高度な支配者精神」をうわべでは称賛する一方で、ジェインはまたセント・ジョンの信条は「誰でも私について来たいと思うなら、自分を捨て（よ）[*100]」（*JE* 452）だ、ということを、私たちに思い起こさせる。ジェイン・エアは超自然的原因あるいは社会的慣習に屈して自らを否定したりせず、彼女の自尊心を守るだけなので、現代世界のヒロインになり得るのだ。権威に対して異議を申し立て、不正に対して堂々と意見を述べることで、相互利益が育つことが可能になり、彼女は自力本願の力を鍛え上げる。

＊99　小池滋訳、前掲書、七一二頁。
＊100　小池滋訳、前掲書、七一四頁。

第四章　『シャーリー』

「でもそれでいいのかしら。それが生きるということかしら」[*1]（*S.* 149）

『ジェイン・エア』の成功は、シャーロット・ブロンテに世間への広い窓を開いた。一年余は、ペンネームで身を隠すことができたけれども、彼女の出版社主ジョージ・スミスと、更に重要なことには、聡明で同情的な原稿審査係のウィリアム・スミス・ウィリアムズとの文通で、ロンドンの文化的生活と直接に接触することになり、「私たちがヤマネのように横たわっている冬眠状態の隠遁生活にすばらしい光と命を導き入れてくれるように思われます」[*2]（*L.* i. 580）と紹介した。ウィリアムズはまた新刊雑誌や新刊書の包みを送ったので、［シャーロットと妹たちは］生まれて初めて貸本屋や予約購読図書館で読めるようになるのを待たずに、新刊書を見て読むことができた（B. 649）。

＊1　シャーロット・ブロンテ著、都留信夫訳『ブロンテ全集3　シャーリー　上巻』（みすず書房、一九九六）二三七頁。
＊2　中岡洋・芦澤久江編訳『シャーロット・ブロンテ書簡全集／注解』（彩流社、二〇〇九）上巻、七二四頁。ウィリアム・スミス・ウィリアムズ宛。一八四七年一二月一二日付。

『ジェイン・エア』は一八四七年一〇月に出版され、書評は、一八四八年に出始めた。この年はヨーロッパでの「革命の年」で、英国でのチャーティスト運動[*3]が最後に燃え上がった年であった。読者の中には、この関連に気付いた者もいた。一八四八年一月までに、改作『ジェイン・エア』が、悪名高いチャーティスト運動[(1)]の拠点であるヴィクトリア劇場（「オールド・ヴィック」）で上演された。一二月までに、エリザベス・リグビー（後のイーストレイク卿夫人）は、「権威を覆し、国外に広まっている人と神のすべての掟を破り、国内でチャーティスト運動と反抗心を養う精神と思考の語調は、『ジェイン・エア』を書いたものとも同じである」と宣言した[(2)]。

皮肉なことだが、シャーロット自身は、もともと保守的な意見の持ち主で、ウェリントン公爵を尊崇していたのだが、「ヴィクトリア劇場で『ジェイン・エア』の翻案劇が上演されてしまったために」、反体制派の広告塔のように見なされてしまった。特にアングリアの時代以降は、シャーロットがそれまで抱いてきたワーテルローの栄光は疑うべからざることだという考えすら、下火になってしまったのである。一八四八年三月にマーガレット・ウラーに手紙を書き、「『戦争にはつきもののあの華やかさとものものしさ』は、私の眼のなかでそれらの架空の光彩を完全に失ってしまいました」。しかしわたしは「激動的な革命」について言えば、革命が「世界を善であるすべてのものの中に押し戻し、文明を阻止し、社会の屑を表面に押し上げる」と告白する。彼女は、「イギリスが今大陸を苦痛に歪め、「アイルランドを脅迫している」痙攣、腹痛、逆上発作を免れるよう[*4]」（*L.* ii. 48）と祈る。しかし、危険は遠い所にあったのではなかった。一八四八年の初めの数カ月の間、何千人もの失業者たちや、死に物狂いの織物職人たちが、ハワース近辺の荒野や、キースリーやブラッドフォードという近くの町々に群がった。ジュリエット・バーカーが記すように、シャーロットは「彼女のまわりにいる苦しむ人々に会わずには、玄関から一歩も踏み出すことができなかった」(B. 655)。

シャーロットは、スミス・エルダー社との契約で、この出版社に、次の二小説を出版する権利を与えた。時代の風潮で、時事問題への要請が強いと思えたので、これらの状況は彼女にとって一層不安だった。「社会問題」小説というジャンルは、ファニー・トロロープの『工場の少年、マイケル・アームストロングの生涯と冒険』(一八四〇)や、ベンジャミン・ディズレイリの『サイビル』(一八四五)のような小説ですでにしっかり確立していた。自暴自棄になったマンチェスターの織物職人たちの窮状を熱烈な同情をもって探求したエリザベス・ギャスケルの『メアリー・バートン』(一八四八)は、シャーロットが新しい小説に着手した後にやっと現れたのだった。

『ジェイン・エア』の成功によって募ったシャーロットの期待感は、多彩な書評で高められた。自分の著書が非常に多くの観点から論じられるのを聞くという経験から、彼女はこれまでに全く気づかなかったが、読者には博識で、自信もあり、独善的でもある人々を含むということに気づくことになった。彼女は、他の小説家たち、特にW・M・サッカレーとジョージ・ヘンリー・ルイスから、書面を受け取り始めた。彼女は、ウィリアムズが彼女をこのような「卓越した作家たち」と比較し、「サッカレー先生、ディケンズ先生、ミセス・マーシュなどは、疑いもなく、観察の能力、例えばわたしが

＊3　一八三八—一八四八年間に英国に起こった急進主義の労働者の普通選挙権獲得の政治運動。六項目からなる人民憲章の議会通過を求めた。人民憲章は、英国のチャーティスト運動の指導者たちが、議会民主化を目指して作成した請願書。

＊4　中岡洋・芦澤久江編訳『書簡全集』中巻、八一四頁。マーガレット・ウラー宛。一八四八年三月三一日付。

もちあわせていないような能力を享受していらっしゃいます。たしかに彼らは、……世間についての知識、たとえばわたしなどには所有権を主張できないような知識をもっておられます[*5]」（*L*. i. 546）ということを指摘したとき、彼女は虚を衝かれたように見えた。シャーロットは、時事問題を直接に取り組むのは気が重い、と述べた。彼女はウィリアムズに、「情況は、よくわかりませんし、個人的に調べてみることはできませんが、ミセス・トロロープさえ『工場の少年』のなかでしたのと同じように、問題を滑稽なほど台なしにするといけませんので、絶対に弄ぶような真似はいたしません[*6]」（*L*. ii. 23）と書いた。

けれども、結果的には、シャーロットは彼女の新しい小説を一八一一年から一八一二年という過去に設定することで、小説の素材の時代を現在から遠ざけた。一八一一―一二年という年は、『シャーリー』執筆当時〔一八四九年頃〕のチャーティスト運動の不穏な情勢にぴったり対応するラダイトの機械破壊運動の時期だったのである。その上に、最終的に『シャーリー』と呼んだこの本を野心的で広い視野を持って書いたので、彼女の自己を批判するような表現は、あてはまらないことになった。この小説は、ウェリントンの半島戦役[*7]によって、枠組みが作られた。英国政府の〔女王の名において制定された〕枢密院勅令は、ヨークシャーの毛織物の市場を遮断し、製造業者たちが、すでに労働力を減らす新しい機械によって生計をおびやかされていた労働者たちに仕事を休止することを強いた。これが自称「ラダイト連中」に機械を打ち壊させ、工場を破壊することを思いつかせたのだった。[3]シャーロットは、バイロン卿の上院への処女演説を読んでいたであろう。ここで、彼は手厳しい皮肉で、いかに労働者たちが「人類にとって非常に有益な技術における進歩を喜ぶ代わりに、機械の進歩の犠牲になると考えると」[4]と述べた。牧師館のごく近くだったので、シャーロットはローフォウルズ工場への攻撃（B. 523）について、パトリックの話ばかりではなく、ロウ・ヘッド校が同じ地域にあったウラー先生からも、この話を聞いて知っていた。

ギャスケルや他の「社会問題」小説家たちと比べると、シャーロットの話題の扱い方は奇妙なほど個人的感情を含まないものである。労働者の窮状に焦点を当てるというより、どんな犠牲を払っても、自分の資産と愛国的戦争を擁護する極端な保守派で教会と国家が第一だという考えの牧師ヘルストン氏から、フランスとの戦争を遺憾に思い、労働者に同情する自由思想家で共和派のヨーク氏まで、中産階級の広い範囲の意見を披歴する。亡命ベルギー人の製造業者ロバート・ジェラール・ムアは、ホロウ工場の主人で、この小説の持つ主人公たるに最も近く、産業革命によって促進された事業を起こす野心を抱く者の典型である。製品を新しくする必要と、競争的市場で成功することによってのみ動機づけられて、彼は戦争に反対したが、労働者たちに対して同情的だとは到底言えなかった。これらの立場は第一巻、二―四章で概略が示される。ここで、とても協調するとは思えない立場の異なる者たちが協調してホロウ工場に集まり、機械の運ばれるのを待つのだが、機械は待ち伏せされて、到着前に破壊される。鋭く異なる登場人物の間の対話の情景は、一三歳のシャーロットがはっきり記憶し

＊5　中岡洋・芦澤久江編訳『書簡全集』上巻、六六五―六頁。ウィリアム・スミス・ウィリアムズ宛。一八四七年一〇月四日付。
＊6　中岡洋・芦澤久江編訳『書簡全集』中巻、七六八頁。ウィリアム・スミス・ウィリアムズ宛。一八四八年一月二八日付。
＊7　一八〇八―一四に、ナポレオン戦争中にイベリア半島でスペイン軍、ポルトガル軍、イギリス軍の連合軍とフランス帝国［第一帝政］軍との間に戦われた戦争。

ている。彼女は政治的な情景を非常に良く理解し、それを誇っていたのだから。「わたしたちは……トーリー派の『リーズ・インテリジェンサー』と……ホイッグ派の『リーズ・マーキュリー』を取っている。……『ジョン・ブル』も見ている。それはこちこちのトーリー派で、非常に過激だ[*8]」(G. 69)。

労働者たちについて述べると、シャーロットの扱いは簡潔なものと言ってよかった。第一巻第五章で、児童労働者たちがホロウ工場に到着する。「充分食べられるとよいのだが——そうでなければ気の毒だ[*9]」(S. 53) と、語り手はコメントする。ファニー・トロロープの小説への冷笑をほのめかして、「幼児虐待者や、使用人を奴隷のように考える事業主や監督のことは、牢番にでもまかせよう。小説家は彼らの所業の記録でページを汚すことから免れさせてもらっても、よいだろう[*10]」(S. 52) と、彼女は書く。ムアの行った労働者たちとの後の対決は、彼らの地域の代弁者たちが価値のない人々だということを明らかにする——酔いどれのメソディスト、モージズ・バラクラフ[*11] (S. 114-16) と、あの「半狂乱の紡績工[*12]」(S. 532) マイケル・ハートリーのことだ。一方ディケンズの後期の「産業」小説である『困難な時世』(一八五四) にいるようなもっとまじめな扇動者たちは「他所者であり、大都会から派遣されてきた『あぶれ者』、破産者、つねに借金し、しばしば酒浸りになった連中、つまり評判においても、金銭においても、清廉さにおいても失うものを持たず、得るばかりが多い連中だった[*13]」(S. 322)。

ウィリアム・ファレンという一人の労働者だけが、労働者たちの不当な苦難を、真剣に、心を動かすように申し立てるようにと選び出された。産業上の利害関係を「こんぐらかった状態」(『困難な時世』、第二巻第五章) と分析することで有名なディケンズのスティーヴン・ブラックプールのように、ファレンは「物事がすっかり曲がっちまった」[*14]（S. 117）ということを見てとることができるだけであるけれども。スティーヴン・ブラックプールのように、ファレンは特別な事例として扱われている。読者は、ファレン一家の小屋が、ムアの工場を運営するのに必要な数百戸のうちの一戸である代わりに、一戸建ての田舎家であると想像するのを許されよう。彼は、ホール師からも、ヨーク氏からも、ロバート・ムアからさえも、寛大な救助を受ける。庭師としての代わりの仕事を与えられて、彼は意見の相違の場面から除かれる。

ギャスケルのように、ディケンズは寛大な介入と、それに加えて労働者階級の苦しみへの唯一の明瞭な答として、製造業者の側の心の変化を擁護する。後にシャーロットの小説で、シャーリー自身は「災いを未然に防ぐこと」[*15]（S. 225）のために、明白な意図で、大規模な慈善事業を組織する。けれども、これらの良い意図は尻つぼみになる。ロバート・ムアが「施しによってなされる救済が労働者階級の怒りを鎮めたことは一度もない」と言うとき、正しいことを証明した。労働者階級の人々は、「わし〔原文は彼〕らだって屈辱的な救済なんて必要としない」と感じ、救済が必要となると、「わし〔原文

＊8　ギャスケル著、中岡洋訳『ブロンテ全集12　シャーロット・ブロンテの生涯』（みすず書房、一九九五）八七頁。
＊9　シャーロット・ブロンテ著、都留信夫訳『ブロンテ全集3　シャーリー　上巻』（みすず書房、一九九六）八〇頁。
＊10　都留信夫訳、前掲書、上巻、七九―八〇頁。
＊11　都留信夫訳、前掲書、上巻、一七八―一八三頁。
＊12　都留信夫訳、前掲書、下巻、四三五頁。
＊13　都留信夫訳、前掲書、下巻、七四頁。
＊14　都留信夫訳、前掲書、上巻、一八四頁。
＊15　都留信夫訳、前掲書、上巻、三六二頁。

は彼］らはかつてないほど、ひどくぼくらを憎んでいる」[*16]（S. 245）。労働者たちはやはりなおホロウ工場を襲撃し、ムアは、やはり塀の背後から狙撃される。

ジュリエット・バーカーは、「リアリズム、真実、感情に関して名声を得ている作家が、チャーティストたち[*17]の現在の苦しみを、彼女の描いたラダイトたちの姿として知らせることを許さないということは異常だ」（B. 655）と考える。彼女は「シャーロットには苦難の期間中に貧民の苦悩を観察する十分な機会があったのに、そうせずに、その代わりに一八一二―一四年のリーズ・マーキュリー紙のファイルを読むことに誠実に頼ったのは皮肉だ」（B. 656）と思う。しかし、ヘザー・グレンは、シャーロットが若い頃に新聞に親しんでいたことを思い出して、彼女の反応は「これよりむしろ慎重である」と論じる。事実を明確にすることが単に必要であることの代わりに、グレンは、シャーロットの見解は、「『事実』は異なった意見や観点によって、常に屈折させられており、情報には異議を唱えることができ、意見は組み立てることができるものだ、という一層高度で知的な見識[(5)]」であると論じる。

『シャーリー』について当惑するのは、地の文が、競合する人々の立場の差異を和らげるような分析を提供しない、ということである。『シャーリー』は三人称で書かれたシャーロットの最初の小説である。けれども、一人称の親密な直接性を三人称の全知の権威と交換する代わりに、この語り手は、読者と一定の関係を帯びることに用心深いように思える。物語の地の文の調子は、経験の苦い声による痛烈なユーモアから、個人個人との感動的な取り組み方まで、広くさまざまに変わる。そして、その構造は、からかいの質問による真の全知の立場から、特定の情景での登場人物の限られた見解まで、さまざまである。時として、語り手は、小説の枠組みの外側での未来の事柄についての知識さえ主張する。たとえば、（マーサ・テイラーをモデルにした）ジェシー・ヨークの将来の死が、彼女が大変に活発な子供の時の情景に導入されたように[*18]（S. 128）。対照的に、小説の終わり近くで、語り手はロバート・ムアのシャーリーへのプロポーズの場面と、ルイ・ムアの求愛という重要なシーンを離れて、どのような会話が報告されたかと、ルイのノートからの抜粋[(6)]へ後退するように思われる。

物語の視点の移動は、公的な事件から私的な事件へ、一組の登場人物から別の一組の人物へと移動し、焦点の変わり方は類似している。G・H・ルイスは、「『シャーリー』は……一幅の絵画ではなくて、一幅の絵画か数幅の絵画のために手当たり次第に描いたスケッチ帳だ[(7)]」という名言で評した。ルイスは疑いもなく、これを否定的な判断の意図で述べたし、レベッカ・フレイザーは、一九八八年に、「芸術的観点から言えば、この小説は『ジェイン・エア』のような統一性を欠くので、まったくの失敗作だ[(8)]」ということに同意する。しかし、ヘザー・グレンにとっては、首尾一貫した立場を取ることを否定することは、「知らないことは無制限にあること」を映し出すことで「近年イングランドで出版されたほかのどのような小説とも明らかに示唆に富んで異なる世間の本質への洞察力[(9)]」を提供している。

＊16　都留信夫訳、前掲書、上巻、三九四―五頁。
＊17　一八三八―四八年間に起こった急進主義の政治運動で、議会毎年開会・普通選挙の実施・代議士資格としての財産制限撤廃など六項目からなる法案すなわち People's Charter（人民憲章）の通過を議会に迫ったが、その運動の主義者。
＊18　都留信夫訳、前掲書、上巻、二〇三頁。

この小説は『教授』への「前書き」を思い起こすメロドラマを否定することで始まる。けれども、その「前書き」が冷やかし半分の皮肉を用いる一方で、『シャーリー』の出だしは徹底して世俗的で、冷笑的で、物語の後の方での「わくわくした味わい」の可能性で読者をじらすが、すぐさま「油は加えず酢だけかけた冷たい平豆」[*19]（S. 5）という料理を出す。この第一章はホロウ工場の防衛にではなくて、ラブレー風の抱腹絶倒の情景と三人の助祭たちの暴飲暴食に関わっている――これは、反対意見が多かった情景だ。（とりわけ、シャーロット自身の出版社からも）悪趣味であるばかりでなく、小説の主なテーマにとって必須ではないものだから。しかし、ギルバートとグーバーが、この小説は、身体的にせよ心情的にせよ、餓えというテーマが支配することで蓋を開ける、と指摘するのは、確かに正しい[(10)]。

このテーマは、第一巻、第五章と第六章[*20]で、気分がぐっと盛り上がる。ここで、ヘルストン牧師の姪で、ロバート・ムアの従妹のキャロライン・ヘルストンが紹介される。ジェイン・エアとは異なり、キャロラインは静かで美しい。活発で、思考は自立していて、行動は激しくはなく、ロバートの姉オルタンスの厳しい家事指導に従いさえする。第一巻、第六章で、彼女が臨機応変の賢いやり方で――男性たちを教化するための影響力を行使して[(11)]――「女性の天職」として知られるようになった事を果たそうと試みるのに出くわす。ロバートと一緒にシェイクスピアの『コレオレイナス』を読むことで、彼女は、彼の労働者への高慢で無慈悲な態度がいかに彼らを破滅させ――かつ彼にとって自滅的――であるかを彼に悟らせることを願っている。彼女の努力はほとんど成功しないが、このシーンは魅力的で、「興奮し、心は嬉しい思いで乱れていた[*21]」（S. 82）キャロラインを〔ロバートは〕家へ送る。

しかし、次の章（第一巻、第七章）では、地の文はもっと厳しい経験の様相になっている。ロバートと過ごした夕べを思い起こしたキャロラインは、無邪気に「恋をしたら、つぎには結婚ということになるわ」[*22]（S. 84）と考える。そして彼女は今ではロバートが彼女を愛していると確信しており、そして確かに彼女は彼を愛しているので、彼女の将来はバラ色に見える。けれど、年齢を重ねた『ジェイン・エア』の語りの声が、若気の過ちに関して、優しく、説明的である一方で、こちらの声は情け容赦もない。「キャロライン・ヘルストンは十八歳を迎えたばかりである」[*23]（S. 82）に続き、「十八のときには〈経験〉という学校には入学前であり、人を挫き押し砕く、暴虐なものでありながら、同時に心を清め鼓舞してくれる教えは、まだこれから学びとらなければならないのである」[*24]（S. 82-3）。キャロラインとの幸せな夕べの翌日、ロバートはその夕べの「名状し難い魅力」[*25]（S. 89）を認めることができない。そして、語り手のコメントは無情だ。

パンを期待したのに石しか与えられず、それで歯がかけたからといって、神経が痛むからといって、悲鳴を挙げてはいけない。心の胃——そんなものがあるとしてであるが——が駝鳥の

＊19　都留信夫訳、前掲書、上巻、四頁。
＊20　都留信夫訳、前掲書、上巻、一三一―二頁。
＊21　都留信夫訳、前掲書、上巻、一二八頁。
＊22　都留信夫訳、前掲書、上巻、一三二頁。
＊23　都留信夫訳、前掲書、上巻、一二九頁。
＊24　都留信夫訳、前掲書、上巻、一三〇頁。
＊25　都留信夫訳、前掲書、上巻、一三九頁。

胃にも劣らず強靭で、石でさえ消化してしまうと信じた方がよいのである〔マタイ伝七章九参照〕。卵を求めて手を伸ばせば、運命はさそりを握らせる〔ルカ伝一章一二参照〕。驚きを表してはいけない。与えられたさそりをぐっと握りしめ、掌を刺されるままにするがよい。心配するには及ばない。手や腕が腫れ、痛みで長いあいだ震えはすることだろうが、やがて握りつぶされたさそりは死に、泣かないで耐えることを覚えるという大きな教訓を習得したことになるのだ。[*26]（*S.* 89-90）

このようにして、地域社会での一般的な事柄で始まるこの小説は、もっと慣習的な軌道——恋愛物語——へ軌道修正するように見える。だが、無慈悲にもシャーロットの昔のテーマである「忍耐」へと戻ってしまう。レベッカ・フレイザーは、この小説が「第一に社会への抗議の小説なのか、率直な恋愛物語なのか、まったくのどっち付かずだ」[(12)]と愚痴をこぼす。けれども、この二つの繋がりは事実上過酷だ。英国は、勝てないがあえて放棄することもできない外国との戦いで封鎖されている。それで製造業者たちは布を売ることができないが、それでもなお、市場の利益のために、機械を新しくしなければならなかった。文無しの娘との結婚は論外だったのだ。「率直な恋愛物語」の代わりに、シャーロット・ブロンテは、結婚しない女性が直面しているむごい選択という試験を課す。彼女は一八四八年五月にウィリアムズに、「女性が養い教育すべき幼い家族を抱え、導くべき家庭があるとき、彼女の手はいっぱいであり、彼女の使命は明らかです」[*27]（*L.* ii. 66）と書いた。けれども、キャロライン・ヘルストンにとってみれば、彼女の人生の問題は次のような疑問となって出てくる。「今日一日をどう過ごすべきか？」[*28]（*S.* 92）とか、あるいはもっと必死の思いで、「私と墓場とのあいだに横たわる時間を、どうやって埋めればいいっていうの」(13)*29 (S. 149)。

ロバートと過ごしていた幸せな夕べの最中ですら、キャロラインは就職したいという願いを告げ、彼の会計室で事務員として働けば幸せだろうと思った。――つまり、ウィリアム・クリムズワースの工場の書記としての期間が、彼に「暗くじめじめした井戸の壁に生えている植物になったような気になり始めた」*30 (P. 25) と感じさせる時のことを私たちが思い起こす際の皮肉な願いのことだ。彼女が思いつくことのできる唯一の別の職業は住み込み家庭教師であるが、シャーリーの以前の住み込み家庭教師は、「椅子に座ったきりで、一人ぽっちの、拘束された、喜びのない、辛いもの」*31 (S. 316) で、「精力は無惨に押しつぶされてしまったし、いつも友達はいないし、家庭もない」*32 (S. 316) という暮らしから逃れるようにと忠告する。プライア夫人の警告が、エリザベス・リグビーの『ジェイン・エア』への書評の引用を取り入れているという事実は、リグビーの住み込み家庭教師の暮らしの記事を、シャーロットがどれほど深く憤慨していたかを示すものである。とにかく、キャロラインは事実上孤児であるが、彼女の行動の自由は、叔父であって保護者であるヘルストン氏によって、完全に制限さ

＊26　都留信夫訳、前掲書、上巻、一四〇頁。
＊27　中岡洋・芦澤久江編訳『書簡全集』中巻、八五〇頁。ウィリアム・スミス・ウィリアムズ宛。一八四八年五月一二日付。
＊28　都留信夫訳、前掲書、上巻、一四四頁。
＊29　都留信夫訳、前掲書、上巻、二三六頁。
＊30　シャーロット・ブロンテ著、海老根宏訳『ブロンテ全集1　教授』(みすず書房、一九九五) 三八頁。
＊31　都留信夫訳、前掲書、下巻、六三―六四頁。
＊32　都留信夫訳、前掲書、下巻、六四頁。

れている。彼は見せかけの恩恵を有効な圧制に結び付ける男性権力の権化である。ヘルストンは、男性と女性が「別々の領域」で存在するということを示す当世流の信条の最たる例である。彼は自らの妻を、優しく無視して効果的に殺したのだ。

女が黙っている限りはなんの苦しみもなく、何も欲するものがないと彼は考えていた。孤独を訴えぬ限りは、たとえ孤独が続こうと、彼女はそれが嫌であるはずがない。話をせず、自分を押し出さず、好き嫌いを言わなければ、つまりは好き嫌いがないわけであり、彼女の好みを訊くのは無駄なことだと思っていた。[*33]（S. 45）

キャロラインは、今ではこの同じ体制に支配されている。彼女が思い切って就職したい、とか、現状を変えたいと頼んでも、いつも理解してもらえない。ヘルストンの忠告は、「突飛な考えはやめにして、向うへ行って、楽しむがいい」「何をして楽しめばいいのかしら。お人形で遊べばいいのかしら」と、部屋を去る時、キャロラインは独り言を言った[*34]（S. 163-4）。

しかし、キャロラインに内に秘めた力や気転をきかせる才がないわけではない。彼女は自分の置かれた状況を真剣に吟味する。特に、彼女は近隣の二人の「老嬢たち」を訪問し、彼女たちの自己否定的な威厳を尊敬することを深く学ぶ。ミス・マンは「長い苦しみに満ちた数々の事態を独りでくぐり抜け、厳しい自己否定を実践し、多大の時間と金と健康を犠牲にしたというのに、彼女の親切を受けた人々は忘恩をもってしか報いなかったのである[*35]（S. 153）。一方、ミス・エインリーは、病人たちを見舞うことで、かけがえのない存在になっていた。キャロラインは、老嬢たちに宛てがわれた場所が「他人のために尽くし、助けのいる人のための力になることだ」ということと、これは「そう考える人にはとても便利な教えでもあるわけよ」ということだとわかる。――しかし、彼女は問う、「でもそれでいいのかしら。それが生きるということかしら。(夫や子供がいないからといって)生涯を他人のために捧げるような人生には、恐ろしい、うつろで、にせの、欠けた、渇いたところがあるんじゃないかしら?」[*36](S. 149)。それにもかかわらず、彼女は自分をミス・エインリーのしたいように任せる。たとえば、彼女の階級の独身女性にとってふさわしいと思われるすべての慈善的な行いを遂行するし、毎日をメソディストのように暮らすようにするし、「ユダヤかご」のために縫物をし、庭仕事に励み、疲れ果てるまで長距離を歩き――ヘルストンさえ認めざるを得ないほど、この定期的に果たしている仕事は、彼女を「いまは哀れな、青白い小娘よろしく座り込んで泣き喚いている」[*37](S. 162)ほどに、彼女を落ち込ませている。

キャロラインは、この間ずっと、ロバートとの結婚が彼女の救いになるだろうと感じないわけにはいかなかった。でも、現状では望み薄なこの希望は、幸せな結婚のモデルを示さない語りでも弱められている。ヘルストンは、結婚では「くびきをともにする者は伴侶とは違う。男にしろ女にし

＊33 都留信夫訳、前掲書、上巻、六八頁。
＊34 都留信夫訳、前掲書、上巻、二五九頁。
＊35 都留信夫訳、前掲書、上巻、二四三頁。
＊36 都留信夫訳、前掲書、上巻、二三七頁。
＊37 都留信夫訳、前掲書、上巻、二五七頁。

ろ、一緒に苦しむ相手というだけのことだ[*38]」（S. 86））のだから、結婚を「愚行以外のなにものでもないこと[*39]」（S. 86）とみなす。キャロライン自身の父親はひどい大酒飲みで、自分の娘を虐待し、妻が去らざるを得ないようにさせ、娘を彼女の叔父に託した。キャロラインが再び母と一緒になるとき、母も娘の結婚についてのロマンチックな思い入れに対して警告する。「まるで現実とは似ても似つかない。作家たちは沼を書いても、人の心を誘うような緑の水面しか書かないで、下に泥沼があるっていう真実というか、本当のことは一つもほのめかさないわ[*40]」（S. 319）。ヨーク夫妻は六人の子供たちと暮らしているが、この夫婦はいわゆる連れ合いとは言えない。（メアリー・テイラーをモデルにした）年少のローズは、女性の運命について、自分なりの意見を抱いてきている。彼女は、キャロラインの人生を「ゆっくり時間をかけて死んでゆく[*41]」（S. 335）暮らしだとみなして、自分自身には「大理石の中に埋められたひきがえるの一生みたいに真暗ななかで眠り続ける[*42]」（S. 335）ことや、あるいは「リンネルを入れる箪笥に押しこめて、シーツの間に安全にしまっておいたり[*43]」（S. 336）することを拒む。

キャロラインの衰弱は、『シャーリー』第一巻の大部分を占めており、最終章になってようやくシャーリー・キールダーという姿で希望が現れる。シャーリーはシャーロット・ブロンテのユートピアの女性の試みである。彼女は美しく、生き生きとしていて、想像力豊かで賢く、自信があって裕福だ。キャロラインのように、彼女は孤児だが、境遇はまったく異なる。二一歳で保護者から独立し、ジェイムズ一世時代（一六〇三—二五）の邸宅であるフィールドヘッドとホロウ工場を含む地所を所有してきている。二人の若い女性は友人になり、キャロラインはしばらくの間、彼女の暮らしを脅かしていた「不毛なよどみ」[*44]（S. 158）から救われたように見える。「シャーリー」は今では女性たちにとってはごくありふれた名前なので、シャーロットの初期の読者へのこの名前への衝撃は、すっかり忘れ去られている。シャーロットの小説以前には、「シャーリー」は貴族の姓というだけのことだった。これはあたかもシャーロットが裕福な女子相続人を「ダイアナ」ではなく、「スペンサー」と呼んだようなものなのだ——あるいは、「カラー」、「エリス」とか「アクトン」と呼んだようなものだった。シャーリーは「キールダー隊長」を勤めたり、口笛を吹いたり、暖炉の前の絨毯に寝そべったりして礼儀作法を無視することもあるが、彼女は女らしくない女なのではなくて、慣習的な束縛から解放された女なのである。シャーロットはギャスケルに、シャーリーは「エミリ・ブロンテが健康と順境に置かれていたならばそうであったであろうものとして……描こうとした」[*45]（G. 315）努力の成果だった、と告げた。そして、エミリーを知っていた人々は、シャーリーの快活で、おしゃべり好きで、社交的な性格の中にエミリーを見つけはしなかったけれども、シャーリーはやはりエミリーの一風変わった、因習に囚われない、夢想的な気性も確かに共有

＊38　都留信夫訳、前掲書、上巻、一三五頁。
＊39　都留信夫訳、前掲書、上巻、一三四頁。
＊40　都留信夫訳、前掲書、下巻、六八頁。
＊41　都留信夫訳、前掲書、下巻、九五頁。
＊42　都留信夫訳、前掲書、下巻、九五頁。
＊43　都留信夫訳、前掲書、下巻、九七頁。
＊44　都留信夫訳、前掲書、上巻、二五〇頁。
＊45　中岡洋訳『ブロンテ全集12　シャーロット・ブロンテの生涯』（みすず書房、一九九五）四六九頁。

している[46]（S. 325-6）。一八四八年初頭に、シャーロットはウィリアムズに「幾つかの点でエリス［エミリー］はいささか理論家だと思います。ときどき彼は私の分別するところでは実践的というよりはより大胆で、独創的だと思われる考えを切り出してきます[47]」（L. ii. 28）と書いた。シャーリーが小説に加わると、その着想の水平線が上昇するように見える。彼女は従来の「半分人形で半分天使[48]」（S. 296）という女らしさの考えに挑戦するのみならず、この小説では因習的な宗教に対する不満に焦点を合わせる。

「神よ、教会を救い給え。神よ、教会の改革をもなし給え[49]」（S. 254），というのが、語り手の英国国教会に対する曖昧な反応である。三人の助祭たちは恥かきである。これまでに述べられた三人の教区牧師たちのうちで、穏やかで寛大なホール氏だけが完全に称賛に価する。第二巻、第六章での疑似英雄的衝突で、非国教徒たちは、讃美歌ではなくて「ルール・ブリタニア[50]」（S. 256）を歌いながらやってくる日曜学校の行列によって、総崩れになる。キャロラインとシャーリーは、学校での祝宴に続いた教会の礼拝に欠席する。シャーリーは、スティーヴィ・デイヴィズが「エミリー・ブロンテのミルトンとの文学上の不和⒁」と呼んだものの話を持ち出す。これは、ミルトンのイヴは最初の女性ではなくて、「自分の料理女[51]」（S. 270）だと論じたものだ。その代わりに、とんでもない合成物――キャロラインが「聖書と神話であたまのなかがごちゃまぜになっている[52]」（S. 270）と呼ぶもの――の中で、シャーリーは「女タイタン[53]」（S. 270）を想像する。アダムと同等で、「神と向き合って語りあっている[54]」（S. 271）。おそらく、もっと明らかなことは、ロバート・ムアの職長のジョー・スコットが聖パウロの格言を用いて彼女たちを見くだして、「婦人は、静かに、全く従順に学ぶべきです[55]」（S. 277）

と言い始めたときに、聖書は融通無碍に臨機応変に訳せるから「それにもしギリシャ語の原文が読めたら、……そこの箇所はすっかり逆に言い換えることができると思うの。たぶんこんなふうになるわ。〝女も異議を唱えるべきだと思うときには、いつも唱えるべきである〟」[*56]（*S.* 278）のような聖書の翻訳の変わる可能性を考えて、新たな引用をあえてジョーに答えるのはキャロラインなのである。

ウィリアムズへの同じ書面で、シャーロットは、「エリスが評論家（エッセイスト）として見られてはじめて彼の全身像が見られるだろうというべきでしょう」[*57]（*L.* ii. 28）というかなり驚くべき観察をのべた。従って、この小説の第三巻は、シャーリーによるエッセイを示す。シャーロットとエミリーがフランス語の宿題としてエジェ先生に書いたように、このエッセイは「最初の女学者」と題されていて、話の初めに孤独な孤児の少女が記される。この子の嘆きはキャロラインによって神話的に脚色された嘆きのよう

＊46　都留信夫訳、前掲書、下巻、七九―八一頁。
＊47　中岡洋・芦澤久江編訳『書簡全集』中巻　七七七頁。ウィリアム・スミス・ウィリアムズ宛。一八四八年二月一五日付。
＊48　都留信夫訳、前掲書、下巻、三一頁。
＊49　都留信夫訳、前掲書、上巻、四〇八頁。
＊50　都留信夫訳、前掲書、上巻、四一二頁。
＊51　都留信夫訳、前掲書、上巻、四三三頁。
＊52　都留信夫訳、前掲書、上巻、四三五頁。
＊53　都留信夫訳、前掲書、上巻、四三五頁。
＊54　都留信夫訳、前掲書、上巻、四三五頁。
＊55　都留信夫訳、前掲書、上巻、四四六頁。
＊56　都留信夫訳、前掲書、上巻、四四七頁。
＊57　中岡洋・芦澤久江編訳『書簡全集』中巻　七七七頁。ウィリアム・スミス・ウィリアムズ宛。一八四八年二月一五日付。

に読める。「こうして自分は燃えつきて亡んでゆく定めなのか。自分の生きた光は何一つ善きわざも行わず、見る者も、必要とする者も全くいないまま……?」[*58]（S. 407）バイロンの幻想的な詩劇「天と地」（一八二二）と同じ題辞を持っているが、シャーリーの幻想は、バイロンの幻想同様に、「天才」と名付けられている神の息子によって、地の娘と共に救われることで終わる。このエッセイの神話的なありようは、エミリーの書いたもののどれとも似ていないが、その考え方は「私の胸の中の神」、あるいは「囚われし者」(15)の「見えざる」来訪者を想起させる。五頁すべてが、ありそうもないことだが、シャーリーの以前の家庭教師ルイ・ムアの記憶から復唱されているので、現代の読者のほとんどは、このエッセイにとまどう。しかし、リンドール・ゴードンは、シャーリーの「たとえ話は、オリーヴ・シュライナーが一八九一年に出版し」、婦人参政権論者を鼓舞した「『夢』と呼ばれるフェミニストのための比喩譚を作り上げる」と指摘する。(16)

幻想的でユートピア的な書き物は、進歩への実際の障害が手ごわく人をひるませるときに現れやすい。シャーリーは、ふざけ半分に、男性の自由な行動のように振る舞うけれども、彼女は本質的に自由ではない。キャロラインのように、シャーリーは「職業につきたい、仕事をしたい」[*59]（S. 193）と願った。慈善を施す試みでさえも、男性が認めてくれなければできないのだ。第二巻、第三章は、三人の司祭たちに魅力を振りまいて、自分の計画に賛同するように仕向けた「キールダー隊長は……喜びに、顔は輝いていた」[*60]（S. 231）で終わる。だが、彼女は自らの直接の権力によってというよりは、「女としての影響力」によって成し遂げる。

女性が周辺に追いやられていることのもっともドラマチックな情景は、第二巻、第八章で起きる。

この時、キャロラインとシャーリーは牧師館に一緒に二人だけでいる。真夜中に牧師館の横を通り過ぎる何百人もの足音を聞いて、彼女たちはロバートに警告するために荒野を横切って駆けてゆく。でも、二人は遅すぎた。その上、ロバートは工場を兵士たちと防衛し、攻撃は撃退される。彼女たちは他人からは見られない有利な場所から情況を眺める以外の何もできない。彼女たちの無能さは、ギャスケルの後期の産業小説『北と南』（一八五四―五）との対照で際立つ。これは鋭いしっぺ返しで、『シャーリー』からのキーワードを引用しているように見える。シャーリーとキャロラインが介入を思案している間――「ロマンチックな気分になって舞台に駆けのぼって」[*61]（S. 289）――「この混戦のなかに飛び込んだところで、なんの役にも立たないことが二人にもわかる」[*62]（S. 290）。しかし、ギャスケルの女主人公マーガレットは、実際に介入し、「ロマンチックな愚か者のように！　混戦の中に」飛び込んで、自分が恥をかくにもかかわらず、当日の後になって、包囲された製造業者を守るばかりか、労働者たちがそれ以上罪を犯さないようにして、「何か良いことをした」と、了解する。[(17)]

シャーロットよりももっと楽観的なギャスケルのシナリオは、シャーロット・ブロンテのとは非常に異なる個人的及び社会的環境に由来する。家族、友人、裕福な文化的環境に囲まれて、幸せな既婚女性であったのみならず、彼女はまた進歩的なユニテリアン教会の一員でもあった。ユニテリアン派

＊58　都留信夫訳、前掲書、下巻、二一五頁。
＊59　都留信夫訳、前掲書、上巻、三〇七頁。
＊60　都留信夫訳、前掲書、上巻、三七一頁。
＊61　都留信夫訳、前掲書、下巻、一八頁。
＊62　都留信夫訳、前掲書、下巻、二一頁。

は女性に対する［男性と］同等の教育と、人間の理性と同情心によって、進歩が可能になると信じるものだった。シャーロット・ブロンテの運命に甘んじる立場は、彼女の保守的な見解からばかりではなく、個人的な体験にも由来する。『シャーリー』の第一巻は、一八四八年の春と夏に書かれた。この期間中、ブランウェルの状態は悪くなる一方で、九月には阿片とアルコールの大量摂取によって悪化した慢性気管支炎で没した。更に不幸が続いた。一二月に、自分の病気を最期の日まで認めることを拒んだエミリーが、結核で亡くなった。シャーロットは「こんなに暗澹たる時間を経験したことはありません[*63]」（*L.* ii. 154）と書いた。一八四九年の春の間、彼女は『シャーリー』第二巻を辛うじて進めた。けれど、今やアンが衰えてゆき、彼女も五月に結核で他界した。驚くべきことに、シャーロットは仕事に戻り、八月に第三巻を仕上げた。

次から次へと続いたおぞましい死が、批評家によって、『シャーリー』の構造上の弱さと、全体の調子が不均衡である、という説明をするのに用いられてきている。しかし、弟と妹たちの死は、この小説の一般的な様相に、一層的確な効果を与えた。ブランウェルについて、シャーロットは書いた。「わたしが泣いているのは先立たれたという意識からではなく……才能の破綻、約束の喪失、燃えて輝く燈火（ともしび）であったかもしれないものが早々と侘しく消えていったという意識からです[*64]」（*L.* ii. 122）。エミリーは「まだこれからというときに彼女は死にました――わたしたちは彼女が若い盛りに人生から連れ去られるのを見ました[*65]」（*L.* ii. 157）。アンは、死に近づいたとき、次のように書いた。

運命が私に割りふった私なりの仕事を

勇敢で不屈な者たちのあいだに位置させたいと願い、
苦々として働く群れにまじって　熱烈で高貴な
目的を掲げて労苦したいと願いました(18)*66

彼女は「人生の希望」が、目的を遂げる前に奪われてしまった、と感じていた。繰り返される嘆きは、希望がくじかれ、才能が無駄に費やされ、人間の努力が挫折したことについてであり、『シャーリー』の結論を彩るのは、公的にも私的にも、「この時代の一般的な社会の楽観主義に随伴する暗い雰囲気を生み出して、希望を達せられなかった」という失敗の思いであった。

この小説では、女性の雇用を嘆願し、結婚は否定的に描かれているにもかかわらず、シャーロットが女主人公たちのために思い描けた最善の結果は結婚だった。「あなたは臆病者で裏切り者よ」とメアリー・テイラーは、彼女のニュージーランドの店から手紙を書いた。*67 (*L.* ii. 392. [29 APril 1850])。シャーリーが、彼女が誰と結婚するかを命じる権限があると主張する叔父に歯向かうすばらしく滑稽

*63　中岡洋・芦澤久江編訳『書簡全集』中巻　九七七頁。エレン・ナッシー宛。一八四八年一二月一九日付。
*64　中岡洋・芦澤久江編訳『書簡全集』中巻 九二四頁。ウィリアム・スミス・ウィリアムズ宛。一八四八年一〇月二日付。
*65　中岡洋・芦澤久江編訳『書簡全集』中巻　九七九頁。エレン・ナッシー宛。一八四八年一二月二三日付。
66　森松健介訳『ブロンテ全集10　詩集』（みすず書房、一九九六）「絶筆」六〇五頁。
*67　この書簡は、中岡洋・芦澤久江編訳『書簡全集／注解　全三巻』にも、エリザベス・ギャスケル著、中岡洋訳『ブロンテ全集12　シャーロット・ブロンテの生涯』（みすず書房、一九九五）にも含まれていない。

なシーン（第三巻、第八章）[*68]がある。しかし、この後に半ばいやいやながらシャーリーと、彼女が選んだ相手であるロバートの弟ルイとの間で痛ましいほど長引く折衝が続く（第三巻、第一三章）[*69]。ルイはシャーリーの叔父一家の中で、家庭教師という低い地位についているけれども、彼は背が高く、強靭で、敏感で、冷静で、断固とした男だ。彼がフィールドヘッドの主人にまったくぴったりであることがわかり、シャーリーの主人としても（自分が願っていると言うように）ぴったりだとわかる。けれども、一度「決められた日取りに縛られることになった」[*70]（S. 534））となるや、「彼女は鎖につながれた砂漠の獣同様、憔悴していった」[*71]（S. 534））。その間、ロチェスター氏のように、ロバート・ムアは経験によって控えめになった。シャーリーにお金のために結婚を申し込むという不誠実さで屈辱感を味わい、彼女から猛烈な拒絶を食らってロンドンへ出かけ、そこで彼は身近で[*72]（S. 453-4）貧しい人々の苦しみを見る。帰宅時に狂気の織物職人に狙撃されて、病気になることや、他人の世話になることがどのようなことかを学ぶ。キャロラインは、彼のプロポーズを、自分の夢への答えとして受け入れる。しかし、二人の結婚の状況はぼかされている。

アンが亡くなったほぼ直後に書き始められた第三巻は、「死の陰の谷」という題の章で始まっていた。シャーリーがロバートと結婚するだろうと想像して、再びたった独りで、希望もなく、熱病にかかって、ぐったりしている。キャロラインの母親であることがわかったプライア夫人が、娘の回復のために努力しているときに、娘の心からの苦悶の声を間違えることはない[*73]（S. 369）。けれども、再び述べるが、この章の重要性は単なる悲しみの一つだというのではない。一八四九年の初頭に、シャーロットとアンは、『フレイザーズ・マガジン』に印刷されていたアンの詩の一つを読んだ。その直前に、チャールズ・キングズリーの社会問題小説『酵母』（一八四八―九）の最終回配本があった。キングズリーの最終章も「死の陰の谷」と題されているが、ヘザー・グレンが指摘するように、キリスト教社会主義者のキングズリーは、次のように、この小説を終える。

「より貴族的で、より騎士的で、より神のような」英国の進歩的なヴィジョン――「鉄道、電報、集合下宿屋、クラブ会館、衛生改良、実験学校、化学農業、帰納的科学の無比の学校――これらすべてが、まさに世界の仕事場の中にあるのだ！[19]

シャーロットの結論は異なる。『シャーリー』の最終章「結末」は、露骨にその虚構性を知らせ、キングズリーとの対照で、私たち読者の期待を欺くように見える。女主人公たちは、新聞の三行広告のような文章で結婚している*74（S: 541）が、長く待たれていた枢密院令の廃止は、滑稽なほど迅速に、ギリシャ劇の「宙乗りの神*75」と

*68　都留信夫訳、前掲書、下巻、第三一章。
*69　都留信夫訳、前掲書、下巻、第三六章。
*70　都留信夫訳、前掲書、下巻、四三八―九頁。
*71　都留信夫訳、前掲書、下巻、四三九頁。
*72　都留信夫訳、前掲書、下巻、二九六―七頁。
*73　都留信夫訳、前掲書、下巻、一五〇―一頁。
*74　都留信夫訳、前掲書、下巻、四五〇頁。
*75　機械仕掛けの装置から現れる神、つまり強引な急場凌ぎの解決策。

して、このシーンに降りてくる。「倉庫はがらがらになり、船には荷が積みこまれた。仕事は増え、賃金は上昇した。繁栄のときが到来したように思われた」[*76]（S. 534）。その上で、ロバートがキャロラインに提示する未来像は、奇妙にもつれないもので、彼女に風景に執着させるようにしている。

「雑木林は五年もしないうちに薪にしてしまうさ。美しい野生の峡谷はなめらかな斜面にして、天然の緑の高台は石畳の道路にする。薄暗い峡谷にも、寂しい斜面にも家を建てる。ゴツゴツした砂利道は、ぼくの工場から燃えがらを持ってきて敷きつめて、平らな固くて広い、黒々したすの道路にする。そして僕の工場はね、キャロライン、ぼくの工場はあの中庭一杯になるくらいまで拡張する。」[*77]（S. 540）

それは、あたかも一八一二年に見たユートピアの夢想が、一八四九年の悪夢として正体を明かしたようなものである。

小説の最後のパラグラフは、ホロウに妖精たちが出没した工場の昔の時代に遡る。『ジェイン・エア』での妖精呼び出しの祈願が陽気なままでいる一方で、ここでは妖精たちが失われた産業革命以前への嘆きを示唆し、私たちに、この奇妙な、悲劇的で、痛烈な小説を通して、決して皮肉に扱われたり、辛辣さで曇らされたりせずに、風景や、季節や、天候を描く非常に美しいくだりがあることを思い出させてくれる。日光でまだら模様になったり、あるいは嵐の中の大海のように荒れ狂う木立、蜂がぶんぶん唸ったり、あるいは差し迫った嵐で鉛色の山地、音楽のようだったり、荒れ狂ったり、あるいはおおらかで静かな谷川、樹木で覆われて安全な緑色の、あるいは危険で暗い色のホロウ、まばゆかったり、あるいは燃え立つような日没、東洋からの伝染病を運ぶ風、あるいは春の復活で清々しい風、色とりどりの甘美な庭園、あるいは冬の木枯らしの庭園、星や月に照らされた、あるいは曇ったり、暗い濃紺の夜空――『シャーリー』の奇妙なパッチワークの中で、これらの描写は宝石のようにかすかに煌めく。彼女の妹の哲学を捉える緊張した試みよりもはるかに多く、シャーロットの自然世界の喚起は、エミリーの母なる大地の愛への記念物として、またシャーロット自身が詩人であることの最高の主張として存在する。

＊76　都留信夫訳、前掲書、下巻　四三七頁。
＊77　都留信夫訳、前掲書、下巻　四四八―九頁。

第五章　『ヴィレット』

私は彼女をベッドから引き離した——悪魔め！　私は彼女を高く掲げた——悪鬼め！　私は彼女を振り回してバラバラにした——謎め！　そして彼女は倒れ伏した——私の周囲の四方八方に——ズタズタに、バラバラになって——私は彼女を踏みつけた。[*1]（V. 470）

『ヴィレット』は今までに『ジェイン・エア』ほど人気が出たことはない——ケイト・ミレットは、これは「人気が出るには破壊的すぎる」[(1)]と述べる——けれども、この小説は批評上の評判は『ジェイン・エア』よりもおそらくずっと高いだろう。ジョージ・エリオットは「力強さにかけてはほとんど超自然的」で、「『ジェイン・エア』よりもはるかに素晴らしい本だ」[(2)]と見なした。現代の批評家サンドラ・ギルバートとスーザン・グーバーは、いかにも彼女たちらしく、妥協しない。

*1　シャーロット・ブロンテ著、青山誠子訳『ブロンテ全集5　ヴィレット』下巻（みすず書房、一九九六）三四二頁。

『ヴィレット』の主人公で語り手でもあるルーシィ・スノウは同じ作者が創ったどのヒロインよりも年嵩で聡明であるが、社会的には何も持っていない女性である。社会からはじき出され、両親も友もなく、肉体的にも精神的にも人を惹きつけるところがない。財産も自信もなく、健康にも恵まれていない。このルーシィの物語は、すべてを剥奪されている女性の物語としては、それまで書かれた中でもっとも人の心を打ち、しかも恐ろしいものであろう。[(3)*2]

ヴィクトリア朝のフェミニスト、ハリエット・マーティノーは、この本は「耐えられないほど痛ましく」、「私たちが異議を申し立てるのがまっとうな大量の主観的惨めさで」読者を悩ませている、[(4)]ということを見出した。マシュー・アーノルドは、「著者の心には、餓えと反抗と怒り以外の何もない」[(5)]からと、この本を嫌って、彼女に同意した。

けれども、現代のフェミニストたちにとっては、シャーロット・ブロンテの情緒的飢餓の物語は、重要な現実を人目にさらすという価値ある必要なことなのである。そして、アーノルドの、「餓えと反抗と怒り」という語句は、因習的女らしさの束縛に対する反抗を奮い起こす雄叫びとなっている。ギルバートとグーバーは、『ヴィレット』を「シャーロット・ブロンテの多くの面で捨身と見えるほどフェミニズム的色彩の濃い小説である」[(6)*3]と呼ぶ。ケイト・ミレットは、絶望に抵抗する力を強調する。彼女にとって、『ヴィレット』の女主人公は「争い、目的を遂げられない転落、怒り、恐ろしい自己不信、やり抜くための制御しがたい決意に満ちた神経症的革命家」である。ルーシーは彼女の社会によって囚われているのかもしれない。しかし、ミレットは「逃亡はこの本の中全体に充満している。

『ヴィレット』は脱獄についての、一つの長い瞑想録のように読める」[7]と書いている。

しかしながら、もし『ヴィレット』が第一に内面の研究、心理的孤独の研究であるとしても、これは『ジェイン・エア』と『シャーリー』におけるように「忙しい世界、都市、活気にあふれた地方」[*4]（*JE* 109）からの地理的な遠さによって定義されるのではない。その代わりに、ルーシーの物語は、都会の密集した物質社会の環境の中で明らかになる。ヘザー・グレンが示すように、この奇妙な結合は、シャーロット・ブロンテ自身がこの小説を執筆していた時代の経験に、ある程度は由来する。[8]一八四八年一〇月の『シャーリー』の出版と、一八五三年一月の『ヴィレット』の出版との間に、三年以上が過ぎた。これらの歳月の間のシャーロットの人生の毎日のパターンは、一八四八―九年の弟と妹たちの死によって急激に変わった。父親の隠遁者のような暮らしの習慣のせいで、彼女はハワースの牧師館で、事実上、たった独り残された。妹たちとの習慣となっていた親しい交わりの思い出に強められた静寂と孤独は、時には忍耐の限度を越えた。

一八五〇年に、シャーロットは『嵐が丘』と『アグネス・グレイ』の新版に付ける「エリス・ベルとアクトン・ベルの伝記的覚書」を書き始めた。エミリーとアンは亡くなっていたので、もはやペンネームを使い続ける理由はないように思われた。そして、シャーロットは、「ブロンテ神話」を形成

＊2　サンドラ・ギルバート、スーザン・グーバー 共著、山田晴子、薗田美和子訳『屋根裏の狂女――ブロンテと共に』（朝日出版社、一九八六）三六八頁。
＊3　ギルバートとグーバー共著、山田晴子・薗田美和子訳、前掲書、三六八頁。
＊4　シャーロット・ブロンテ著、小池滋訳『ブロンテ全集2　ジェイン・エア』（みすず書房、一九九五）一六五頁。

するのに非常に役立った情緒的な潤色を施して、彼女たちの人生の多くを細部にわたって詳説している。シャーロットにとっては、この書き物には「死別の悲しみが甦ってきて、ほとんど耐えがたいほど意気消沈してしまいました――一晩か二晩の間朝までどうやって過ごしたらよいのかほとんどわかりませんでした――そして朝がやってきてもまだ込み上げてくる悲しみの思いに付きまとわれていました」*5 (*L.* ii: 487)。どこか別の場所で、彼女はこの状態を「ヒコポンデリー（心気症）」として言及した。この語は、当時は想像上の苦しみを意味するのではなくて、臨床的鬱病（ふさぎ）のようなものを意味した。(9) この経験は、新しいものではなかった。一八四六年という早い時期に、彼女は「地下の牢屋に生き埋めになっていたよりもはるかにひどいもの……超自然的な恐怖」*6 (*L.* i. 505) が自分の存在を包み込んだという「集中的な苦悩」*7 (*L.* i. 505) の感覚を述べていた。『シャーリー』ですでに目立っていた「埋葬」のイメジャリーが、『ヴィレット』では優勢になる。

禁欲的であろうという努力にもかかわらず、シャーロットは時々ハワースから逃げ出して、新しい知人と出会い、新しい考えを吸収したい、という強い必要性を感じた。彼女の出版者ジョージ・スミスは、一八四九―五二年に、母と姉妹たちと一緒に暮らしていたロンドンの邸に、喜んで彼女を数回迎え入れた。すでに一八四八年七月に、シャーロットはスミスに会っていて、この時、彼女とアンは、「カラー」、「エリス」、「アクトン」・ベルというのは単独の人間だ、という噂を打ち消すためにロンドンへ出かけたのだった。この時は、ジョージ・スミスと彼の原稿審査係ウィリアム・スミス・ウィリアムズだけが、彼女たちの身元の秘密を明かされていた。しかし、『シャーリー』の出版後、シャーロットの匿名性は徐々に失われてゆき、自分が「名士扱い」されるという考えや、あるいは文学上の名士として扱われるということに、ぞっとした。とはいえ、ジョージ・スミスに守られて、彼女は美術館、博物館、著名な説教師たち、文芸講演会、劇場を訪れた。一八五一年には、水晶宮での大博覧会を五回訪れた。大英帝国全土から芸術品や発明品を集めるように企画された大博覧会は、印象深い経験で、シャーロットは父親に、「巨大な虚栄の市のようです――このうえなくきらきらした色彩がありとあらゆるところで燃え上がっています――そしてすべての種類の製品が――ダイヤモンドから多軸紡績機や印刷機まで見られるようになっています――非常に美しい――豪華な――生き生きとした――圧倒されるものでした――が、サッカレーの講演の方がずっと気に入りました」[*8]（*L.* ii. 625）と述べた。

若く、ハンサムで、優しく愛想のよいジョージ・スミス自身が、シャーロットのこれらの訪問の楽しみの主眼であった。シャーロットとエレン・ナッシーとの間に交わされた書簡類によれば、友情よりも温かな感情の存在を仄めかしている。一八五二年遅くに、シャーロットが『ヴィレット』の半ば書き終えた原稿をスミスの了承を得るために提出したとき、彼は、ドクター・ジョンという登場人物に自分を、ルーシー・スノウの中にシャーロットを認めた。それで、二人の関係は、小説の進展に伴って、奇妙に絡み合うようになっていった。その結果は、今でもなお不確かだが、シャーロットは

＊5　中岡洋・芦澤久江編訳『シャーロット・ブロンテ書簡全集／注解』（彩流社、二〇〇九）中巻、一四八四頁。エレン・ナッシー宛。一八五〇年一〇月二三日付。
＊6　中岡洋・芦澤久江編訳『書簡全集』上巻、六〇二頁。マーガレット・ウラー宛。一八四八年一一／一二月？
＊7　中岡洋・芦澤久江編訳『書簡全集』上巻、六〇二頁。マーガレット・ウラー宛。一八四六年一一／一二月？
＊8　中岡洋・芦澤久江編訳『書簡全集』下巻、一六五〇頁。パトリック・ブロンテ師宛。一八五一年五月［三一日］。

スミスに、「ルーシーはドクター・ジョンと結婚してはいけないのです。彼はあまりにも若く、ハンサムで、元気で、気立てがやさしすぎます」[*9]（*L.* iii. 77-8）と書いた。ジュリエット・バーカーは、スミス自身はシャーロットとの結婚を考えていたかもしれないと推測するが、シャーロット自身の判断が的確なものだというのが、ありそうなことだ（B. 836）。

しかし、ジョージ・スミスだけがシャーロットのただ一人の接待役だったのではなかった。一八五〇年八月に、彼女は社会改良家ジェイムズ・ケイ・シャトルワース卿の湖水地方にある別荘に滞在し、そこで彼女は小説家エリザベス・ギャスケルと出会った。二人の女性は、直ちにお互いに好意を抱き、ギャスケルは後にシャーロットの伝記作者となった。もっと驚くべき友人は、自由思想家の随筆家で小説家のハリエット・マーティノーで、一八五〇年一二月には、再び湖水地方で彼女と滞在した。このような友人たちとの邂逅のせいで、シャーロットは批評家への敬意をいくらか失うということになった。彼女はすでにジョージ・ヘンリー・ルイスと友情に溢れた文通を交わしていた。しかし、ルイスが『シャーリー』を、明らかに子供のいない女の作品だ、と批評したことによって彼女の信頼を裏切った時、彼女は一つの文章で答えた。「敵に対しては用心することができますが、神さま、わたしを味方から救い出し給え！」[*10]（*L.* ii. 330）彼女がルイスに六カ月後に出会った時、彼は再び無神経なコメントを出した。ジョージ・スミスは、初めて「彼女の穏やかさの下に隠されていた激怒」を見て、「彼の不作法な感想に対して返された怒りに満ちた雄弁を、憧憬と驚嘆の混じり合った気持ち」で聴いた、と報告している（B. 757より引用）。シャーロットはサッカレーを、自分の身元を不注意にも公けの場で漏らしたことで、同様にきつく叱責した。スミスが報告するように、「ほとんどサッカレーの肘にも届かないが、なぜか彼自身より強く、すさまじく見えて、彼の頭に痛烈な言葉を投げつけたこの小柄な女性の眼を見張るような光景は、要塞に砲弾を落とすのに似ていた」(B. 798より引用)。

けれども、訪問や会合で興奮すると、シャーロットは常に疲れ果てて頭痛が起き、気力がなくなって病気になり、「独房に監禁された囚われた人——大理石の塊のなかに閉じ込められたヒキガエル」[*11](*L.* ii 232)になぞらえた状態に落ち込んだ。アンの死後、彼女は侘しい日々をまぎらわそうと、『シャーリー』を書き進めることに戻っていった。けれども今は「脅迫観念に憑りつかれた主張とその撤回について、公の場では耐えられない自意識、私的には耐えられない孤独、ということが周期的に廻ってくるために、彼女は書くことをためらった」[10]。一八五〇年初頭に、彼女は新しい小説を書き始めようとした。しかし、全く進まず、一年後にスミス・エルダー社への義務を意識して、再び『教授』に関心を持ってもらえないか、試みた。丁寧な辞退を受けたとき、彼女はブリュッセル体験を新しく使うことを思いついた。そして、『ヴィレット』は一八五一―二年に、ゆっくりと書かれた[11]。

しかし、『ヴィレット』を『教授』の「焼き直し」と見なすのは誤りである。初期の小説『教授』のように、『ヴィレット』は、主にブリュッセルを小説用に作り替えた「ヴィレットという」町での私立の寄宿学校、つまり女子校に設定されている。この二つの学校の女校長たちの性格は似ている。

*9 中岡洋・芦澤久江編訳『書簡全集』下巻、一九六六頁。ジョージ・スミス宛。一八五二年一一月三日付。
*10 中岡洋・芦澤久江編訳『書簡全集』中巻、一二四五頁。ジョージ・ヘンリー・ルイス宛。一八五〇年［一月一〇日付け?］。
*11 中岡洋・芦澤久江編訳『書簡全集』中巻、一〇八五頁。ウィリアム・スミス・ウィリアムズ宛。一八四九年七月二六日付。

しかし、他の類似点は少ない。主な相違は、『ヴィレット』には女性の一人称の語り手がいる、ということだ。ジェイン・エアのように、ルーシー・スノウは孤児で、自力で生きることを余儀なくされた。彼女は、初めは病身の婦人のコンパニオン（住み込みの話し相手）として、それからたった一人で海峡を越えるという大胆な航海をしてから、幼児養育婦、そして後には「ラバスクール」――ブリュッセルとベルギーのこの小説の中での仮名――と呼ばれる国の「ヴィレット」という町で、教師として生計を立てる。ジェイン・エアのように、ルーシーには二人の恋人の可能性がある。色白の金髪碧眼で、ハンサムで、朗らかなジョン・グレアム・ブレトン医師と、色黒で、熱烈で、癇癪持ちのポール・エマニュエル先生だ。

けれど、『ヴィレット』は第二の『ジェイン・エア』とはほど遠い。ルーシー・スノウはジェイン・エアのように読者に胸のうちを明かしはしない――事実、この小説の初めの数章では、彼女は自分を単に他の人々の人生を観察するだけの精彩に欠ける者として提示するのに骨を折る。この時点で、彼女は「子ども」だ。しかし、彼女の行動は子どもらしくないし、年齢は曖昧だ（後に計算すればほぼ一三歳だとわかるが）。彼女は自宅におらず、教母のブレトン夫人宅に滞在している。私たちは、彼女が両親とではなく、「親戚」と暮らしていることを除いて、彼女が「長らく身を寄せていた」[*12]（*V.* 5）、ことについて何も知らない。もしも、読者が、彼女は「親戚の胸に喜んで帰って行った」[*13]（*V.* 35）、と想像することを選んでも、彼女は「優しい気立ての人々がそう推測なさっても」[*14]（*V.* 35）反駁しないであろう。事実、この小説に特徴的な語りの戦略で、彼女は「その後八年間の私を、読者が次のように想像なさっても構わない。たとえば、穏やかな天候のもと鏡のように静かな港でまどろむ船……多くの女たち、少女たちは、大体そういうふうに人生を過ごすと考えられているのだから、なぜ私だけが、その人たちと同様であってはならぬわけがあろうか？」[*15]（*V*. 35）、

心身の状態を示唆する隠喩に深く依存した小説で、このような「想像をすること」が読者に提供されることは、説得力をもっている。その結果、次のパラグラフで挫かれることになるのだが。

しかしながら、もしそうだったとしても、私が何かの拍子で海中に落ちたか、あるいは結局船が難破したに違いないということは、隠しておくことはできないのだ。私は実に長い間、冷たく危険な闘争の時を過ごしたことを、どうしても忘れることができない。今でも悪夢に悩まされるとき、海の波がのどに塩からく流れ入り、氷のような冷たさが胸を圧迫する夢を、繰り返し見るのである。嵐さえあって、それも一時間や一日だけのものではなかった。何日も何夜も、太陽も星も姿を見せず、私たちは、船の重量を減らすために、自分の手で船具を海に捨てた。大嵐が襲って来た。助かるという希望は、すべて奪い去られた。挙句の果てに船は沈み、乗組員は死に絶えた。[*16]（*V*. 35）

＊12　青山誠子訳『ヴィレット』上巻、四頁。
＊13　青山誠子訳『ヴィレット』上巻、五三頁。
＊14　青山誠子訳『ヴィレット』上巻、五三頁。
＊15　青山誠子訳『ヴィレット』上巻、五三頁。青山訳は「八カ月間」。
＊16　青山誠子訳『ヴィレット』上巻、五三―四頁。

更に、聖書のこの隠喩の強さが、これが実際の難破(12)のことなのか、私たちにはっきりさせないままにしてあるが、ようやく次のパラグラフで、ルーシーは簡潔に「私の記憶する限り、私はこういう苦労のことをだれにも訴えなかった。[*17]」(*V.* 35)と報告する。彼女は今では、事実上、ブレトン夫人とさえ連絡が取れなくなっていたので、愚痴をこぼす相手がいない、と語り続ける[*18](*V.* 35)。

それゆえに、第四章までに、ルーシーは孤児であるばかりでなく、「私は他人を当てにすることはもうできなくなり、自分自身に頼る以外になかった[*19]」(*V.* 36)。病気の婦人のコンパニオンとしての彼女の境遇は「本物の真珠のように大事にしていた一片の人間的愛情[*20]」(*V.* 38)を提供してくれるが、これはミス・マーチモントが突然亡くなって、失われる。彼女は「突っつかれ、追い立てられ、駆り立てられ、強制されて、働かねばならなかった[*21]」(*V.* 38)ように見える。そして、知人から偶然にかけられた言葉で行動したルーシーが、勇敢にもヴィレットへ旅をしたのは、このようなことのはずみによったのである。海峡を渡る間に、ルーシーが雇われる学校の生徒だということが後にわかるジネヴラ・ファンショーに出会い、物語の典型的な形が現れ始める。すなわち、ルーシーは自分自身の人生に明確な目標を持ってはいないかもしれないが、他の少女たちや女たちの目標を、絶え間なく観察している。

最初の三章で、ルーシーは、ブレトン夫人宅に泊まりに来ていた幼女ポリー・ホウムの振舞いに心を奪われる。この小さくてかわいらしい六歳の子は、ハンカチの縁かがりをしたり、紅茶茶碗を運んだり、男たちの快適さを限りなく気遣って、型にはまった女らしい行動を真似る。大好きなパパと離れて、彼女はブレトン夫人のティーンエイジの息子ジョン・グレアムが新しい献身の対照になるまで、「塞ぎこむ[*22]」（*V.* 12）。グレアムとの別れに際して、彼女は「おそろちいくらい、みじゅめなの[*23]」（*V.* 32）と苦しみ、「いったいこの子は、どんなふうにこの世を切り抜け、この人生と戦っていくのだろう[*24]」（*V.* 34）と、ルーシーを訝らせる。恋人を失ったことを三〇年間哀悼し続けた「悲しみに打ちひしがれた利己的な女[*25]」（*V.* 41）ミス・マーチモントの中に、私たちは、幼いポリーが成人したらこうなるかもしれないという姿を見る。対照的に、ジネヴラは多数のみすぼらしいが上品ぶった家族の一人として、金持ちの誰かと結婚するために、自分の美貌を最大限に利用しなくてはならない、ということを知っている[*26]（*V.* 55）。彼女は、「醜く、太った」グループの中の「一番年長でみっともない脂ぎったデブ[*27]」（*V.* 52）とちょうど結婚したばかりのもう一人の少女の印象的な姿を目にしても、結婚を思い止まろうとは思わない。

この少女たちや女たちは、それぞれが、自分の運命は、愛や安全や富を与える力を持つ男たちの手

＊17　青山誠子訳『ヴィレット』上巻、五四頁。
＊18　青山誠子訳『ヴィレット』上巻、五四頁。
＊19　青山誠子訳『ヴィレット』上巻、五四頁。
＊20　青山誠子訳『ヴィレット』上巻、五八頁。
＊21　青山誠子訳『ヴィレット』上巻　五八頁。
＊22　青山誠子訳『ヴィレット』上巻、一四頁。
＊23　青山誠子訳『ヴィレット』上巻、四八頁。
＊24　青山誠子訳『ヴィレット』上巻、五二頁。
＊25　青山誠子訳『ヴィレット』上巻、六三頁。
＊26　青山誠子訳『ヴィレット』上巻、八五―六頁。
＊27　青山誠子訳『ヴィレット』上巻、八〇頁。

に委ねられていることを当然だと見なしている。そして、後にルーシーの人生で、彼女は男たちがこれを補完するような憶測をすることを知る。ある美術展で、彼女はクレオパトラの油彩画を見る。これを、ある青年たちは「官能性の典型」[*28]（*V.* 206）と述べる――換言すれば、男たちの欲望する種類の女――一方、ルーシーは、この女を「普通のコック二人分の仕事をこなせるくらい強そう」[*29]（*V.* 200）だと述べて、リアリズムの評価を嘲る。ドクター・ジョンは、女優ワシテについて「はなはだしい悪評」[*30]（*V.* 260）をするが、一方、ルーシーにとって、ワシテは「大滝となって轟き、急傾斜をなして鋼色に落下する急流に、木の葉のように魂を運んで行く、深い、満々たる冬の川のような力」[*31]（*V.* 259）を持つ。すべての中で、もっとも印象的だったのは、若い少女、花嫁、若い母親、未亡人という典型的に女性を代表している一連の油絵だった。ルーシーにとって、彼女たちは「幽霊さながらに冷たく活気に欠けていた。彼女らと一しょに暮らすなんて思いもよらない！　不誠実で不機嫌で血の気がなく、頭の悪い、取るに足りぬ女たち！」[*32]（*V.* 202）。

まず手始めに、ルーシーは、女性が男性に依存し、男性によって判断されることに甘んじる男性―女性という経済構造から身を引いているように思える。ポリーの強い感情を観察して、「私――ルーシー・スノウ――は、落ち着き払っていた」[*33]（*V.* 22）。そして、ジネヴラの計画とは対照的に、「私は、働き口のあるところで、生計を立てなきゃならないの」[*34]（*V.* 55）と宣言する。いくつかの点で、彼女は雇われることになる学校の校長、マダム・ベックを称賛する。三人の娘のいる未亡人のマダム・ベックは、大きくて利益の上がる学校を所有し、経営している。冷静で、慇懃で、温和に見えながら、スパイ制度を用いて生徒と教師の両方を支配している。けれども、ルーシーは、まもなく、マダム・

ベックの独立が、社会的および宗教的な期待によって制限されていることを発見する。生徒たちの両親たちや、とりわけカトリック教会は、少女たちを「盲目的な無知の中に閉じ込め、一人でのんびりする時間も場所も与えないような監視下に置くこと」[*35]（*V.* 73）に期待しているからだ。

ルーシーは、初めのうちこそ自分になされたこの「監視」をおもしろがっているけれども、まもなくその裏に潜む観念形態に拒絶反応を示す。毎晩、寮生たちは、聖人たちについての言い伝えを傾聴しなければならない。その中には、「不埒にも職権を悪用した……告解聴聞司祭の恐ろしい自慢話」――「ハンガリーの（……）エリザベスの話……恐ろしい邪悪さや、胸がむかつくような非道や、陰険な不信心、……圧迫、窮乏、苦悶に満ちた悪夢」[*36]（*V.* 117）のような物語を含む。シャーロットはチャールズ・キングズリーの『聖者の悲劇』（一八四八）で語られたハンガリーのエリザベスの物語に、ひどく心を動かされていた[(13)][*37]（*L.* ii. 677）。そして一八五〇年に、彼女の深まりゆく反カトリック

＊28　青山誠子訳『ヴィレット』上巻、三二三頁。
＊29　青山誠子訳『ヴィレット』上巻、三二三頁。
＊30　青山誠子訳『ヴィレット』上巻、四一〇頁。
＊31　青山誠子訳『ヴィレット』上巻、四〇八頁。
＊32　青山誠子訳『ヴィレット』上巻、三一七頁。
＊33　青山誠子訳『ヴィレット』上巻、三一頁。
＊34　青山誠子訳『ヴィレット』上巻、八五頁。
＊35　青山誠子訳『ヴィレット』上巻、一一四頁。
＊36　青山誠子訳『ヴィレット』上巻、一八二頁。
＊37　中岡洋・芦澤久江編訳『書簡全集』下巻、一七二六頁。エリザベス・ギャスケル宛。一八五一年八月六日付。

的な警戒心は、「ローマ教皇の攻撃」として認められているものへのもっと一般的な「ヒステリックな反応」に匹敵していた。この時、ローマ教皇は、ニコラス・ワイズマンを枢機卿とウェストミンスター大司教に指名し、このようにして、宗教改革以来で初めて、英国国教会への制度上の挑戦が現れた（B. 781）。

シャーロット・ブロンテの怒りは、特にカトリックの告白という慣行、及びその結果として個人の良心の自由を押し潰すという教会の力に対して、火がついた。ミシェル・フーコー〔一九二一―八四〕は、著書『監獄の誕生――監視と処罰』（一九七五）で、一九世紀には監視が一定地域の集団〔受刑者や生徒など〕を管理する第一の形態として、施設の制度上の管理力に取って代わった、と論じている。また、サリー・シャトルワースが指摘するように、『ヴィレット』はフーコーによって概説された「監視についての脅迫観念的懸念に関する理論的枠組に、ほぼ完璧に適合する」。フーコーは彼の意図の支配的隠喩として、ジェレミー・ベンサム〔一七四八―一八三二〕の『パノプティコン』（一七九一）を用いる。これは、収容所の全囚人たちが、常にたった一人の監視員によって監視されるという模範的刑務所の方式で、シャトルワースが言うように、「ルーシーが永遠に逃れようとしている『ヴィレット』の下に潜む悪夢を語る制度かもしれない」(14)*38。

ルーシーが初めから自分自身を明らかにすることを拒むのは、自己保存のためのように思える。ヴィレットへの大胆な渡航を企てるとき、彼女は「私自身だって、グレーの粗ラシャのマントや頭巾と同様いつも役に立ってくれる落ち着いた態度の持ち主だった。もしも興奮し、ソワソワした態度でやったのなら、夢想家、熱狂者と見なされるかもしれない行為をしても、私は、この落ち着いた態度のおかげで、非難を受けぬどころか称賛さえ受けることができたのだった」[*39]（*V*. 44）と記す。「侵入不可能な一隅も、涙一滴流す場所も、考えにふける場所もなく、きっとスパイが近くにいて観察し、見抜いていた」[*40]（*V*. 231）マダム・ベックの学校で、ルーシーは学校の庭園の誰も寄りつかない所に、隠れ場所を見つける。そこに、伝説によれば、一人の修道女が「誓いを破ったかどにより、陰鬱な中世の修道士秘密会議のせいで」[*41]（*V*. 106）生き埋めにされたのだった。その修道女の幽霊はその庭に出没すると言われ、ルーシーは初めのうちはこの話を「くだらぬ空想物語」[*42]（*V*. 106）として片づけるが、修道女の姿は聖職者の支配によって消された女性の人生の決定的な象徴となる。

幽霊の修道女たちは、ブロンテ姉妹が自分たちの時代に人気雑誌で出会ったと思われる一八世紀後半のセンセーショナルなゴシック小説の常套手段であった。けれども、『ヴィレット』で、シャーロット・ブロンテは、この紋切り型のモチーフを、読者を新しい、混乱させるような方法で用いる。

＊38 「パノプティコン（全展望監視システム）」は模範的な監獄の構想で、ここでは全収監者がたった一人の看守によって監視される。この建築物は円形になっており、中心部に監視塔が配置され、そこを中心に独房が配置されている。監獄に対して光が入るために、囚人からは監視員が見えない。その一方で、監視員は囚人を観察できる仕組みになっている。このような構造物において、監視員は、囚人に対して一方的な権力作用を効率的に働きかけられる。囚人は、常に監視されていることを強く意識するために、規律化され従順な身体を形成する。」ミシェル・フーコー『監獄の誕生　監視と処罰』田村しゅく訳（新潮社、一九七七年）。出典：ウィキペディア。

＊39 青山誠子訳『ヴィレット』上巻、六八頁。

＊40 青山誠子訳『ヴィレット』上巻、三六三―四頁。

＊41 青山誠子訳『ヴィレット』上巻、一六六頁。

＊42 青山誠子訳『ヴィレット』上巻、一六六頁。

修道女がルーシーに現れ始めると、修道女の亡霊は超自然現象のように見える。しかし、この「幽霊」は、ルーシーの心理的緊張が起きる度ごとに現れる。そして、それは「幻覚症状*[43]」（*V*. 249）、つまり妄想だというドクター・ジョンが好む解釈を助長することになる。事実を説明すれば、幽霊が合理的で具体的なものであることがわかる。つまり、「幽霊」は、ジネヴラ・ファンショーを訪れるときに彼女の恋人が用いる変装なのだ。出現する修道女についての三つの説明*[44]は相容れない。しかし、これらすべてがルーシーの曖昧な語りの中で、同時に起きることとしては不可能なものとして、小説の終わり近くまで続く。驚くべきことは、幽霊の出現が、リアリストとしての言辞の中で、その信頼性を損なうことなく、小説の心理的深さを高揚するように工夫されていることだ。ロバート・ハイルマンは、次のように論じる。「シャーロット・ブロンテの『新』ゴシック小説」は、「衝動と感動に劇的な形態を与える。これらはその深刻さ、あるいは神秘性、あるいは強烈さ、あるいは曖昧さの故に、あるいはそれらが日常の適正な規範あるいは道理を無視したり超越したりする故に、小説の中で現実感をすばらしく増している(15)」。

ルーシーの「落ち着き払っていた」ペルソナに、決定的なひびが小説の第一巻の終わりに現れる。長い休暇の間、彼女が学校に一人だけで残され、「精神的苦痛」をもたらすほど孤独の体験が非常に強かった時だった。彼女は、「人との交わりがないので、ひどく深刻な飢餓から生じる渇望が、私の心に絶え間なく燃え続けていた*[45]」（*V*. 158）か、を述べる。そして、この極端な難局で、シャトルワースが「彼女の精神的などん底状態(16)」と呼ぶものに到達する。彼女はカトリックの司祭に告解をする。けれども第二巻の初めで、彼女は司祭の脅しから救われるのがわかる。過労で気絶した後で、彼女はブレトンの家を複製したように見える場所で意識を取り戻す。これまでの数章で、校医としての役割を果たしてきたドクター・ジョンが、他ならぬジョン・グレアム・ブレトンで、今は母親とヴィレットで暮らしていることが判明する。その上、ルーシーは、しばらく前から彼に気付いていたことを認めるが、「発見した事実をほのめかすことは、私のいつもの考え方にも感じ方にも合わなかったのだ」*46（*V.* 175）と、私たちに語る。この明らかにひねくれた隠し事は、文脈から、ルーシーは人から隠すことのできる知識をコントロールできるのだ、という主張として読める。

今やルーシーの人生の新しい段階が始まる。ここで、（シャーロット・ブロンテにとってのジョージ・スミスのように）ドクター・ジョンは、彼女を催し物や美術展に同伴する。これらの情景の物質的な豪華さは詳細に記録されているにもかかわらず、ルーシーの幽霊の幻想以上に、信頼でき、読者を納得させることができるようなものはない、ということは注目すべきである。ヘザー・グレンが指摘するように、「小説には、困惑させ、当惑させ、幻惑させ、感銘を与えるような世界について系統立てる目のイメージというよりは、単にそのような世界についての印象を受ける目のイメージが、繰り返して出る(17)」。例えば、コンサートホールで、

＊43　青山誠子訳『ヴィレット』上巻、三九三頁。
＊44　最初の修道女は幽霊。二番目は、ドクター・ジョンの考えたルーシーの心理的障害によるというもの。三番目はジネヴラ・ファンショーの恋人の変装。
＊45　青山誠子訳『ヴィレット』上巻、二四八頁。
＊46　青山誠子訳『ヴィレット』上巻、二七四頁。

丸天井から下がっているのは、目もくらむばかりに燃え輝く光の塊――それは水晶の岩塊さながら、切子面がきらめき、滴が滴り、星が燃え輝き、宝石が溶けて露に、虹が砕かれて破片になったもので、華麗に彩られていた。読者よ、それはただのシャンデリアだったが、私には東洋の魔神の作かと思われたのだ。私は、巨大なもうろうとした手――「ランプの奴隷」の手――が、丸天井の輝かしくかぐわしい雰囲気の中をさまよって、その素晴らしい宝を守護しているのかもしれないと感じ、それを見届けたい気さえした。*[47]（V. 209）

ルーシーが学校へ戻ると、ドクター・ジョンは（再びジョージ・スミスのように）、彼女の幸福に欠くことのできない数通の手紙で、生活の空虚さを和らげる。一人だけになって読もうと思った学校の屋根裏部屋に修道女の最初の幽霊を招き入れるように思えるのは、これらの手紙の第一信から受ける喜びで興奮しすぎた予感のためである。これらの手紙によって代表される人間同士の気持ちの触れ合いへの切なる願いを述べるときに、彼女は飢餓や、埋葬や、囚人を狂気にする孤独な幽閉の隠喩を用いる*[48]（V. 273）――明らかに彼女を修道女の物語と結びつける隠喩を、特に修道女を見てパニックになって手紙を落とす時に、そして、手紙を探して「這いつくばり、手探りしながら、偏執狂者のように*[49]」（V. 246）なる時に。

この強い感情に、前触れがなかった、というわけではない。この小説のかなり初めの方で、「過熱した取り留めのない想像力というあの呪いに関しては身に覚えがない*[50]」（V. 12）と弁解する「落ち着き払っていた*[51]」（V. 22）ルーシーは、小さいポリーの気持ちにとても敏感であるので、ポリーが「幽霊の住みか」[*52]にいる（*V*. 12）ように思えることを明かすばかりではなく、奇妙にも嵐の天候にも影響されることを明かす。嵐は「私がいつも静めようとしている性質を呼び覚まし、自分で満たしてやることのできぬ渇望の叫びを引き起こすからだった」[*53]（*V*. 109）。ある途方もない一節で、彼女はどのように学校の寝室の窓の外の敷居に座っていて、室内に「入ることができなかった。真っ暗な中に雷が激しく鳴り渡り、人の言葉が人に伝えたこともないような歌を高々と響かせているこの狂乱のとき、自らそれに参加している喜びは抵抗し難いものだった。目も眩むほど真っ白な稲妻に引き裂かれ、刺し貫かれた雲のさまは、凄まじいまでに壮麗だった」[*54]（*V*. 109）と述べている。けれども、ルーシーの感動はドクター・ジョンと相互的なのではなかった。ドクター・ジョンのワシテに対する反応は、ルーシーに「荒々しく強烈な、危険で唐突で熱烈なものに対しては、彼は共感も親交も持たなかった」[*55]（*V*. 259）ことを認識させる。その上に、五通の書簡の後で、彼の関心はルーシーから小さなポリーへと移る。更にあり得ない偶然の一致で、ポリーは成人したポーリーナ・ド・バソンピエールとして現

＊47　青山誠子訳『ヴィレット』上巻、三二八頁。「ランプの奴隷」の青山先生の説明は省略。
＊48　青山誠子訳『ヴィレット』下巻、一四―一七頁。
＊49　青山誠子訳『ヴィレット』上巻、三八七頁。
＊50　青山誠子訳『ヴィレット』上巻、一四頁。
＊51　青山誠子訳『ヴィレット』上巻、三一頁。
＊52　青山誠子訳『ヴィレット』上巻、一四頁。
＊53　青山誠子訳『ヴィレット』上巻、一七〇頁。
＊54　青山誠子訳『ヴィレット』上巻、一七〇頁。
＊55　青山誠子訳『ヴィレット』上巻、四〇九頁。

る。「埋葬式」というタイトルの章で、ルーシーは、手紙を修道女が埋葬されたと思しきまさにその場所を選んで埋める――すると、また尼が現れる[*56]（V. 296-7）。

第一巻の終わり近くで、私たちはマダム・ベックのいとこで、この学校の通いの教師ムッシュ・ポール・エマニュエルに紹介される。「短く刈り込んだ黒い頭、広い土色の額、痩せこけた頬、大きな震える鼻の穴、突き通すような目つき、セカセカした態度」をした「色の黒い小男[*57]」（V. 129）というルーシーの描写は、「小柄で黒い醜い人で、表情がいろいろ変わる顔をしています[*58]」（L. i. 284）という彼女の師であるムッシュ・エジェの描写を想起させる。それにもかかわらず、彼はシャーロットの能力と性格の強さを完全に認めたただ一人の人だったのだ。ルーシーが自己抑制の決意を固めたのとは対照的に、ムッシュ・ポールは「瓶に詰められた嵐のように[*59]」（V. 154）いきまく「つむじ風さながら[*60]」（V. 135）である。そして他の人々は「無色の影が通り過ぎた[*61]」（V. 155）と思って、彼女のマナーに欺かれている一方で、彼の意見は「私の性格は、どちらかというと激しやすく、向こう見ず――冒険好きで、扱い難く、大胆不敵だ[*62]」（V. 301）というものだ。第二巻を通して、ドクター・ジョンがルーシーの生活から退くにつれて、ムッシュ・ポールは一層重要になる。第三巻で、「実に彼の心こそ、私の図書館であった。それが私に対して開かれるたびに、私は至福の境地に入るのだった[*63]」（V. 381）と彼女が認めるほど、彼は優位を占める。

ハリエット・マーティノーは、『ヴィレット』評の中で、以下の事実に反論する。

女性登場人物は、全員が、彼女たち皆の思考と生命の中で、一つのもの……――愛で満ちている……そしてこの考えが非常に支配的で——愛されることの必要を述べるという著者の傾向は絶え間がないので、女主人公は……ついに、彼女が二人に愛を抱いているのか、それとも愛の相手が移ったことを知らせずに一人からもう一人へと代わるようにしたのか、という不愉快な印象の下に読者を委ねている。(18)

しかし、ルーシーにはドクター・ジョンへの強い愛着があるにもかかわらず、彼女は「最大の軽蔑をこめて、……いわゆる『熱い感情』」が存在したのではないかというひそかな疑惑は一つ残らずに」、〈希望〉のない〈愛〉の航海に乗り出すことは「愚の骨頂」*64（*V.* 254）だという理由で否認する。たとえ、私たちが、この女性ルーシーがいかに強く異議を申し立てると思っても、彼女が彼を必要とするのは孤独から起きていることは明白だ。エレン・ナッシーへの手紙で、シャーロット・ブロンテは的確に述べている。「心からときどき呻き声を搾り取る悪魔が——待ちかまえているのです——独身女

＊56 青山誠子訳『ヴィレット』下巻、五三―六頁。
＊57 青山誠子訳『ヴィレット』上巻、二〇一頁。
＊58 中岡洋・芦澤久江編訳『書簡全集』上巻、三四二頁。エレン・ナッシー宛。［一八四二年五月］。
＊59 青山誠子訳『ヴィレット』上巻、二四一頁。
＊60 青山誠子訳『ヴィレット』上巻、二〇九頁。
＊61 青山誠子訳『ヴィレット』上巻、二四三頁。
＊62 青山誠子訳『ヴィレット』下巻、六二頁。
＊63 青山誠子訳『ヴィレット』下巻、一九二頁。本書冒頭の著者による献詞を参照。
＊64 青山誠子訳『ヴィレット』上巻、三九九頁

性で、独身女性になりそうだというのではなくて——わたしが孤独な女性で、孤独になりそうだからなのです[*65]」（*L*. iii. 63）。ドクター・ジョンと比べると、彼には欠けている「熱狂に同調する感情」をルーシーはムッシュ・ポールと分かち合えるので、彼女はムッシュ・ポールに魅かれる[*66]（*V*. 259）。彼のカトリック信仰すら二人の友情や、二人の結婚の障害にすらならない。なぜなら、「ローマ全体の圧力をもってしても、彼を偏屈にするのは不可能だったし……彼は生来正直であって、不実者ではなく——無邪気であって、狡猾ではなく——自由人であって、奴隷ではなかった[*67]」（*V*. 494）。真の障害は、制度と教会の義務とのもつれで、これは二人双方に「油断のない目の監視[*68]」（*V*. 409）をする。修道女のイメージが、更なる反響を集めるのは、ここでである。

ムッシュ・ポールはマダム・ベックのいとこである。そして、もし彼女自身が彼と結婚できないとしても、彼女は彼がプロテスタントのルーシーと結婚するべきではないと、決意している。この事で、彼女はカトリックの司祭シラー神父自身の助けを受けている。今、彼がルーシーの告白を聴き、ムッシュ・ポールの精神的指導者であることが、証明される。彼ら二人の背後には、かってムッシュ・ポールの最愛の人であったジュスティーヌ・マリの祖母のマダム・ヴァルラヴァンというグロテスクな人物がいる。両親によって彼と結婚することを妨げられて、ジュスティーヌ・マリは修道女になって、亡くなった。第三四章で、ルーシーがマダム・ヴァルラヴァンを訪れる時、老女は修道女としてのジュスティーヌ・マリの肖像画を通り抜けて部屋の中へ歩いて行くように見える。この章の偶然の一致と奇怪な道具立ては、話者ルーシーが認めるように、彼女たちの幻想的な響き合いの中で、露骨だ。「古めかしい魔法がここで栄えたのだ。呪術が妖精の国を私に開いて見せてくれた——その独房のような部屋、あの消えた絵、あのアーチと通廊、石の階段などは、全てお伽話の一部分だった。こんな背景の細部よりもっとはっきりと、主役――魔女のキュネゴンド〔ヴォルテールの小説『カンディード』（一九五九）第二九章〕――邪悪な妖精マルヴォラ」[*69]（*V.* 389）。老女が去る時、「雷鳴が轟き稲妻がひらめいて、サロンと〈婦人用私室〉をパッと照らし出した。魔法の物語は、それにふさわしい自然力の伴奏付きで進んで行くように思われた。放浪の旅人は魔法の城に引き寄せられて、魔法に目覚めた嵐が外界に起こる音を聞いたのだ」[*70]（*V.* 389-90）。

ルーシーの半ばあざ笑うような言葉、それはこの不気味な雰囲気を減らすように見えると同時に、不気味な雰囲気を醸し出すのだが、このルーシーの言葉は含意を減らすように見えるが、彼女の言葉は彼女の一般的な曖昧さと調和している。この曖昧さは、読者が現実を空想から区別することができたり、現実と空想のどちらの価値も学ぶことのできるような明確な境界を提供することを拒む。たとえば、第二一章で、ドクター・ジョンとのロマンチックな暮らしの後でルーシーが学校に戻ると、彼女は「私を真冬の夜中に冷たい雪の上に追い出し、犬でさえ見向きもしない齧った後の骨を、食物と

＊65　中岡洋・芦澤久江編訳『書簡全集』下巻、一九三九―四〇頁。エレン・ナッシー宛。一八五二年八月二五日付。
＊66　青山誠子訳『ヴィレット』上巻、四〇九頁。
＊67　青山誠子訳『ヴィレット』下巻、三八二頁。
＊68　青山誠子訳『ヴィレット』下巻、二四〇頁。
＊69　青山誠子訳『ヴィレット』下巻、二〇六頁。
＊70　青山誠子訳『ヴィレット』下巻、二〇七頁。

して投げ与えた」[*71]（V. 229-30）鬼婆として、理性（あるいはリアリズム）を激しく非難する。一方で想像力は彼女の餓えを神から与えられた食物〔モーセの率いるイスラエル人が荒野で餓えた時〕「収穫の天使たちが……取り入れた、甘美で不思議な食べ物」[*72]（V. 230）で、和らげられてきた。しかし、数頁後に、彼女は「ついさっき私が物淋しい気分で賛美した天与の甘露でもなかった……結局は魂にはなはだしい嫌悪を感じさせる」[*73]（V. 239）ものの代わりに、「自然の、地上に育った食物を無我夢中で」[*74]（V. 239）欲しがる。

フェミニストの批評家メアリー・ジャコウバスは、「埋葬された手紙」という随筆で、「不気味なもの」についてのフロイトの有名なエッセイを引用し、それが次のようなことであると指摘する。

このエッセイは、ゴシック戦略の古典的な明確な陳述である。「書き手は私たちの中に、一種の不安定さを醸し出す……私たちを現実世界へ連れて行くのか、それとも彼自身が作り出した純粋に空想的な世界へ連れて行くのかを、疑いもなく目的をもって私たちに知らせないことによって」。シャーロット・ブロンテの小説の中のこの不安定さの効果は、「現実」についてのリアリズムの独占的請求へ挑戦することである。その表現に、ゴシック的形態とロマンティックな形態に劣らず、架空で気紛れな形態をも与えることである。(19)

この物語の不確実性のもっとも驚くべき例は、第三八章と第三九章に見られる。ムッシュ・ポールがグアダループへ出発する晩に彼から引き裂かれたことで途方にくれて、ルーシーはマダム・ベックによって投与された薬（阿片剤）の影響で、真夜中に公園を歩こうとする。そこで、彼女は期待した涼やかな爽快さではなくて、以下を見つける。

魔法の国、こよなく豪華な庭園、色とりどりの流星があちこちに光る平原、紫やルビー色や金色の火のようなきらめきが群葉にちりばめられた森。木々が生い茂った、陰影に富む地域ではなく、この上なく奇異な建造物に満ちた領域――祭壇や寺院、ピラミッドやオベリスクやスフィンクスの世界なのだ。信じ難い話だが、エジプトの驚異と象徴がヴィレットの公園中に満ち溢れていた。[*75]（*V.* 453）

ルーシーは、自分自身の二重の幻影にコメントさえしている。「これらのものものしい仕掛けの材料をすぐに見破り――材木、ペンキ、ボール紙の類（たぐい）なのだとわかったけれども、そんなことはどうでもよいのだ。こうしたやむをえぬ発見も、その夜の魅力や驚異をすっかり消失させ損なってしまうことはできなかった[*76]」（*V.* 453）。

＊71　青山誠子訳『ヴィレット』上巻、三六一頁。
＊72　青山誠子訳『ヴィレット』上巻、三六一頁。
＊73　青山誠子訳『ヴィレット』上巻、三七六頁。
＊74　青山誠子訳『ヴィレット』上巻、三七六頁。
＊75　青山誠子訳『ヴィレット』下巻、三一四頁。
＊76　青山誠子訳『ヴィレット』下巻、三一四―五頁。

もっと重要なことは、ルーシーの二重の幻影が動機の評価にまで及んでいることである。一層劇的な偶然の中で、走馬燈のように移り変わるシーンで、初めは英国人の友人たち、ブレトン一家とド・バソンピエール一家、次いでもっと劇的なことに、マダム・ベックの「政略的徒党」のシラー神父とマダム・ヴァルラヴァンが集まるのを見つける[*77]（*V.* 460）。それから、ここにムッシュ・ポールとジュスティーヌ・マリという名前の少女が加わる。この名前は、ルーシーの前に、「修道女の肖像画……屋根裏部屋の幻影、小道の幽霊[*78]」（*V.* 463）をもたらす。そして、彼女は、「想像がいったん暴走し始めると、どこまで突っ走ってしまうのだろう？　葉も枝も落とし尽くした冬の木にしろ……空想が……霊性で包み、幽霊に化してしまわぬものがあろうか？」と尋ねる[*79]（*V.* 463）。ここで彼女は不気味なものを呼び出し、その結果、それを滅ぼす。公園の奇妙な雰囲気の中で、彼女は言う。

読者よ、たとえ私が彼女のことを、屋根裏部屋の修道女に似て、黒いスカートをはき、白い頭巾をかぶり、死者が甦ってきたように見えると言い、墓から出てきた幽霊なのだと言っても、あなた方は私の言葉を無下に否定はなさらぬであろう。

何もかも、うそっぱちだ——何もかも、作り事だ！　こんな衣装は商うまい。私たちは誠実であろう。そして今まで通り、質素な真実の織り物を材料にして、物語を仕立てていこうではないか。……ヴィレットの一人の少女がそこに立っている。[*80]（*V.* 464）

けれども、二二頁後に、「真実[*81]」（*V.* 467）それ自体が彼女を欺く。ムッシュ・ポールの「修道女は本当に埋葬されたのである」[82]（*V.* 467）ということを認めて、ルーシーは彼がこの現在のジュスティーヌ・マリと婚約していると確信する。「こうなるしかなかった。意外な事実は本当に起こった。予感は衝動的だが、誤ってはいなかったのだ。……一瞬とはいえ見込み違いをしたのはほかならぬ私だった。私は神託の真の意味を読み取ることができず、その予言が実は現実に触れているのに、それが幻想を呟いているにすぎない、と思っていたのである」[83]（*V.* 467）。彼女は可能性が高いかを熟考することを拒む。「私には、そんな一時の方便や姑息な手段は思いもよらなかった。そんな間に合わせの現実回避をし、恐ろしい、迅速な、全てに襲いかかる「事実」から臆病に逃げ出すなど、思ってもみなかった。……「**真実**」を裏切って逃亡するなど、私にとってはとんでもないことだった」[84]（*V.* 467）最後の数章が示すように、ルーシーは間違っている。ムッシュ・ポールは彼女を愛し、結婚したいと願う。しかし、この時点で、彼女は二つの相反する反応を経験する。彼女はこの「真実」が自分を自由にしたことを信じる[85]（*V.* 467）。しかし、同時に、彼女は統御できない嫉妬に襲われる。「ショールの

＊77 青山誠子訳『ヴィレット』下巻、三二六頁。
＊78 青山誠子訳『ヴィレット』下巻、三三二頁。
＊79 青山誠子訳『ヴィレット』下巻、三三二頁。
＊80 青山誠子訳『ヴィレット』下巻、三三三頁。
＊81 青山誠子訳『ヴィレット』下巻、三三八頁。
＊82 青山誠子訳『ヴィレット』下巻、三三七頁。
＊83 青山誠子訳『ヴィレット』下巻、三三七頁。
＊84 青山誠子訳『ヴィレット』下巻、三三七―八頁。
＊85 青山誠子訳『ヴィレット』下巻、三三八頁。

陰で、何かが残酷にも私を引き裂いた。何かが——強力なくちばしと爪を持つハゲタカさながら——私の脇腹に食い入るのだ。だから私は、それと取っ組み合うために、一人にならねばならない」[*86]（V. 468）。

彼女が学校へ戻り、「ベッドの上に長く延びた例のあの幽霊——**修道女**——を見た」[*87]（V. 470）のは、この耐えがたい感情の影響のせいである。この窮地に置かれて、彼女に動機を与えるのは、思考ではなくて感情である。「新しい苦悩によって激しく打ち据えられたのだから、私は幽霊など物ともしなかった。たちまち私は叫び声も上げずに、幽霊のいるベッドに飛びかかった。何も飛び出さず、跳ね上がらず、身動きもしなかった。動くのは私だけ、生命も現実も実体も力も、私だけのものだった。本能的に私はそう感じた」[*88]（V. 470）。ちょうど女優ワシテが苦痛を「攻撃し、それにのしかかり、ズタズタに引きちぎりうるもの」[*89]（V. 258）と見なすように、ルーシーは今や「私は彼女をベッドから引き離した——悪魔め！　私は彼女を高く掲げた——悪鬼め！　私は彼女を振り回してバラバラにした——謎め！　そして彼女は倒れ伏した——私の周囲の四方八方に——ズタズタに、バラバラになって——私は彼女を踏みつけた」[*90]（V. 470）と高らかに述べる。修道女はジネブラの恋人が用いた抜け殻のローブにほかならない——「枝のない枯れ木」[*91]（V. 470）は、「空想」によって「幽霊」[*92]（V. 464）に仕立て上げられている。しがしながら、この「本当の」説明が以前見た物を見なかったことにすると思うのは誤りである。ジャコウバスが論じるように、「この小説を誤って首尾一貫するように訂正する代わりに、私たちはその決裂して曖昧な言説の中に、薄気味悪い力の源泉を見るべきである」(20)。

これ以上に、私たちは小説の力は語り手の手中にあり、それがこの小説の最後まで続いているということを理解するべきである。サッカレーが『ヴィレット』を読んだ時、彼はこの小説がシャーロット・ブロンテについて示したことは、「名声や、何か他のこの世の善、あるいはおそらく天からの贈り物を持つことよりも、むしろ彼女は自分を愛してくれて、かつ愛し合う太郎か誰かさんを欲している」（B. 849より引用）ことだと考えた。しかし、ギルバートとグーバーは、「ルーシィは自分自身を真に生かす唯一可能な形式として、情緒に溺れ、官能に身を委ねてしまうことを求める。しかし一方で、そのようなものに惑溺することは、屈従か破滅、自殺か殺人行為に通じているのではないかと恐れてもいる。かくて恋愛や男性に向けるルーシィのアンビヴァレントな感情は明らかになってきた」[21][*93]ということをむしろ強調する。ムッシュ・ポールは「ルーシーの価値を非常に高いと認める人」の役割を果たす。ちょうどロチェスターがジェイン・エアの幸福にとって必要であったように、彼はルーシーの幸福に欠くべからざる人である。なぜなら、彼はルーシーの自己の価値についての気持を確信し、それを鏡に映したように彼女に反映させるからだ。ジェイン・エアは結婚に関する不安を征服し、

＊86　青山誠子訳『ヴィレット』下巻、三三九頁。
＊87　青山誠子訳『ヴィレット』下巻、三四二頁。
＊88　青山誠子訳『ヴィレット』下巻、三四二頁。
＊89　青山誠子訳『ヴィレット』上巻、四〇七頁。
＊90　青山誠子訳『ヴィレット』下巻、三四二頁。
＊91　青山誠子訳『ヴィレット』下巻、三四二頁。
＊92　青山誠子訳『ヴィレット』下巻、三三二頁。
＊93　サンドラ・ギルバート／スーザン・グーバー共著、山田晴子・薗田美和子訳、前掲書、四一一頁。

彼女の配偶者と「一体」になる〔創世記二章二四。「二人は一体となる」〕。しかし、ルーシーは、シャトルワースが「創作上の回避」と呼ぶものを最後まで実践する。(22)ルーシーは修道女を滅ぼしたことで生まれた自信を、マダム・ベックが彼女をムッシュ・ポールから物理的に引き離そうと試みる時、友人と敵の前で、「胸が張り裂けるわ！」[*94]（*V.* 481）と叫ぶ時まで、持ち続ける。ムッシュ・ポールは彼の立場からすると、ルーシーに彼女自身の学校という形で、その後の生計を立てるのと同じく、彼女の人生に効果のある自由を与えている。もっと重要なことは、教会の「油断のない目の監視下」[*95]（*V.* 409）にいる代わりに、ルーシーが、「天からの光のように私の上に射し込んで来たのは、彼が私に絶えず関心を注いでいてくれるという確信」[*96]（*V.* 487）を見出すことだ。彼の不在の間に、キャロライン・ヘルストンが『シャーリー』[*97]（*S.* 89-90）で述べる消化しなくてはならない「石」と「さそり」とは明確に対照的に、ムッシュ・ポールはルーシーに「石を与えはしないし、言いわけをすることもない。……さそりを与えはせず、失望を与えもしない。〔『マタイによる福音書』第七章九節、『ルカによる福音』第一一章第一一―一二節〕彼の手紙は、栄養に富む本物の食物であり、活力を与える生命の水〔『ヨハネによる福音書』第四章第一〇―一四節〕であった」[*98]（*V.* 494）。

しかし、この感情についての保証は、物語の不確実要素と共存する。ルーシーが、彼女を「苦しめる」かもしれないと思う別離は、静かに過ぎる。ムッシュ・ポールの不在の歳月は、「私の人生で、もっとも幸せな三年間」[*99]（*V.* 493）である。ムッシュ・ポールが戻る時、大西洋を「難破船の残骸が……散らばる」[*100]（*V.* 495）に任せた七日間の嵐は、ルーシーが最終の選択を決めずに避けるチャンスになる。「ここで休もう。すぐに筆を休めることにしよう。これ以上言うことはない。穏やかな優しい心の持ち主を悩ませることはすまい。明るい想像力の持ち主には希望を残すことにしよう。その人々には、こう想像させておこう――はなはだしい恐怖からは大きな歓喜がふたたび生まれ、危険からは救助の狂喜が、死の不安からは素晴らしい猶予が、そして帰国の実現がもたらされた、と。彼らには、結婚とその後の幸せな生涯を心に描かせておこう」[*101]（V. 496.）。曖昧な結末は、悲劇的な結末を望まなかった（G. 414）パトリック・ブロンテを喜ばすために書かれたと思われている。けれども、シャーロットがここで自分の物語を著者自身が現実的には両立しないのではないかと恐れている二つの報酬を、女主人公に与えるように、ここで操作していると信じないことは難しい――彼女の独立と、彼女が選んだ伴侶にとって、彼女が「この世で一番愛しい、大事な人」[*102]（V. 491）であるという確信、という二つの報酬を。

＊94　青山誠子訳『ヴィレット』下巻、三五九頁。
＊95　青山誠子訳『ヴィレット』下巻、二四〇頁。
＊96　青山誠子訳『ヴィレット』下巻、三六九頁。
＊97　シャーロット・ブロンテ著、都留信夫訳『ブロンテ全集3　シャーリー　上巻』（みすず書房、一九九六）上巻、一四〇頁。
＊98　青山誠子訳『ヴィレット』下巻、三八一頁。
＊99　青山誠子訳『ヴィレット』下巻、三八〇頁。
＊100　青山誠子訳『ヴィレット』下巻、三八四頁。
＊101　青山誠子訳『ヴィレット』下巻、三八四頁。
＊102　青山誠子訳『ヴィレット』下巻、三七七頁。

第六章　読者と翻案者

すべてが『ジェイン・エア』で始まった。[1]

シャーロット・ブロンテの全作品の中で、最も大きな、かつ最も長続きした影響を及ぼしたのは、『ジェイン・エア』だった。その明らかな理由は、出版後ただちに読者の心を捉えたこと、犠牲となった女主人公への同情を呼び起こすように強く訴えたことである。けれども、奇妙なことに、読者に挑戦し続け、興味をそそらせ続けるのも、また、この小説のイデオロギー上の曖昧さである――これは革命的なのか、それとも保守的なのか？　フェミニストなのか、それとも体制順応者なのか？この不確かさは、読者それぞれがこの小説の中に見出したいものを見出すことができる、ということを意味してきた。一方で、『ジェイン・エア』を舞台や映画で再現する人々、あるいは、強調する箇所をほんの僅かしか動かさずに、虚構の前日譚〔ある作品の時間的に前を扱う作品――前編〕や、同時期に平行して起きる話、あるいは続編を書く人々は、時代の変化や関心事の変化に合わせるために、重点を僅かに変えるだけで、ストーリーをあれやこれやに変えた改作を提示することができる。

本書は、「作家とその作品」というタイトルのシリーズで出版される。であるから、シャーロット・ブロンテの著作物を彼女の人生と関連づけて述べようとする試みである。しかし、彼女の作品の後に続く数々の著作物の歴史とその歴史の解釈の方法は、その重要性が彼女の生きた時代に限られたものではない、ということを示す。出版の当初から現在まで、彼女の作品の解釈がどのように変わってきたかを辿ると、それぞれの時代のイデオロギーの歴史のようなものが生み出される。そして、この章はこのような歴史の紆余曲折を見てゆき、大衆的な翻案を学術研究や文学上の再評価につなげるものである。

孤児としてのジェイン・エアの境遇は、彼女を保護するべき人々によって孤独に押しやられ、不当に利用された幼少女期を過ぎてから、ようやく安全が確保されるというものである。これは一九世紀初頭のポピュラー文化の支配的な構造とぴったり一致している。ディケンズの子供の主人公たち――オリヴァー・ツィスト、デイヴィッド・コッパーフィールド、リトル・ネル――のように、ジェイン・エアはメロドラマの女主人公としてうってつけだっただろう。ピーター・ブルックスは『メロドラマ的想像力』（一九七六）[*1]で、ヴィクトリア朝の舞台用メロドラマはフランス革命への革命的な抗議にその源泉があったが、その抗議はあまり効果がないまま発展して来た、と論じる。[(2)] 典型的なことだが、メロドラマは虐げられた個人に対して、深い同情を引き起こしたものだから、特に女児は結婚とか遺産相続のような純粋に個人的な解決によってすべての困難が取り除かれるような結果になる。このような方法で、労働者階級を含む劇場通いの人々は、残酷な雇い主や、地主貴族や、無力な女性をレイプしかねないような自分たちの階級のすべての敵に対する憤懣やるかたない気持ちを満たすことができ、一方で彼らの怒りを、社会の再構築によるのではなく、純粋な因果応報によって再び鎮めてきた。

もちろん、このあらましの類似は、シャーロット・ブロンテの小説の複雑な独創性を省いている。けれども、それはなぜ芝居がこれほど熱意をこめてメロドラマの伝統に同化してきたかを説明するのに役立つ。この小説の出版の僅か三カ月後の一八四八年一月に、ジョン・コートニーの芝居、『ジェイン・エア、すなわちソーンフィールド邸の秘密』が、ロンドンの悪名高い労働者階級のヴィクトリア劇場で上演された。(3) 労働者階級の女主人公たちについての芝居のためのヴィクトリア劇場の評判に基づいて、コートニーはジェインの下層階級の身分を強調し、ローウッド校で、彼はジェインを、反抗的使用人たちにではなくて、喜劇のために新しく作り出された配役に照準を合わせる。ジェインも使用人たちも黙って苦しみに耐えてはいない。ジェインは芝居の独白で、大声で不満を明言する。しかし、使用人たちはソーンフィールド邸においては、もっと人情味のある雇われ方によって完全に和らげられる。そしてジェインは、シンデレラが彼女の王子を手に入れるように、結婚した女性の地位についてのシャーロット・ブロンテの慎重な交渉過程が少しもないまま、ロチェスターと結婚する。この芝居は、このようにして、小説の強調点を、ほとんど正反対の二つに変える。一方では、ジェインの犠牲者としての身分を強めるが、他方では純粋に慣習的なハッピーエンドで満足させられる。

コートニーの芝居では、焦点は使用人たちに移されており、ロチェスターの上流階級気取りの友人

＊1　ピーター・ブルックス著、四方田犬彦、木村慧子訳『メロドラマ的想像力』（産業図書、二〇〇二）第二章参照。

たちは、舞台裏に置かれたままである。しかし、一年後のジョン・ブルームの『ジェイン・エア』のニューヨーク版は、ジェインがロチェスターの友人たちを打ち負かすべく、友人たちを表舞台に出した。小説では、イングラム母娘が住み込み女家庭教師(ガヴァネス)たちを嘲るのを黙って聞くジェインは、辛い思いで耐える。しかし、ブルームの芝居では、彼女は「自らの優越性を意識する精神の持ち主は、あまりにも傑出した高みにいるので、高慢や無知のようなつまらない矢が届くことはない」[4]と宣言して言い返す。イングラム卿は、自分が「嗚呼、冷たくあしらわれた！」ことを認め、このシーンは「驚きの立体画」[5]*2で終わる。いずれにせよ、この芝居は、現状へ向かってすべての困難を進んで解決しようとしていて、ロチェスターを良い地主で「農夫の友」[6]として喝采する小作人たちのコーラスで称賛されるジェインとロチェスターの結婚で終わる。

一八七〇年までに、ドイツ人劇作家シャルロッテ・ビルヒ‐プファイファーは、彼女の芝居『ローウッドの孤児』の中で、シャーロット・ブロンテの小説に、もう一つの強調点を与えた。これはとにかく一九世紀末まで、(英国を含む)ヨーロッパ全土で改作され、翻訳され、繰り返し上演された。英国のメロドラマ作家のように、ビルヒ‐プファイファーは、正直さと独立心と気概を持つ女主人公の犠牲者としての身分を、彼女の他の芝居におけると同様に、独立独行の若い女性のための理想的人物像を作り出すことを目的として、強調した。けれども、ジェインに道徳上の決定と取り組ませる代わりに、作者はジェインが明らかに正しいパートナーを選ぶことを単に示している。かくして彼女のロチェスターは「ロウランド・ロチェスター卿」として貴族に昇格したのみならず、利他主義の模範に変容させられる。いくつかのはらはらする状況の後でわかったことだが、この狂女は実際にはロチェスターの亡くなった兄の妻で、心根の優しさから、彼はこの狂女を彼女の私生児の娘アデール[7]と一緒に庇護しているのである。

これとは対照的に、ジェイムズ・ウィリングの一八七九年の芝居、『ジェイン・エア、すなわち貧しい親戚たち』は、成人したジョン・リードが偽りの結婚をすることでブランシュ・イングラムを誘惑するという並行するプロットを作り出すことによって、ロチェスターの不埒さを強調する。ジェインがロチェスター自身の虚偽の結婚の試みから逃れ、質素な校舎付きの家に落ち着いた後で、ジョンに捨てられたブランシュがこの家の戸口に現れて水を恵んでほしいと頼む。メロドラマの流儀にのっとり、彼女は自らの悪かったことを述べる。すなわち、「捨てられた情婦」として、彼女は社会の非難すべてに耐えるだろう。一方、彼女を裏切った男は、自由に「もっと多くの無垢の魂を地獄へ送る」[8]。この芝居で、ジェインがソーンフィールドから逃走したのは、自分の「名誉」を守りたい、という願いによって明らかに動機づけがなされている。しかし、ブランシュの運命は、「名誉」が単に抽象的で個人的な性格のものであるばかりではなくて、その損失は厳しい社会的な報いをもたらす、という事実を鮮やかに強調する。

ウィリングの芝居の中のロチェスターについて暗に仄めかされた批判は、W・G・ウィルズ〔一八二八―一八九一、アイルランド人〕の一八八二年脚色の芝居の中で特色が述べられる。ここでは、演技はソー

＊2　原書が斜体字なのは科白ではなくて、舞台の指示語であるから。「驚き」は、当時は演技が終わると、役者たちが驚いたポーズを取って静止するから。

ンフィールドに限られ、ジェインはロチェスターの重婚の企てから、この邸のすべての女性たち（フェアファックス夫人、グレイス・プール、ブランシュ・イングラムと彼女の母親）によって救い出される。彼女たちは、一人ずつ、次々にジェインに、ロチェスターの放蕩の過去か、あるいは最終的に彼の現在に続く前の結婚を理由にして、すぐにこの家を出るようにと警告する。この芝居の中のジェインの反応は、シャーロット・ブロンテのジェインの反応とは、驚くほど異なる。小説のジェインは、読者に、失敗に終わった結婚式の後で初めて彼に会った時、「その時その場で彼を許した」[*3]（*JE* 298）と打ち明ける。しかし、ウィルズの芝居では、ジェインは辛辣だ。

私は何を言わねばならないのか！　私が貧しく、誠実で、つまらない愚か者であったということでなければ。そしてあなたは目的をもって、憐れみもなく、警告もせずに、私を滅ぼそうとしてきた、ということ以外には。あなたはうまく網を張り、私はあなたのすべての親切な行いの中の不実の響きを見破ることができなかった、ということ以外の何を私は言わねばならないのか。ああ！　ご主人様、私が信じることになっているお方が、私が敬うことができたであろうお方が、私の敵だということがわかった時に、私はどなたを信じればよいのでしょうか？……あなたは私にひどい仕打ちをなさいました。この事は、一生私に付きまといます。今後は、私は自分の愛するすべてを信じないつもりですし、幸せなことすべては、うわべだけのものに違いないと思うことでしょう。(9)

ビルヒ‐プファイファーの芝居の極端に高潔なロチェスターと、この不埒極まりない人物との対照は、おそらく、ウィルズの芝居の社会的状況によって説明することができよう。その公演の行われた一八八二年に、「女性の反乱」と呼ばれるものが最高潮に達した。これは、「伝染病法」廃止のために、長期にわたって非常に広く公示されてきたフェミニスト運動である。この法律は、売春婦であることが疑われる女性は、誰であろうとも、警察が強制的に検査することが許される、というものだ。ジョセフィン・バトラー〔一八二八―一九〇六〕が指導したこの「伝染病法」[*4]の廃案へのキャンペーンは、「堕ちた女」が「伝染病法」に公けに不支持だったので、廃案になった。また、このキャンペーンは、これまで女性たちをお咎めなく食い物にしてきた男性たちに対しても、この伝染病法案の廃止を求めたのだった。

これらのヴィクトリア朝演劇間での著しい相違は、シャーロット・ブロンテの小説では、ロチェスターの性格について、ほぼ正反対の解釈ができたが、それらはすべてメロドラマのしきたりの中に納まっている。しかし、ここでは、不当に扱われる女主人公は、理想化され、ブルックスの言葉によれば、そこで「彼女の美徳の表明と描写が、まるで仰天させるようで、かつ説得力を持つ腕力によるか

＊3　シャーロット・ブロンテ著、小池滋訳『ブロンテ全集2　ジェイン・エア』（みすず書房、一九九五）四六九頁。

＊4　「伝染病法」は、「接触感染症法」あるいは『GD法』ともいう。これは英国数カ所の駐屯地や軍港などでの兵士たちの性病対策が名目で、特別な私服警官は、どのような女性でも「街娼」として逮捕し、検査できるという法律で、一八六四年に英国議会によって可決された。廃止運動の指導者ジョセフィン・バトラーは、多数の請願書や署名を集めて、一八八三年に強制検査を廃止させ、一八八六年にはこの法律を廃止に追い込んだ。
渡会好一著『ヴィクトリア朝の性と結婚をめぐる26の神話』（中公新書、一九九七年）三九―四三頁参照。

のように私たちの心を打つ[10]」。

しかし、シャーロットを初めて読んだ大勢の女性読者にとって、彼女たちが鼓舞されると感じたのは、ジェインの美徳というより、彼女の勇気と気概であった。そして、大勢の女流小説家たちは、彼女の例から勇気を得ているように見えた。『ジェイン・エア』の余波を受けて、ジュリア・カヴァナ、ダイナ・ミューロック・クレイク、エリザベス・ギャスケルは、慣習的な女らしさの束縛に苦しみ、愛と結婚ではなくて、独身女性に威厳と独立を提供する満足すべき仕事を求めて止まない女主人公のいる小説を生み出した。カヴァナの『ナタリー』(一八五〇)、クレイクの『オリーヴ』(一八五〇)、ギャスケルの『北と南』(一八五四―五)では、女主人公たちが愛に遭遇する時には、彼女たちは、ジェイン・エアのように、ヴィクトリア朝の英国で結婚に必然的に伴う従属的地位に用心深い[11]。

小説家マーガレット・オリファントは、一八五五年に書かれた「現代小説」という論評の中で、『ジェイン・エア』を、小説上の慣習のこの顕著な変化の発端であったとして引用する。「我々の恋人たちがつつましく献身的」で、「我々の淑女たちが美しかった」時、という小説の初期を思い起こして、次のように書く。

トランペットの華麗な吹奏も公けの宣言のどちらもなしに、突如として、このシーンに空想世界をひっくり返すように運命づけられた小さな凄まじい扇動者がこっそり現れた……――社会の平和に敵対する危険な小柄な人……私たちの秩序立った世界に闖入してきた向こう見ずで小柄な妖精は、境界を壊し、私たちの世界の道義に公然と反抗する――それで現代のもっとも憂慮するべき革命は『ジェイン・エア』の侵入に続いてやってきているのだ[12]。

オリファントがシャーロットの小説とその模倣者たちに見るものは、「新しい見地からの『女性の権利』の熱狂的な宣言」にほかならない。彼女は、ここにはフランス革命よりも危険なものがある、と書く。とにかく、「フランスは西欧政権の一つに過ぎないが、女性は世界の半分である[13]」。

一八六七年までに、オリファントは「私たちの大衆文学に影響を与えた」一層「奇妙な変化」に気付いていた――「センセーション小説」として知られている現象である。オリファントは、エレン・ウッドの『イースト・リン』（一八六一）、メアリー・エリザベス・ブラドンの『レディー・オードレイの秘密』（一八六二）、ローダ・ブロートンの *Cometh up as a Flower*『花のように咲き出て』（一八六七）〔旧約聖書ヨブ記一四章：He cometh forth like a flower〕のような小説では、女主人公たちは、恥知らずにも愛の身体的表出について書く、と苦言を呈し、「この変化は、おそらくジェイン・エアが、世間が身にまとっていた因習に対して進歩的批評家たちが彼女の『抗議』と呼ぶものをしたのと同時に始まった」と明言する[14]。

因習的な覆いの下に実際に存在するとして、私たちに女性の魂の物語として示されるものは、非常に肉感的で好もしからざる記録である。男が女たちを有頂天にさせる［結婚の約束のような］気を持たせる言葉を与える前に、彼女たちを絶望へ導く男への恋心で夢中にさせられる女たち、……少なくとも、燃えるようなキスや半狂乱の抱擁を与えたり受けたり、お定まりの恋人を待つか、この恋人のことをくよくよ考え込むかして、官能的な夢の中で生きる女たち、――このような女たちが、現代小説の中に持ち込まれた女主人公たちなのである。(15)

もちろん、オリファントは男女関係についてのヴィクトリア朝時代の期待感によって影響されている。しかし、現代の批評家ウィニフレッド・ヒューズは、センセーショナルな想像力を解放するのを助けたのは『ジェイン・エア』だった、ということを確信している。これに続いて、彼女は、私たちは「厳重に保管している家庭の秘密と狂人の法外な激増」を見出す、と書く。「しかし、本物のセンセーション小説では、ジェインはもはや重婚志望者から逃げ出さない。彼女が自分自身の小さな気楽な重婚に冗談半分で首を突っ込む方がずっとありそうなことだ」(16)。

シャーロット自身は、重婚とは一線を画したが、情熱的な愛の理想を確かに体験した。『ジェイン・エア』で、ジェインはロチェスターに「血管が燃えている」[*5]（*JE* 317）と答える。そして彼女がセント・ジョン・リヴァーズからの「愛の形式（……）に耐える」[*6]（*JE* 405）のは「殉教」[*7]（*JE* 405）であろうことを知っている。シャーロット自身は、彼女が情熱をもって愛することはできないと感じた五人の男性からの結婚申し込みを断った。そして『ヴィレット』では、ルーシーはこのような愛のない人生に身を委ねるように思われる。それゆえ、『ヴィレット』が出版社に送られるや否や、シャーロットが父親の牧師補の真面目で、外見では鈍感なアーサー・ベル・ニコルズからの長年抑えてきた感情がついに純粋な情熱であることを示した結婚申し込みを受け入れたということを知るのは感動的である。①「いつもは彫像のような人が、あんなに震え、興奮し、しどろもどろになっている姿は、私に一種不思議なショックを与えました」[*8A]（*L*. iii. 93）と彼女は書いた。②「平生はあれほど彫像のように堂々としている人がこのように顫え、動揺し、打ちのめされているのを見て、わたしは異様なショックを受けました」[*8B]（*L*. iii. 93）。二人の結婚に対するパトリックの凄まじい反感に追われて、ニコルズがハワースを去る時点で、シャーロットは彼が「苦悶の発作に襲われて――絶対女性とは違う泣き方で啜り泣いていました」[*9]（*L*. iii. 168）のを見つけた。次第に彼女は父親の敵意を弱めてゆき、一八五四年六月に二人は結婚した。驚くようなことが続いた。ニコルズの親戚たちは地位も名声もある立派なアイルランドの地主たちで、さらに重要なことに、シャーロットは結婚することが気に入ったのだった。けれども一年経たないうちに、妊娠初期で彼女は亡くなった。死の直前に、彼女は夫に尋ねた。①「私は死ぬんではないでしょう？……こんなに幸せだったんですもの」[*10A]②「わたし、死ぬんじゃないでしょうね、死ぬのかしら。……わたしたち、こんなに幸福でしたもの」[*10B]（G. 455）

彼女の短い結婚生活は、新たに熱中した牧師補の妻としての社会的義務を果たすのに多忙だった。

＊5　小池滋訳『ブロンテ全集2　ジェイン・エア』四九九頁。
＊6　小池滋訳『ブロンテ全集2　ジェイン・エア』六三七頁。
＊7　小池滋訳『ブロンテ全集2　ジェイン・エア』六三七頁。
＊8A　青山誠子著『ブロンテ姉妹』（清水書院、一九九四）一四五頁。エレンへ、一八五二年一二月一五日。
＊8B　エリザベス・ギャスケル著、中岡洋訳、『ブロンテ全集12／シャーロット・ブロンテの生涯』（みすず書房、一九九五）六三九頁。
＊9　中岡洋・芦澤久江編訳『シャーロット・ブロンテ書簡全集／注解』（彩流社、二〇〇九）下巻、一二一〇六頁。エレン・ナッシー宛て。一八五三年五月二七日付。
＊10A　青山誠子著、『ブロンテ姉妹』一五二頁。
＊10B　エリザベス・ギャスケル著、中岡洋訳『ブロンテ全集12　シャーロット・ブロンテの生涯』（みすず書房、一九九五）六九〇頁。

彼女に向けられたに違いない一つの疑問は、彼女がどのようにして著作を続けられるようになったかであった。この時期に書かれたことがわかっている唯一の小説は『エマ』と呼ばれる断片であり、これは女子寄宿学校に捨てられた少女についての物語である。(17) 一八五三年一月のロンドンへの最後の訪問の間、シャーロットは娯楽の場の代わりに、ニューゲイトとペントンヴィル(二つの悪名高い監獄)、孤児のための捨子の養育院、精神病者のためのベツレヘム病院すなわちベドラム病院を含む多くの実利的施設へ案内してくれるようにと頼んでいた(B. 842)。『ヴィレット』についてジョージ・スミスに、彼女は「わたしには現代のトピックスを扱うような作品は書けません」[*11](L. iii. 75)と嘆いて書いていた。それで、彼女は「社会問題」小説を書くのに適した知識を得ようとしていたのであろう。現代の小説家クレア・ボイランは、シャーロットの『エマ』の続編で、この可能性を利用している。ボイランの『エマ・ブラウン』(二〇〇三)は、その浅ましい下層生活の情景で、あり得ぬほどにセンセーショナルである。けれども、もしシャーロットが生きていたならば、彼女は実際に自分が遭遇したよりももっと挑戦的な社会状況を敢えて試みたかもしれないという興味をそそる推測で始まる。(18)

シャーロットの死後、パトリックは娘の友人で卓越した小説家エリザベス・ギャスケルに、娘の回想録を書くことを依頼した。ギャスケルは、彼女独特の活力で課題に取り掛かった。シャーロットを知っていた人々にインタヴューするために、広く旅をしたばかりではなく、シャーロットが友人エレン・ナッシーに書いた何百通もの手紙を使う権利を得た。ギャスケルの『シャーロット・ブロンテの生涯』(一八五七)は、このようなわけで、著名人の伝記としては普通よりも多くの個人的な詳細な事柄が含まれた。そして、ギャスケルにはこれには特別の理由があった。(19) シャーロットの作品は、おおむね好意的に受容されてきていたけれども、読者と批評家の中に、彼女の作品は「粗野だ、下品だ」――現代の読者にとっては、あまり意味のない言葉――という根強い見方があった。彼らが嫌悪感を抱いたのは、シャーロットが特に恋愛の肉体面を自由に語ったことだった。例えば、ロチェスターが若い未婚のジェインに婚外恋愛の告白をするのは、まったく淫らだと思われていた。

それ故、ギャスケルの目的の一つは、友人シャーロットが完璧に尊敬すべきで貞淑な女性だということを世間に提示することであった。彼女はジョージ・スミスに、自分は「世間に……作家シャーロットを嘆賞するのと同じに女性として敬ってもらいたい[20]」と願うと書いた。

〔参考：「この夏、鮮明な記憶がわたしの心から薄れないうちに、この親愛なる気高い女性について憶えていることをすべて書いておこうと決心しました」（一八五五年六月四日）。中岡洋訳『ブロンテ全集12 シャーロット・ブロンテの生涯』（みすず書房）七八五頁。〕

彼女の手法は、シャーロットの困難な生活と自己犠牲的な性格、過酷な自然環境、何人もの肉親に先立たれたこと、手に負えない弟、ギャスケルが変わり者で独裁的だと紹介した父親への献身を強調することだった。『生涯』は熱心に読まれ、ミリアム・アロットが述べるように、教育の高い批評家たちの間では、シャーロットの生涯を「より良く理解することで」、ブロンテ姉妹が『粗野』で『不道徳』だという従前の了見の狭い道徳論争にけりをつけた[21]」。その時までにオックスフォード大

＊11　中岡洋・芦澤久江編訳『書簡全集』下巻、一九六〇頁。ジョージ・スミス宛。一八五二年一〇月三〇日付。

学で詩の教授だったマシュー・アーノルドは、彼の影響力の大きいエッセイ、『現在の批評の機能』（一八六四）を書き、彼が「正典」、あるいは「偉大な」文学の本体と呼ぶものに、喜んでシャーロット・ブロンテを含めた。

この一層丁重に与えられた名声があったけれども、シャーロットの作品をすべての読者に勧めることになったというわけではなかった。一八五〇年代と一八六〇年代には、若い女性たちはジェイン・エアの大胆な独立宣言に引き付けられていたのだが、一九世紀が進むにつれて、フェミニストの指導者たちは、この小説の結果に批判的になった。ヴィクトリア朝の女性運動、すなわち「フェミニズム第一波」で、選挙権への要求や、教育が改善されて職に就きやすくなったことが進捗中で、ジェイン・エアの幸福な結婚は、これらのキャンペーンにかかわっている人たちにとって、逆戻りすることと思えるようになった。これは、シャーロット・ブロンテの作品が、ほとんど正反対の反応を引き起こしたほんの一つの例である。ジェイン特有の圧迫感を共有する女性たちは、彼女の抗議を女性の権利への力強い声明と受け止めるだろうし、財力と知性の点で等しいことに基づく友愛結婚〔法律上の手続きを踏まず、出産を制限し、合意の上で簡単に別れもする試験的なもの。アメリカのリンジー判事が提唱〕は、その目的のために努力するに値する目標だと感じるだろう。高等教育と専門職を含むまで視野が広がった女性たちが、ジェインのユートピアを、単に新しい牢獄だと思うのはもっともだ。

二〇世紀初頭までに、『ジェイン・エア』は紋切り型の求婚と結婚のプロットの「安全な」古典として広く見なされ、この見方はジグムント・フロイトの著作で強化された。彼の『セクシュアリティについての三つのエッセイ』（一九〇五）と、後の「女性のセクシュアリティ」（一九三一）と「女らしさ」（一九三三）についてのエッセイで、フロイトは「エディプス・コンプレックス」という方法で、「標準的な」女らしさとして見たものの発展を概説する。すなわち、すべての赤ん坊と同じく、初めは母親に愛着を抱いている幼女が、女の社会的劣等性を認識し始める。そして彼女は、他方では男になれないことを認識し、母親の代わりに父親に愛着するようになる。これが不可能だとわかると、彼女は代わりに父親のような男性との結婚を目指す。

〔フロイト派では、男児のみならず女児にも「エディプス・コンプレックス」という名称を使う。『教育心理学辞典』金子書房（一九六九）七一頁。「エレクトラ・コンプレックス」はユングの用語で、フロイトは用いない。〕

フェミニストの小説家で批評家のメイ・シンクレアは、彼女自身、フロイトの精神分析の方法の普及に専門的にかかわっていて、フロイトの理論に照らして、ブロンテ姉妹への二つのほぼ矛盾した応答を出した。彼女の『ブロンテ三姉妹』（一九一二）という伝記で、彼女はシャーロットが「涙もろい、中年のオールドミス……永久に女性であるという欲求不満で絶えず愚痴をこぼしている」というシャーロットのヴィクトリア朝の見解をきっぱりと捨てた。姉妹を、幸せな養育と明晰な知性によって、慣習的な女らしさから救われて、意見をはっきりと表現する女主人公たちとして提示する。[22] しかし、彼女の小説『三人姉妹』（一九一四）で、題名の三姉妹は明らかにブロンテ姉妹と類似しているけれども、（例えば、北イングランドの牧師の娘たちで）彼女は女性たちが、エディプス・コンプレックスに打ち勝つのが困難だというフロイトの悲観的な記述は、非常に重要だと述べる。そして、姉妹たちをフロイトの述べる女としての発達の三つの可能性の教科書的な例、すなわち、標準的な女である

こと、男らしさへのコンプレックス〔抑圧によって潜在化した感情〕、ヒステリー、として、姉妹たちを提示する。(23)

もちろん、フロイトは従来型のヴィクトリア朝の家族の観察から理論を引き出した。シンクレアが伝記でブロンテ姉妹をあの重苦しいパターーンから救おうと思った時、彼女の小説は、フロイトの分析がより広い社会の現実と合致していることを示唆する。事実、ここには『ジェイン・エア』が人気を持続するもう一つの理由がある。年配で金持ちの男の愛情を、敵意ある別の女から物ともせずに求めるという若くて力のない女性のこの物語は、まさにフロイトが標準的な女らしさの定石と思ったものを複製している。『ジェイン・エア』を初期の映画の改作の人気作品としたのは、確かにこの明らかな社会の正統派の慣習である。少なくとも十三の翻案された無声映画が、一九三四年の最初の「トーキー」以前に作られた。技術的に厄介だったことは、これらの無声映画は短いので、思い切った省略をせざるを得ず、パトリシア・インガムは以下のように結論する。「小説について、ストーリーをこのように省略することは、型にはまった恋愛噺を出すことになり、道徳問題を検討することによって拘束されることはなく、悪を退けて善を知り、罪に誘惑されないひたむきなヒロインがいることになる」(24)。

ヴァージニア・ウルフは、一九二八年にシャーロット・ブロンテの立場が矛盾していることがはっきりわかると書いた。「書き手が批判に立ち向かっていることが見抜けましょう。攻撃の手を使ってものを言っているかと思うと、懐柔の手を使ってものを言ったりもしているのです。自分が『女にすぎない』ことを認めているかと思うと、『男にひけをとらない』といって抗議してもいるのです」(25)*12。しかし、映画製作者たちは、この対話の伝統的な半分だけを採用した。そして『ジェイン・エア』が主流をなす文化に吸収されたのは、ロバート・スティーヴンソン監督、オーソン・ウェルズがロチェスター氏を演じた一九四三年の映画で頂点に達した。ジェインを演じたジョーン・フォンテインは、この映画ではウェルズが彼の役割の声高で威圧的な男としての解釈によって、完全におじけづかされた。そして彼の演技は、映画の脚本と演出の両方によって支持された。このロチェスターは落馬した後でジェインの助けを必要としなかった最初から、彼の負傷が小説に描かれたよりもずっと軽い最後のシーンまで、決して弱みがあるようには表現されていない。一方でジェインは言葉ではほとんど反抗することができない。小説にあるソーンフィールド邸での二人の最初のインタヴューを生き生きとさせた言葉のやり取りの代わりに、彼女は彼の傷ついた足をお湯に浸そうと、おとなしく屈む。

一九三〇年代以降、「三角関係の」『ジェイン・エア』のプロット――若く、弱点のある女主人公、専横な年配の男、敵対的な「別の」女――は、たちまちミルズ・ブーン社〔一九〇八年に Gerald Rusgrove Mills と Charles Boon が Harlequin UK Ltd のロマンス出版社として始めた〕によって発展させられた「常套」ロマンスの基礎になった。そして、フロイトの「標準的な」女らしさに奇怪な類似を与えられて、私たちは避けられないものとしてそれを受け入れるかもしれない。[26] しかし、『去勢された女性』（一九七〇）の中で、ジャーメイン・グリア〔一九三九年一月二九日。オーストラリア生まれ〕は、女性たちがこの支配的な主人公への服従に対する責任を取るようにと、強く求める。彼女は「これが、女性たちが自分たちのために選んだ主人公なのだ。彼のために発明された特徴は、彼女たちを束

＊12　ヴァージニア・ウルフ著、川本静子訳『自分だけの部屋』（みすず書房、一九八八）一一二頁。

縛する鎖を大切にする女性たちによって発明された」と書く。(27) ミルズ・ブーン社の出版物のプロットは、社会の変化に応じて進化してきた。それで、一九五〇年代のロマンス類は、キスと結婚の約束で終わるのだが、二一世紀のロマンスは、明白な婚前交渉と、パートナーそれぞれにとって、満足すべき結婚後の職業上の成功を含むようになりがちである。それにもかかわらず、プロットの基本的構造は、明らかに長続きしていて変わらない。

けれども、すでに戦間期〔一九一九―一九三九〕には、もっと独立した女性作家たちは、明白な言及で彼女たちの意図を知らせ、因習的な結婚は現代女性にとっての良い結果ではないと示唆するように『ジェイン・エア』のプロットを書き換えることを選んだ。エリザベス・フォン・アーニム〔一八六六・八・三一―一九四一・二・九。オーストラリア出身でドイツ貴族と結婚〕の『ヴェラ』〔一九二一〕は、か弱い孤児が安全と引き換えに年配の男と結婚するというぞっとするゴシック版である。彼女は、その結果、彼が最初の妻を謎めいた家庭内の暴虐行為というシステムによって効果的に殺害したということを発見する破目に陥る。ダフネ・デユ・モーリエの『レベッカ』〔一九三八〕のように、『ヴェラ』は、題名をジェイン・エアという人物からではなく、最初の妻から付けた。そして、両方の小説は『ジェイン・エア』*13 (*JE* 107) で、明確には言及されていないが、それとわかる青髭との類似点をいろいろ挙げている。タニア・モドゥレスキ〔一九四九・三・二〇。アメリカ生まれ〕は、著書『激しく愛して』〔一九八二〕で、因習的結婚の中での男と女の不平等な力関係は、ロマンスからパラノイア〔偏執病、妄想症〕に容易に傾くと指摘する。(28)『ヴェラ』は、女主人公が逃げ出さない、という点で、一層鳥肌が立つようなものだ。年配の親戚からの警告にもかかわらず、彼女は「束縛の鎖を大切にする」

ことを続ける。『ヴェラ』の二五年後の、エリザベス・テイラー〔一九一二―一九七五〕の『パラディアン』〔一九四六〕は、自意識過剰な文学の模倣作品である。この中で『ジェイン・エア』のプロットが進んで行くにつれて、『嵐が丘』は一種のブラック・コメディ〔風刺的、冷笑的で、どぎつく、不気味なユーモア〕として、『ジェイン・エア』のモデルに潜り込む。活発な住み込み家庭教師の女主人公は、彼女の雇い主と結婚する。しかし、二人が、彼の崩れかけた邸に再び入ろうとした時、邸の影が二人の将来を暗くするように思える。

ダフネ・デュ・モーリア〔一八〇七―一九八九〕の『レベッカ』〔一九三八〕を、ウィニフレッド・ホルトビー〔一八九八―一九三五〕のほとんど現代物の『サウス・ライディング』[*14]〔一九三六〕と比較するのは興味深い。双方ともが『ジェイン・エア』の「三角関係のプロット」を用いている。ここで、土地所有者で悲惨な初婚をした無口な主人公は、新しい若い女性と出会う。双方が『ジェイン・エア』そのもののように、まるでヴィクトリア朝上流階級の生き方におさらばするように、大邸宅の破壊で終わる。けれども、二つの小説の結論は、異なったやり方で『ジェイン・エア』のパターンに批判的だ。『レベッカ』の若い女主人公は、ロチェスターのような人物と結婚し、彼の最初の妻レベッカを始末する共犯となる。しかし、レベッカと大邸宅の記憶は、若い女主人公とロチェスター風の人物の二人に付きまとい、彼らを効果的に過去の中に罠のように閉じ込める。『ヴェラ』のように、『レ

*13　小池滋訳『ブロンテ全集2　ジェイン・エア』「青ひげ公の城」、一六二頁。
*14　イングランド北部ヨークシャーには、東ライディング、西ライディング、北ライディングの三行政区画があり、ブロンテ牧師館は西ライディングにある。南ライディングは架空の地名。

ベッカ』には、なにがしか幽霊譚の雰囲気がある。これは、二番目の妻たちについてのこれらの小説の中で、「過去が反復しているという奇怪な感覚」に由来する。[29] この含意は、パラノイア〔偏執病〕を誘発するそれまでの二人の人生の奇怪な反復の中で、結婚それ自体が女性たちに彼女たちそれぞれが社会的役割に包摂された自己のアイデンティティを知ることを要求するということである。

『ヴェラ』と『レベッカ』の女主人公たちが非常に若くて傷つきやすい一方で、サラ・バートン[*15]は、小説の冒頭ですでに独立しており、立派な教育を受けて、旅行も多く経験している。この時、彼女は女子校の校長に指名される。彼女の物語は、教育、健康、輸送、社会福祉といった地元の政治体制の施行とつながる複雑な社会のパノラマに刻み込まれている。そして、ロチェスター的人物であるロバート・カーンとの関係は、彼女の民主的で協調的な新しく精力的な考えと、彼の階級差別と、土地所有に基づいた保守的な価値観と特権に伴う名誉はあるが時代遅れの責任を負うこと、との衝突を象徴する。サラのカーンへの情熱的で分別のない愛は、すべての思慮深い抑制を物ともせず、彼女がそれまでに働いてきたものすべて――職業と独立――を捨てさせたであろう、もし彼女が彼にすべてを任せる前に、彼が死ななかったならば。自暴自棄になるほどの悲しみにもかかわらず、小説は彼女の学校に対する計画で、肯定的に終わる。ホルトビーは、女主人公の将来が思いがけない機会で決定されるのを許すけれども、この小説は彼女が愛と独立のバランスを取るという進行中の問題について討議することを避けけない。

これらの戦間期小説は、すべてが『ジェイン・エア』についての批判的な展望を提示するけれども、これらはヴィクトリア朝小説と同じ種類の読者、すなわち、この物語を実人生の延長と見なし、登場人物たちを気に入るか、好まぬか、あるいは彼ら彼女らが行ったことを是認するか否認するかによって判断する読者に、気に入られた。けれども二〇世紀初頭には、モダニズムが、絵画や音楽作品と同じく、小説はその徳性と同じくその構造によって判断されるべきだ、という考えを導入した。洗練された読者は、類似と対比のような特色を高く評価し始めた。そして、『ジェイン・エア』は、たとえば嫌われ者のリード家のいとこたち、一人の少年と二人の少女が、模範的なリヴァーズ家のいとこたち、一人の男性と二人の女性とバランスを取っているということに読者が気づいた時、再び関心を持たれた。嫌悪を催させる福音主義者のブロックルハースト氏は、カリスマ的福音主義者のセント・ジョン・リヴァーズと対比させられる。冷酷で野心家のセント・ジョンは、情熱的で衝動的なロチェスターと対比させられる。小説全体にわたって、ジェインの経験は、赤と白、火と氷、夏と冬、飢餓と潤沢、入獄と逃亡という対比で形作られている。

この種の形式にこだわる読み方には、社会的意義とは別に存在したものもある。けれども、文学のパターンの認識は、夢や事件やイメージの象徴的解釈を提供した心理分析によってある程度促進させられたのみならず、対立の構造を社会階層制度の基礎であるとみなした社会人類学という新しい科学によってもある程度促進させられた。それゆえに、フェミニズムの第二波が一九六〇年代後半に始まった時、『ジェイン・エア』の形式上の構造は、女性の運命に関して社会的な意味を帯びた。特にジェインとバーサの関係は顕著になり始めた。ヴィクトリア朝の舞台版『ジェイン・エア』では、

＊15　ウィニフレッド・ホルトビー〔一八九八―一九三五〕の小説『サウス・ライディング』の女主人公。

バーサを彼女の騒々しい暴力やジェインとの鮮やかな対照につけこんで、センセーショナルな効果を求めて、単に「狂人」として名を載せる。そしてこの扱い方は一九三六年のヘレン・ジェロームの舞台までずっと続いていた。アマチュア劇団では今でもこのやり方で演じる。

多くの二〇世紀の版による上演では、フロイトの余波で、バーサの狂気と彼女の禁じられたセクシュアリティとの間のつながりを強調した。「標準的な」女性はこのような衝動を抑制していただろうから。エレイン・ショウォールターの一九七七年出版のフェミニスト論の古典、『女性自身の文学』は、バーサを「肉欲の権化、女の性的欲望をまったく救いようのない、野獣的な、恐ろしい姿で具現したものである」[*16]と表現している。ショウォールターにとってジェインだけが「自己の精神の暗い情熱を打ち砕くことで、真に『自分自身の女主人(ミストレス)』になったからでもある」[(30)*17]。フェイ・ウェルドン〔一九三一—〕とヘレナ・カウトーハウソン〔一九四〇—〕による一九八六年の劇場版は、この伝統にのっとっている。ローウッドの少女たちと、時折ジェインとシャーロットを、灰色の服を着た等身大の人形で表して、ヴィクトリア朝女性の人生の活気のない陰鬱さを強調している。一方で、対照的に、赤いドレスをひるがえしているバーサは、抑制できない欲望を暗示した[(31)]。

サンドラ・ギルバートとスーザン・グーバーの著書『屋根裏の狂女』〔一九七九〕は、これらの仮定の多くを共有する一方で、ジェインとバーサのような明らかに対照的な人物の間のありそうもない類似点を自明のこととすることによって、強調点を変える。「監禁と逃亡の物語」としてこの小説を読んで、著者たちは、ジェインとバーサの両者が、監禁されるというのはどういうことかということを知っているということと、ロチェスターがジェインに愛人になるように誘惑するとき[(32)*18]（*JE* 317）のように、情熱が正気をおびやかすということがどういうことかを知っているということを、論じる。ギルバートとグーバーの『ジェイン・エア』の読み方は、はっきりと新しい正統派になってきている。一九九八年に、ポリー・ティール〔一九六二―〕のウエスト・エンドでの舞台の成功は、ジェインとバーサを、二人の間の類似が目に見えるように、やはり赤いドレスを纏わせた一人のダンサーを使って、ジェインの行動をそっくりまねをさせた。ジェインが彼女の時代の慣習の中では明確に表現することのできない「飢え、反抗、怒り」を、彼女の荒々しい動きで表現したのだ。(33) 二〇〇〇年に、作曲家マイケル・バークリー〔一八四八―〕は、『ジェイン・エア』に基づいたオペラを デイヴィッド・マルーフ〔一九三四―〕による台本で、上演した。この中では、またもや狂女は〔再び赤いドレスを着て〕ずっと出ていて、しばしばジェインに用いる音楽と同じ音楽で演じる。(34) とりわけ、彼女たちは二人ともがドニゼッティのオペラ『ランメルムーアのルチア』〔一八三五〕の主旋律に合わせて歌ったり踊ったりする。シャーロット・ブロンテがウォルター・スコット卿の愛読者であったばかりではなく、ウォルター・スコット卿の『ラマムアの花嫁』〔一八二五〕がドニゼッティのオペラのストーリーを提供したのだが、題名の「花嫁」のルチア〔あるいはルーシー〕が、強制された結婚の後で狂気に陥り、夫を殺すということは、実に見事な選択である。

＊16　エレイン・ショウォルター著、川本静子、岡村直美、鷲見八重子、窪田憲子共訳『女性自身の文学』〔みすず書房、一九九三〕一〇四―五頁。
＊17　エレイン・ショウォルター著、前掲書、一〇八頁。
＊18　小池滋訳『ブロンテ全集２　ジェイン・エア』四九八―九頁。

『屋根裏の狂女』よりも一〇年以上前に、ジーン・リースは、美しく、感動的な小説『サルガッソーの広い海』(35)*19（一九六六）の中で、狂女について、ルチアのような見方を与えてくれていた。リースの小説は、ジェインとバーサの間の類似には関心を持たないが、バーサに自分の物語を語ることを許す。このようにして、バーサというのはロチェスターが彼の少女の花嫁アントワネットに与えた名前で、この時二人の結婚は、両家の家族の年配男性たちによって取り決められたのだ、ということを読者は知る。尼僧院で教育されたアントワネットは、ロチェスターが手ほどきするまでセックスについては何も知らなかった。けれども、その際彼自身が促した性の自由に嫌気がさして、彼は妻を狂気と決めつけて、ソーンフィールドに閉じ込めた。非常に多くの翻案で現れる赤いドレスは、リースの小説に由来する。ここで、赤いドレスは、寒くて灰色のイングランドにいるアントワネットに、熱帯のカリブ海地域の故国を思い出させる唯一の物なのである。この小説で、束の間、冷ややかな現れ方をするのはジェイン・エアである。そして、その物語は、エレイン・ショウォールターが最上のフェミニスト批評の特性だと述べた方法で動く。そして、これは「我々のヴィジョンの過激な変更、すなわち、これまで空っぽのスペースだったものの中に意義を見るという要求を「我々に」提示するものである。正統的なプロットは後退し、これまで背景に名も知れず隠されていたもう一つのプロットが親指の指紋のようにくっきりと浮き上がって目立つ」(36)。『サルガッソーの広い海』は、目に見える「狂女」の着想に、ほぼすぐさま衝撃を与えた。一九七〇年のデルバート・マン〔一九二〇―二〇〇七〕の映画で、バーサはヴィクトリア朝の「狂人」のようにではなくて、一九九六年のフランコ・ゼッフィレッリ〔一九二三―二〇一九〕の映画の中でのような、若くて物思いに沈んだ女性として現れる。

『サルガッソーの広い海』は、読者を引き込む力を『ジェイン・エア』との繋がりに依存しない絶妙に書かれた小説である。しかし、「前日譚」として読まれた時、それはまた「派生した独創性のない」作品の中で何か稀有なものを達成もしている。それは新しく驚くような作品を創造し、一方で同時にそれまでに存在した小説『ジェイン・エア』が、新しい小説『サルガッソーの広い海』の出発点となるという理解を増す。リースの文脈と動機の表現は、アントワネット／バーサに対する私たちの反応を深めるのみならず、（小説の中では名指しされていないが、それとわかる）ロチェスターへの反応も深める。リースはジェイン・エアには無関心のように思われるが、他の作家たちはこの二つの小説の関連の可能性に興味をそそられてきている。デビー・シューウェル〔生没年不詳〕のMonstrous Regiment（怪物／巨大連隊劇団）〔フェミニストの劇団一九七五〕のための芝居 *More than one Antoinette*『一人以上のアントワネット』（一九九〇）は、ポリー・ティールが『ロチェスター夫人の後に』[37]（二〇〇三）でこのテーマに取り組んだ時には、すでにこの関係について本気で探求していた。この芝居は、ジェインとアントワネットとの類似の複雑さの中で困惑しているジーン・リース自身を含み、ポルトガル生まれの画家ポーラ・レゴ〔一九三五―〕による『ジェイン・エア』への挿絵の大きな複製を舞台装置に用いた。これは、別個に二〇〇二年に展示されたものであった。[38]ジェインとバーサに同じモデルを用いたレゴは、バーサは「『サルガッソーの広い海』からジェイン・エアへやって来た」と語り、これら二つのテキストの間に、今では確立されている複雑な互恵的影響を確認

＊19　ジーン・リース著、小沢瑞穂訳『サルガッソーの広い海』（ジーン・リース・コレクション1、みすず書房、一九九八）。

する。[39] 彼女の描くロチェスターは、彼女の絵画の多くの男性たちのように、冷酷そうで、長靴を穿いた姿である。ジェインがロチェスターの「わたしのところへおいで」〔レゴの描いたジェインの絵のタイトル〕という声を聞く絵では、ジェインは激しいがためらいがちな欲望に捉われているように描かれ、「私は彼女を疑り深げに描いた」[40] とレゴはコメントする。

ジェインの心の葛藤を演劇で表現するこれらの舞台とは対照的に、一九七〇年代以降の映画やテレビの演出では、彼女をフェミニストの女主人公として元の状態に戻そうとしてきている。例えば、デルバート・マン〔一九二〇―二〇〇七〕の一九七〇年の映画で、スザンナ・ヨーク〔一九三九―二〇一一〕とジョージ・C・スコット〔一九二七―一九九九〕は、ロチェスターのバーサとの存続している結婚について、二人の状況を真摯に論じる。この場合、テレビはスペースの点で有利で、ジュリアン・エイミーズ〔一九一七―一九九二〕が制作した一九八三年のBBCのテレビ版は、ジェインとロチェスターの関係を明らかにするのを遅らせるために、十一ものエピソードを充てることができた。この改訂版の中で、ズィーラ・クラーク〔一九五三―〕とティモシー・ダルトン〔一九四六―〕は、このストーリーで非常に心を打つ表現の上演を創作した。それで、機知に富んだやり取りによってであろうと、インスピレーションを受けて得たような雄弁によってであろうと、ジェインが状況をコントロールすることができることを高く評価することができた視聴者たちは、プロットを切り詰めた上演だけを観た人たちとは、非常に異なる印象を受けた。

しかし、国際的に配信される映画は、巨額の予算を要求し、もっと従来の慣例どおりの解釈に対して圧力をかけるように思える。ゼッフィレッリの一九九六年の映画は、ジェインのリード叔母への反抗と、ローウッド校でブロックルハーストがジェインとヘレン・バーンズの髪を切った時にジェインがヘレンと連帯する時の彼女の子供っぽい反抗の情景を生き生きと高める。しかし、ロチェスターの姿は、ウィリアム・ハート〔一九五〇—〕が巧みに演じたけれども、この小説で述べられている「紳士の荘園領主の邸宅」の代わりに、ハドン・ホール——ダービシャーの古い広壮な城——を用いることによって、オーソン・ウェルズ〔一九一五—一九八五〕のやり方で演じるより、むしろ社会的に重要な影響を与えている。シャルロット・ゲンズブール〔一九七一—〕が演じたジェインは、ソーンフィールドを去ってから、卑屈になったり、危険にさらされたりはしない。彼女はすぐさま旧知で同情的な親戚のもとへ逃げて行き、そしてカメラワークによって、ロチェスターの妻として彼女は守られた女らしさの中に沈み込むだろうと示唆される。これらの傾向は、ロバート・ヤング〔一九〇七—一九九八〕のLWT〔London Weekend Television〕〔一九九七〕のテレビ版で誇張されている。ここで、サマンサ・モートン〔一九七七—〕の演じるジェインは、説得力がある。しかし、彼女の画面に映らないナレーターの声は、舞台を決まりきったロマンスにする。キアラン・ハインズ〔一九五三—〕は、ロチェスターを荒れ狂うごろつきとして演じ、ケイ・メラー〔一九五一—〕の映画の脚本は、扇情的なゴシック風の連続を含む。

更に近年の脚色では、もっと内面の主題に戻る。スザンナ・ホワイト監督〔一九六〇—〕の二〇〇六年のＢＢＣ版は、関心のあることとしてジェインが加わることのできるアマチュアの植物学者かつ昆虫学者としての〔トビー・スティーヴンス〔一九六九—〕が演じる〕ロチェスターを示すことによって、ジェインとロチェスターという二人の知的関係という着想を発展させる。ルース・ウィルソン（一九八二―）は、ジェインの一層率直なスピーチを情熱的に語らせるが、彼女の少女期は、彼女の人生では愛が中心的なものだったということを強調するので、おざなりな回想としてとして扱われている。キャリー・フクナガ（一九七七―）の二〇一一年の映画は、一九八三年のテレビジョン用改作と競える唯一の近年の翻案である。短いのはやむを得ないが、この映画はジェインがムーア・ハウスへ逃亡することで始まり、それまでの前半生を一連のフラッシュバック（記憶の蘇り）で示す――これはバークリー（生没年不詳）のオペラでも用いられる工夫で、劇的緊張を達成する。フクナガは、プロットのフラッシュバックというセンセーショナルな要素と、ほとんど小説通りの対話を最小限に抑えて、ミア・ヴァシコウスカ（一九八九―）とマイケル／ミヒャエル・ファスベンダー（一九七七―）に、ジェインとロチェスターとの間に、身体的にと同じく知的な魅力が増してゆくというわくわくするような印象を与えることを可能にしている。

　これらの『ジェイン・エア』の舞台や視覚的表現は、概してシャーロット・ブロンテのプロットの結果を妨げるものではない。けれども、近年続編として書かれた虚構作品は、ジェインの将来の生き方について、さまざまなスタンスを取る。ヒラリー・ベイリー（一九三六―二〇一七）の『ロチェスター夫人』（一九九七）と、キンバリー・A・ベネット（生没年不詳）のはにかみ屋で性的関心のある『ジェイン・ロチェスター』（二〇〇〇）は、ストーリーが進行し続けるために十分な将来起こり得る可能性のある問題をでっち上げる。しかし、最後には、ジェインとロチェスターとの間に、良好な関係を取り戻す。D・M・トマス（一九三五―）の『シャーロット：ジェイン・エアの最後の旅』[41]（二〇〇〇）は、いくつもの語りの声と時の配分計画がお互いに影響しあうはるかに込み入った事情を扱う。それは、ジェインがロチェスターとのお流れになった結婚から逃れて、マルティニクで（バーサが生んだ）彼の息子を探すというジェインの自伝の続きのように見えることで始まる。話は、それから、初めは「ジェインの」テキストを書いたと主張する現代の学者へと移るが、それが本物のシャーロット・ブロンテ自身だということを示唆する。この三人の女性たちは、彼女たちの父親、あるいは父親のような人物との明らかにエディプス的関係によって繋がっている。けれども、この野心的で、性的に挑発的なポスト・モダニスト風の小説は、書かれたテキストの確実さに疑いを投げかけることになる。この不確実さの愉快な喜劇的翻案は、ジャスパー・フォード〔一九六〇―〕の『エアの事件』（二〇〇一）の中に見出せる。この中では、時を超えて過去や未来に旅するある文学的探偵が、『ジェイン・エア』の内側に囚われ、この小説の結末を終わりなく永遠に続くように変える。[42]ローラ・ジョー・ロウランド〔生没年不詳〕による二つの小説（二〇〇九・二〇一〇）は、信じがたいけれども、同様にウイットに富み、スリリングで、歴史的に正確な、シャーロット・ブロンテ自身の冒険を提供し、ヴィクトリア女王を含む史的人物たちと共に、『エマ・ブラウン』と同様の下層階級の人々の暮らしの情景を巻き込む。[43]

小説家たちは、小説に、ロビー・キッド〔生没年不詳〕の『静かな他人』（一九九一）のように、マイナーな登場人物を使う可能性を利用する者もいる。この小説はバーサ・メイスンの兄リチャードの小説以前の自分史を発明する。[44]アデール・ヴァランスの伝記の二つの翻案に関して言えば、エマ・テナント〔一九三七―二〇一七〕の『フランス人の踊り子の私生児』（二〇〇二）は、物語の日付や細部についての多くの混乱と、アデールの貴族の双子の兄弟を含む多くの信じ難い発明を巻き込むセンセーショナルなストーリーである。[45] 他方、クレール・モアーズ（一二〇一六）の『アデールとグレースとセリーヌ：『ジェイン・エア』の中の他の女達』（二〇〇九）は、思慮に富む本で、この中のアデールは「英国で初めての青踏派女子校」とベッドフォード・コレジ*20に入学し、フローレンス・ナイティンゲールと共にクリミアへ行く。[46]

『ジェイン・エア』の原書から新しいストーリーを作り出すという一見すると無制限にありそうな可能性は、最近の二つの小説によって示されている。そのうちの一つ、メラニー・M・イェシュケ〔生没年不詳〕の『ジリアン・デア』（二〇〇九）は、現在のジェイン・エアの姿を、敬虔で反抗しないキリスト教徒として提示する。もう一つは、シェリー・ブラウニング・アーウィン（一九六八—）の『ジェイン・スレイヤー』（二〇一〇）で、プロットを吸血鬼の小説として新たに考え出す。[47] 読者が落胆するような発展作品は、『ジェイン・エア』に本質的には関連のない発明のための単なる発射台として『ジェイン・エア』に言及する小説である。たとえば、マーゴット・リヴセイ（一九五三—）の『ジェンマ・ハーディの逃亡』（二〇一二）は、「シャーロット・ブロンテの『ジェイン・エア』への魅惑的敬意」として売り出されている活気ある興味深い現代の物語である。しかし、実のところ、主要な『ジェイン・エア』のプロットに、不器用に途切れ途切れに自分のプロットを繋げていくことからは、何も得るものはない。[48]

戦間期の小説類と同じく、今日の小説類の中には、現代の読者にとっての『ジェイン・エア』のプロットの正当性について批判するものもある。シェイラ・グリーンワルド（一九三四—）の『すべては『ジェイン・エア』から始まった』（一九八〇）とか、ケイ・ウッドワード〔生没年不詳〕の更に近年の『ジェイン・エアヘッド』(二〇〇九)のようなティーンエイジャーの読者に向けたストーリーもあるが、後者は『ジェイン・エア』を少年少女たちの人生のための精密な型板・手本にしないようにと警告する。[49] ジェニファー・ヴァンドエヴァー〔生没年不詳〕の『ブロンテ計画』[50](二〇〇五)のように、初期の物語の意識を、今日の経験に織り交ぜている物語もある。マヤ・アンジェルー(一九二八—二〇一四)の『籠の中の小鳥がなぜ唄うのか知っている』[51](一九六九)のように変えられたり、ジャネット・ウィンターソン(一九五九—)の『オレンジが唯一の果物ではない』[52](一九八五)や、あるいはチチ・ダンガレムブガ(一九五九—)の『神経質な状態』[53](一九八八)のように、少女から大人になる時期の読者向けの小説の中に、束の間の暗示のあるものもある。

『シャーリー』は一九二二年という早い時期に、ハワースとその近郊でロケーションをした映画になったけれども、『ジェイン・エア』と同じだけシャーロット・ブロンテの注目を集めた作品はほかにはない。『ヴィレット』は一九五七年と一九七〇年にテレビジョン用にドラマ化され、一九九七年には、ジュディス・アダムズがこの小説をクリスティナ・ロゼッティとエミリー・ディッキンソンからの引用によって、ヴィクトリア朝の背景や環境を再現する舞台用に脚色した。この小説は、外的要因によるよりも、ストーリーを前に押し進める心の動きの強い性質の故に、脚色者たちに挑戦する。しかし、二〇〇五年にフランティック・アセンブリー劇場会社と共同で、脚色者リサ・エヴァンズは、『ヴィレット』で、小説の重要なスピーチを、ストーリーの心の内の情感を生き生きと示すバレエの

＊20　ロンドンに一八四九年に創立された初の女子のための高等教育機関。

振り付けの動きと結び付けて、この問題に革新的な解決を発展させた(54)。

一般の文化の中にシャーロット・ブロンテの永続する遺産として今なお残っているのは『ジェイン・エア』である。この小説の特有な脚色と書き換えと同じく、文学は世界中にその力強い影響力を立証する様々な付随的な事柄に満ちている。その絶え間なく訴える力は、私たちを悩ませ続ける能力にあるのは確かだ。『ジェイン・エア』は明快な答えを私たちに与えるからではなく、その複雑なストーリーが、自由のためと安全のために、地位のためと抑圧された人々の連帯のために、女性の矛盾に満ちた欲望を劇化するからである。

しかし、シャーロット・ブロンテが心に訴えるのは、『ジェイン・エア』に限られているのではない。ヘザー・グレンのシャーロット・ブロンテの後期初期作品（later juvenilia）についての出版物は、これらの予期せぬほど溌剌とした、風刺的な、世間的には「仲間内だけで知られている」テキストへの、新しく、魅惑的な反響を招く。『シャーリー』は因習的宗教の批判として予期せぬ見方をもたらす。思慮深い読者たちの中で、『ヴィレット』は解釈に挑戦し続けている。けれども明らかに読者の心に訴えるのは、寂しさと絶望で心を掻きむしるような描写を通して、その厳密に書かれた物語が、驚くほど様々なやりかたでいろいろな意味を生み出す、ということである。たとえば、三篇の注目に値するエッセイは、この小説について、まったく異なった視野を開いてくれる。メアリー・ジャコウバス〔一九四四—〕の「埋められた手紙」は、この小説のロマンティシズムとの苦闘の精神分析的見解を提示する。サリー・シャトルワース〔一九五二—〕の「眠れない目の監視」は、この小説を制度上の、及びイデオロギー上の束縛、という見地で読む。ヘザー・グレン〔生没年不詳〕の「『ヴィレット』と歴史」についての数章は、この小説をヴィクトリア朝中期に物質的な加工品〔調度類など〕が非常に発展して当惑するようになったという文脈に置く(55)。これらのようなエッセイは、シャーロット・ブロンテが単にロマン派のベストセラー作家であるのではなくて、かなり複雑な作家で、彼女の知識と彼女の時代の批評家たちの評価が、私たち自身の評価と驚くように共鳴している、ということを、私たちに思い起こさせる。

事実、シャーロット・ブロンテは、稀有な現象である。子供たちも一般の読者も魅了し、彼女の作品を限りなく修正するように誘発し、一方では学術上の精密な調査のために、常に新しい手段を提供する。新しい読者のために、彼女は生き生きとした経験の世界を開く。また何度も繰り返して読めば、何層にも重なる意味をもたらす。

訳者あとがき

シャーロット・ブロンテは、非常に多くの人々の姿を描いて見せた。大量で多彩な書き物と生き様について、本書は非常に親切に読者を助ける。

第一章「幼少期と初期作品」

ブロンテ一家の各人の特質、お互いの関わり、時代（カトリック解放法案、機械打ちこわし運動、ウェリントン公爵の活躍等）との関連や、子供たちの創作物語、特にシャーロットが二十三歳まで熱中した初期作品が説明される。

全出版作品を上回る子供たちの膨大な量の超小型の初期作品についての著者の説明は、クリスティン・アレグザンダー氏の研究や岩上はる子氏の研究と翻訳のお陰で、この世界に疎い者にもわかりやすい解説となっている。

第二章『教授』

「あの焼けるような国」（アングリアの幻想世界）を去って、現実世界と関わる意図で書かれた。「自制」がこの小説全体を一貫しているテーマである。

この章では、ガヴァネスとしてのシャーロットの勤め先での地位の不適合感、シャーロットとアンのガヴァネス経験、彼女たちの学校開設を目的としたシャーロットとエミリーのブリュッセル留学、ブランウェルの救われのなさ、三姉妹の詩集の自費出版、エミリーの『嵐が丘』とアンの『アグネス・グレイ』の出版なども記されている。

また、当時『教授』が出版を九回拒否された理由に、一八四〇年代の小説としてはショッキングな内容であったことの可能性も示唆されている。

第三章『ジェイン・エア』

シャーロットは経験を共有しようと、読者を招く。「忍耐と反抗」の旅が、一生の五つの段階を形成する。

ヴィクトリア女王を初め、有識者たちがいかに夢中になったかという出版当時の評判や、鋭い反対意見、その後の識者の解釈も提示されている。一方で、ジェインの言説をフェミニスト宣言として反対する見解も記されている。テリー・イーグルトンの意見も、フロイトの考えも紹介される。

親戚の預かりものの一文なしのジェイン、シャーロットの実体験から極端な福音主義者のウィルソン牧師（ローウッド女学院のブロックルハースト氏のモデル）の「原罪」の考えがもたらした生徒たちへの過酷な教育観への反発、ジェインと雇い主ロチェスターとの繋がり、ジェインとバーサ・メイソン、ジェインとセント・ジョン・リヴァーズについての多様な見解も興味深い。

第四章『シャーリー』

これは社会問題を扱うのか、それとも恋愛小説なのか？

小説の舞台は、執筆の一八四九年頃ではなく、パトリック・ブロンテがラダイツの蛮行を近くで見聞した一八一二年頃である。以下の事象は特に印象深い。

・この小説の初めの低俗な助祭たちの食事の姿。
・キャロラインの叔父ヘルストン牧師を初めとする聖職者たちや職人の人間性と宗教観への不満。
・貧しい老婆や財産のない女性の直面するむごい現実。
・裕福であっても、自ら他者を支配できない女性シャーリーの結婚。
・男性と異なり、工場襲撃などで周辺に追いやられるシャーリーとキャロライン。
・著者の提示した小説の最善の結果が結婚であることについての、メアリー・テイラーからのシャーロットへの抗議の手紙。

第五章『ヴィレット』

『ヴィレット』執筆前の弟妹を亡くした寂しさ、出版社主ジョージ・スミスとの交友、『シャーロット・ブロンテの生涯』の著者エリザベス・ギャスケルとの出会い、『教授』や『ジェイン・エア』との書き始めの相違等を知らされる。

本書の著者は、『ヴィレット』と「ルーシー・スノウ」についての多くの関係者ジョージ・スミス、ギャスケル夫人、ハリエット・マーティノー、ジョージ・ヘンリー・ルイス、サッカレー、マシュー・アーノルド、『屋根裏の狂女』の著者などの見解を披歴する。例えば、テーマは「逃亡と脱獄」、あるいは「飢えと反抗と怒り」だとか、カトリック教会でのシャーロットの実際の告白をルーシーのこととしてこの小説に織り込んだ事実についてなど。

ストーリーについては、以下が興味深い。例えば、教母宅でのルーシー、コンパニオンのルーシー、マダム・ベックの女子塾の少女たち、絵画や演劇の女たち、カトリック教会での告解と教会の力について、ジョージ・スミスとドクター・ジョンとの類似と相違、ムッシュ・エジェとムッシュ・ポール・エマニュエル、聖母被昇天祭の夜半の公園の場など。それぞれの場面での識者の見解も提示され、結末の解説もある。

第六章「読者と翻案者」

女子高等教育が始まり、伝染病法廃止、フェミニズムの勃興などで、作品の解釈、小説の評価も変動した。また、『ジェイン・エア』出版後に出版された様々な小説、上演された演劇、放映されたテレビ作品の粗筋や特徴が丁寧に記載されている。その数の多さ、多様さに圧倒される。

訳者は、初期作品も、引用されている研究書の多くも読んでおらず、芝居やテレビ等の作品も観ておらずして、これらについて翻訳したことを、心苦しく感じている。多彩な作品についてのみならず、当時の社会についても多く教わったことに深謝する。

謝辞

第一に、この魅力的な研究書をご提示頂き、翻訳をご許可頂きましたストンマン先生に深く御礼を申し上げます。先生の英語は非常に難しく、資料は膨大で、解釈の多様さに戸惑うことが多く、翻訳中は常にご懇篤なご指導を頂き続けましたことに、厚く感謝申し上げます。

彩流社会長竹内淳夫氏は、ご多忙にもかかわりませず、編集者として大変に親切にして頂き、心より御礼申し上げます。

翻訳に際して、小説、書簡集、初期作品の和訳、その他すでに和訳のある研究書類は、掲載頁を載せさせて頂きました。誠にありがとうございました。

愚息樋口恒晴には、軍事、歴史等について丁寧に教えてもらい、感謝しております。

二〇二三年六月一九日

樋口陽子

ミスター・シャーロット・ブロンテ
アーサー・ベル・ニコルズの生涯

アラン・H・アダムソン 著／樋口陽子 訳

大作家を潰した男？ それとも、妻を、作家を、心から愛した好人物？ 彼はなぜ悪者に仕立て上げられたのか？ シャーロット・ブロンテの夫の真実の姿を新資料も用いて検証し、通説となっていた「悪夫」像を覆す。

四六判上製 4200円＋税 （在庫僅少）

エドワード・ネヴィル
G・エリオットの少女期作品とその時代背景

マリアン・エヴァンズ 著／樋口陽子 樋口恒晴編訳

時は清教徒革命から王政復古へいたる動乱期、幽閉された伯父のもとへ、ひとりの若者が馬を駆る―英国の偉大なる女性作家ジョージ・エリオットが14歳でしたためた未完の歴史ロマンス。作品の舞台や、背景となった清教徒革命も詳述。

四六判上製 2500円＋税 （在庫僅少）

ブロンテ姉妹

パトリシャ・インガム 著　白井 義昭 訳

ブロンテ姉妹が生きていたのはどんな時代だったのか？　当時、そして現在、作品はどのように読まれているのか？　作家の生涯と作品を、社会や文化といったコンテクストで読み解き、いきいきと蘇らせる最適の入門書。

四六判上製　３８００円＋税

ブロンテ姉妹 エッセイ全集

ベルジャン・エッセイズ

スー・ロノフ 編／中岡 洋　芦澤 久江 訳

姉妹の空白を埋める、ブリュッセル留学時代に書かれたシャーロットとエミリの若き日のエッセイ集！　１８４２年、25歳のシャーロットと24歳のエミリは、ルギーのブリュッセルへ――〝ブロンテ姉妹の空白〟を埋めるブロンテ研究必携の大著。

A５判上製　８お００円＋税

◆著訳者紹介

パッツィ・ストンマン（Patsy Stoneman）

英国ハル大学英文学名誉教授（Emeritus Reader in English）で、ブロンテ協会副会長である。本書は、家族間、階級間、男女間についてのシャーロットのたゆまぬ権力関係への考察を詳説している。

主な単著：*Jane Eyre on Stage, 1848-1898: An Illustrated Edition of Eight Plays with Contextual Notes* (2007). *Elizabeth Gaskell* (2006). *Brontë Transformations: the cultural Dissemination of 'Jane Eyre' and 'Wuthering Heights'*(1996).

樋口陽子（ひぐち　あきこ）文学博士

元鹿児島国際大学国際文化学部教授、元鹿児島国際大学大学院国際文化研究科教授。

1983年より英国ブロンテ協会終身会員、1988-9年ケンブリッジ大学英文科訪問研究員。

著書：*The Brontës and Music*, 2 vols.（雄松堂出版、2008）。

訳書：デイヴィッド・ロス著、ヴァージニア・グレイ画、樋口陽子訳『グレイフライアーズ・ボビー』（あるば書房、2011）。マリアン・エヴァンズ（ジョージ・エリオット）著、ジュリエット・マクマスター編、樋口陽子、樋口恒晴共訳（第1部）、樋口陽子著（第2部）『エドワード・ネヴィル』（彩流社、2011）。アラン・H・アダムソン著、樋口陽子訳『ミスター・シャーロット・ブロンテ：アーサー・ベル・ニコルズの生涯』（彩流社、2015）。

報告：樋口陽子著、"College Records of Patrick Brontë at St. John's College"（『鹿児島国際大学国際文化学部論集』第4巻、第1号、37-46頁、2003年8月）。

報告：'Jane Eyre in London', *Family Tree Magazine*, Vol.7, (May 1991, 43-45.)

訳詩（英語から日本語へ）：「ネリーのハミングする唄」（エミリー・ブロンテの『嵐が丘』、第9章にある2行の詩の原詩37連のデンマーク語を英語に訳したものを、更に日本語に訳したもの。『鹿児島国際大学大学院学術論集』、第1集、119-123頁。2009年10月）。

シャーロット・ブロンテ：過去（かこ）から現在（げんざい）へ

2024年1月25日　初版第1刷発行　　定価は、カバーに表示してあります。

著　者　パッツィ・ストンマン

訳　者　樋　口　陽　子

発行者　河　野　和　憲

発行所　株式会社　彩　流　社

〒101-0051 東京都千代田区神田神保町3-10　大行ビル6階

TEL 03-3234-5931 FAX 03-3234-5932

ウェブサイト　http://www.sairyusha.co.j p

E-mail sairyusha@sairyusha.co.j p

印刷　モリモト印刷㈱

製本　㈱難波製本

装幀　渡辺将史

ISBN 978-4-7791-2930-8 C0098

索　引

＊原書の Index にあっても、NOTES と Select Bibliography だけに出てくる語句は訳書では省いた。

ア行

カ行

サ行

タ行

ハ行

マ行

ヤ行

ラ行

ワ行

原　註

第１章　幼少期と初期作品

（１）Janet Gezari (ed.), *Emily Jane Brontë: The Complete Poems* (Hamondsworth: Penguin, 1992), 31.

（２）J. A. V. Chapple and Arthur Pollard (eds.), *The Letters of Mrs. Gaskell* [1966] (Manchester: Manchester University Press, 1997), 124.

（３）.Ibid. 398.

（４）1826 年から 1839 年の間のシャーロットの作品は、通例「幼少期作品」あるいは「初期作品」と述べられている。クリスティン・アレグザンダーは、分析的学術論文 *The Early Writings of Charlotte Brontë* (Oxford: Blackwell, 1983) 及び *An Edition of the Early Writings of Charlotte Brontë*, 2 vols (Oxford: Shakespeare Head Press, 1987, 1991) を出版した。しかし、これらは 1826-35 年について書かれているに過ぎない。けれども、アレグザンダーは、*The Brontës: Tales of Glass Town, Angria, and Gondal: Selected Writings* (Oxford: Oxford World's Classics, 2010) の中で、（ブランウェルとエミリーとアンによる作品を含む）この全期間からの精選作品集を出版した。ヘザー・グレンの *Charlotte Brontë: Tales of Angria* (Harmondsworth: Penguin, 2006) には、1838-9 にシャーロットが書いた「短編小説」５作品が載せられている。

（５）19 世紀初頭には、「トーリー派」の政治的実話小説は君主や大地主階級を支持し、他方「ホイッグズ派」は商人の利益を支持した。

（６）あちこちにある角カッコの中の文字や語は、手稿が不完全であるか、判読できないので、編者が補っている。

（７）Juliet Barker, *The Brontës* [1994] (2nd ed., London: Abacus, 2010).

（８）しかし、それはなくなってしまった問題ではなかった。1843 年という遅い時期になって、パトリックはアイルランドにいた弟のヒューに、彼と彼の隣人たちが奇襲されないように武装するようにと勧め、けれども

また「お前とわしのすべての弟たちと友人たちが軽率にならずに、神の掟も人の法も破ることのないようにと警告し —— 慎重さと正義が勇気と —— 然るべき用心深さとが —— 結び合うように、と忠告する。」Dudley Green (ed.), *The Letters of Reverend Patrick Brontë* (Stroud: Nonsuch, 2005), 155. 私は、この参考文献を下さったサラ・フェルミに感謝します。

（9） Glen, *Tales of Angria*, pp. xviii-xxi. を見よ。

（10） Ibid. p. xv.

（11） Christine Alexander and Margaret Smith (eds.), *The Oxford Companion to the Brontës* (Oxford: Oxford University Press, 2003), 113 に引用。

（12） Alexander (ed.), *An Edition*, ii (1991), Part 1, p. xxi.

（13） デッサンに熟達したシャーロットは、これらの女性達の美しさを想像したり再現したりすることを楽しんだ。中でもマイナ・ローリーとザモーナ公爵夫人の肖像画は、*Finden's Byron Beauties* (1836) にある原画をコピーしたものである。Christine Alexander and Jane Sellars (eds.), *The Art of the Brontës* (Cambridge: Cambridge University Press, 1995) を参照せよ。

（14） Fannie Ratchford, *The Brontës' Web of Childhood* (New York: Columbia University Press, 1941), 84.

（15） Alexander (ed.), *An Edition*, ii (1991), Part 2, 92-3 の中にある。

（16） Glen, *Tales of Angria*, p. xix.

（17） Glen, *Tales of Angria* の中にある。

（18） Ibid. 201-2.

（19） Jane Austen, *Pride and Prejudice* [1813] iii. 17 (Oxford: Oxford World's Classics, 2008), 94.［ジェイン・オースティン著、小山太一訳『自負と偏見』（新潮文庫、平成 26 年、201.］

（20） Glen, *Tales of Angria*, p. xxiv.

（21） Ibid. p. xx.

（22） Anne Brontë, *Agnes Grey* [1847] (Oxford: Oxford World's Classics, 1998) 1.

第２章　『教授』

（1）出典は Elizabeth Sewell, *Principles of Education, drawn from nature and revelation, and applied to female education in the upper classes* (London, 1865), ii, 240.　これは *Suffer and Be Still: Women in the Victorian Age*, ed. Martha Vicinus (Bloomington and London: Indiana University Press, 1974) 9-10 の中で引用されている M. Jeanne Peterson, 'The Victorian Governess: Status Incongruence in Family and Society' というエッセイに引用されている。

（2）Elizabeth Rigby, 無署名の書評で、*Quarterly Review* lxxxiv (December 1848), 176. Peterson, 'The Victorian Governess', 10 に引用。

（3）Ibid. 176-7,　ibid. 11 に引用。

（4）Terry Eagleton, *Myths of Power: A Marxist Study of the Brontës* [1975] (3rd ed., Basingstoke: Palgrave Macmillan, 2005) 8.［大橋洋一訳『テリー・イーグルトンのブロンテ三姉妹』（晶文社、1990 年初版、1991 年二刷）45-6。］

（5）Charlotte and Emily Brontë *The Belgian Essays: A Critical Edition*, ed. and trans. Sue Lonoff (New Haven and London: Yale University Press, 1996).

（6）'A woman's "highest duty is so often to suffer and be still"': Sarah Stickney Ellis, *The Daughters of England* (London, 1845) 73.

（7）*Winter Evening Thoughts: A Miscellaneous Poem* (1810), *Cottage Poems* (1811), *The Rural Minstrel: A Miscellany of Descriptive Poems* (1813), *The Cottage in the Wood* (1815), *The Maid of Killarney* (1818), *The Signs of The Times* (1835).

（8）Emily Brontë, *Wuthering Heights*, ed. Ian Jack (Oxford: Oxford World's Classics, 2009), 301 の中の Charlotte Brontë, 'Biographical Notice of Ellis and Acton Bell' に。

（9）Ibid. 302.

（10）Ibid. 302.

（11）*Poems by the Brontë Sisters*, ed. Mark R. D. Seaward [1978] (London: A. & C. Black, 1985), p. x と、Miriam Allott (ed.), *The Brontës: The Critical Heritage* (London: Routledge & Kegan Paul, 1974), 59-60 に引用。

(12) *The Poems of Charlotte Brontë*, ed. Tom Winnifrith (Oxford: Shakespeare Head Press,1984), p. xii.

(13) *Poems*, ed. Seaward, 48-9. この版は1846年出版の *Poems by Currer, Ellis and Acton Bell* (London: Aylott & Jones) のオリジナル版から作成された精選詩集の複製だという利点を持つ。代わりに、*Poems*, ed. Winnifrith, 24を見てもよし。

(14) *Poems*, ed. Seaward, 62-3, 75; *Poems*, ed. Winnifrith, 32-3, 43.

(15) *Poems*, ed. Seaward, 35; *Poems*, ed. Winnifrith, 18.

(16) Elizabeth Abel et al., *The Voyage In: Fictions of Female Development* (Hanover, NH: University Press of New England, 1983) 及び Eagleton, *Myths of Power*, 8. [イーグルトンの訳24を見よ。]

(17) Heather Glen, *Charlotte Brontë: The Imagination in History* [2002] (Oxford: Oxford University Press, 2004) 35. Charlotte Brontë, *The Professor* [1857] (Harmondsworth, Penguin, 1989) の中の Heather Glen, 'Introduction' も見よ。

(18) Glen, *Charlotte Brontë*, 47.

(19) ノーサンガーランド伯爵がどのように自分の息子たちを認知することを拒否するかというストーリーは、ブランウェルが始めて、シャーロットが引き継いだ。たとえば、*Charlotte Brontë: Unfinished Novels,* ed. Tom Winnifrith (Stroud: Alan Sutton, 1993) の中の 'The Duke of Zamorna' (Glen, *Tales of Angria*, 181) と 'Ashworth' や、'The Moores' と 'Willie Ellin'。

(20) Rachel Blau du Plessis, *Writing Beyond the Ending: Narrative Strategies of Twentieth-Century Women Writers* (Bloomington: Indiana University Press, 1985) を見よ。

(21) アンの *Agnes Grey* (1847) と *The Tenant of Wildfell Hall* (1848)、特に第3章 'A Controversy' を見よ。

(22) この議論は Glen, *Charlotte Brontë*, Ch. 2 で詳細に支持されている。

第3章 『ジェイン・エア』

(1) E[dwin] P[ercy Whipple], 'Novels of the Season', *North American Review*,

cxli (October 1848), 354-69; Miriam Allott (ed.), *The Brontës: The Critical Heritage* (London: Routledge & Kegan Paul, 1974), 97 の中に。

（2）Allott, *The Brontës*, 389 に引用。

（3）Patsy Stoneman, *Brontë Transformations: The Cultural Dissemination of 'Jane Eyre' and 'Wuthering Heights'* (Hemel Hempstead: Harvester Wheatsheaf/ Prentice Hall, 1996); *The Cambridge Companion to the Brontës*, ed. Heather Glen (Cambridge: Cambridge University Press, 2002) の中の ' The Brontë Myth' を見よ。類似の記載は、*The Oxford Companion to the Brontës*, ed. Christine Alexander and Margaret Smith (Oxford: Oxford University Press, 2003) と、Marianne Thormählen (ed.), *The Brontës,* Authors in Context series (Cambridge: Cambridge University Press, 2012) の中の 'Adaptations, Prequels, Sequels, Translations' の中にもある。

（4）Heather Glen (ed.), *Charlotte Brontë: Tales of Angria* (Harmondsworth: Penguin. 2006) の中にある。

（5）このような反応すべてが肯定的だというわけではない。たとえば、Elizabeth Rigby, 無署名書評、*Quarterly Review* lxxxiv (December 1848), 176. (Allott, *The Brontës*, 109-10 にある。)

（6）Terry Eagleton, *Myths of Power: A Marxist Study of the Brontës* [1975] (3rd ed., Basingstoke: Palgrave Macmillan, 2005), 8.［訳 44-5］

（7）Ibid.［訳 45］

（8）Florence Nightingale, *Cassandra* [1852], intro. Myra Stark (New York: Feminist Press, 1979) 28.

（9）Elizabeth Abel et al., *The Voyage In: Fictions of Female Development* (Hanover, NH: University Press of New England, 1983).

（10）Marianne Thormählen, *The Brontës and Religion* (Cambridge: Cambridge University Press, 1999), 21 を見よ。

（11）Margot Peters, *Charlotte Brontë: Style in the Novel* (Madison: University of Wisconsin Press, 1973), Ch. 5 を見よ。

（12）Virginia Woolf, *A Room of One's Own* [1928] (Harmondsworth: Penguin, 1970), 70.［川本静子訳『自分だけの部屋』（みすず書房、1988）、105］

（13）Nancy Pell, 'Resistance, Rebellion, and Marriage: The Economics of Jane

Eyre', *Nineteenth-Century Fiction* 31/4 (1977), 397-420, 419.

(14) Sandra M. Gilbert and Susan Gubar, *The Madwoman in the Attic: The Woman Writer and the Nineteenth-Century Literary Imagination* (New Haven: Yale University Press, 1979).［山田晴子、薗田美和子訳『屋根裏の狂女：ブロンテと共に』(朝日出版社、1986)。］

(15) Ibid. 78.［訳 110］

(16) Sally Shuttleworth, 'Introduction', *JE* pp. xix-xx を見よ。

(17) *The Pelican Freud Library xiv, Art and Literature* (Harmondsworth: Penguin, 1985), 335-76, 364 の中の Sigmund Freud, 'The Uncanny'。

(18) ヴィクトリア朝の英国では、'Creole' (クレオール) は、西インド諸島の白人か、混血の人を意味することがあった。

(19) Gayatri Chakravorty Spivak, 'Three women's texts and a critique of imperialism', *Critical Inquiry* 22 (1985), 243-61.

(20) *Macropolitics of Nineteenth-Century Literature*, ed. Jonathan Arac et al. (Philadelphia: University of Pennsylvania Press, 1991), 159-83, 180. の中の Susan Meyer, 'Colonialism and the Figurative Strategy of *Jane Eyre*'。また、Susan Meyer, *Imperialism at Home: Race and Victorian Women's Fiction* (Ithaca and London: Cornell University Press, 1996), 83 も見よ。

(21) Spivak, 'Three Women's Texts', 245.

(22) *Jane Eyre on Stage, 1848-1898: An Illustrated Edition of Eight Plays with Contextual Notes*, ed. Patsy Stoneman (Aldershot: Ashgate Press, 2007), 329 の中の James Willing, *Jane Eyre: or, Poor Relations* (1879)。

(23) Margaret Oliphant, 'Modern Novelists—Great and Small', *Blackwood's Magazine* lxxvii (May 1855), 557-9. 後に Alllott, *The Brontës*, 312 にもある。

第 4 章 『シャーリー』

(1) Patsy Stoneman (ed.), *Jane Eyre on Stage, 1848-1898: An illustrated edition of eight plays with contextual notes* (Aldershot: Ashgate Press, 2007) の中の John Courtney, *Jane Eyre: or, The Secrets of Thornfield Manor* (1848).

(2) Elizabeth Rigby, 無署名の書評、*Quarterly Review*, lxxxiv (December 1848), 153- 85. 及び、Miriam Allott (ed.), *The Brontës: the Critical Heritage* (London: Routledge & Kegan Paul, 1974), 109-10 に。

(3) パトリック・ブロンテのウェリントンのイベリア半島戦役 (注：1808-14) への熱狂と、ウェスト・ヨークシャーで彼が個人的に体験したラダイトの襲撃については、上記の本の Ch. 1 を見よ。

(4) Heather Glen, *Charlotte Brontë: The Imagination in History* [2002] (Oxford: Oxford University Press, 2004), 157 に引用。

(5) Ibid. 153-4.

(6) 私が恩恵を受けたこの考えの徹底的な議論については、前掲書 147-9 を見よ。

(7) *Edinburgh Review*, xci (Jan. 1850), 153-73 の未署名書評。Allott, *The Brontës*, 165 にもある。

(8) Rebecca Fraser, *Charlotte Brontë* [1988] (London: Methuen, 1989), 328.

(9) Glen, *Charlotte Brontë*,196.

(10) Sandra Gilbert and Susan Gubar, *The Madwoman in the Attic: The Woman Writer and the Nineteenth-Century Literary Imagination* (New Haven, Conn: Yale University Press, 1979), 373. ［訳 331, 332。］

(11) 例えば、Sarah Lewis, *Woman's Mission* (London: John W. Parker, 1839) を見よ。

(12) Fraser, *Charlotte Brontë*, 329.

(13) pp. 315, 328-30 も見よ。

(14) Stevie Davies, *Emily Brontë* (Hemel Hempstead: Harvester/Wheatsheaf, 1988), 118.

(15) Janet Gezari (ed.), *Emily Jane Brontë: The Complete Poems* (Harmondsworth: Penguin, 1992), 182 と 15 を見よ。

(16) Lyndall Gordon, *Charlotte Brontë:* A *Passionate Life* [1994] (London: Vintage, 1995), 189.

(17) Elizabeth Gaskell, *North and South* [1854-5] (Oxford: Oxford World's Classics, 1998), 190. Barbara Leah Harman, 'In Promiscuous Company: Female Public Appearance in Elizabeth Gaskell's *North and South', Victorian*

Studies 21/3 (1988), 351-74と、これらの情景の対照を際立たせるために *The Feminine Political Novel in Victorian England* (Charlottesville and London: University of Virginia Press, 1998) を見よ。

(18) Edward Chitham, (ed.), *The Poems of Anne Brontë: A New Text and Commentary* (Basingstoke: Macmillan, 1979), 163.

(19) Glen, *Charlotte Brontë*, 188. Kingsley の *Yeast* を引用している。

第5章 『ヴィレット』

(1) Kate Millett, *Sexual Politics* [1969] (New York: Avon. 1971), 192.

(2) George Eliot, Letter to Mrs. Bray, 15 February 1853 は、Miriam Allott (ed.), *The Brontës: The Critical Heritage* (London: Routledge & Kegan Paul, 1974), 192 に引用。

(3) Sandra M. Gilbert and Susan Gubar, *The Madwoman in the Attic: The Woman Writer and the Nineteenth-Century Literary Imagination* (New Haven: Yale University Press, 1979), 399-400. ［訳 368。］

(4) [Harriet Martineau] の無署名書評が、*The Daily News* (3 Feb. 1853), 2 にあり、Allott (ed.), *The Brontës*, 172 に引用。

(5) Matthew Arnold, Letter to Mrs. Forster (14 April 1853) は、Allott (ed.), *The Brontës*, 201 に引用。

(6) Gilbert and Gubar, *The Madwoman in the Attic*, 399. ［訳 368。］

(7) Millett, *Sexual Politics*, 192, 200.

(8) Heather Glen, *Charlotte Brontë: The Imagination in History* [2002] (Oxford: Oxford University Press, 2004), Chs. 7 and 8.

(9) 'Hypochondriasis' (憂うつ症) という語は、パトリック・ブロンテが詳細な注釈をつけた Thomas John Graham, *Domestic Medicine* (1826) に現れた。シャーロット・ブロンテが19世紀の心理学の専門用語に精通していたという広範囲の議論については、Sally Shuttleworth, *Charlotte Brontë and Victorian Psychology* (Cambridge: Cambridge University Press, 1996) を見よ。

(10) Tim Dolin, 'Introduction', V. p. xi.

(11) Christine Alexander and Margaret Smith (eds.), *The Oxford Companion to the Brontës* (Oxford: Oxford University Press, 2003), 521-3 を見よ。

(12) このパラグラフは、Acts 27:20 からのおおまかな引用を含む。

(13) エリザベスの物語の詳細については、Shuttleworth, *Charlotte Brontë and Victorian Psychology*, 226-7 を見よ。

(14) Ibid. 222.

(15) Miriam Allott (ed.), *Charlotte Brontë: 'Jane Eyre' and 'Villette'*; Casebook series, (Basingstoke: Macmillan, 1973), pp. 195-204, 204 の 中 の Robert Heilman, 'Charlotte Brontë's "New" Gothic in *Jane Eyre and Villette'* [1958].

(16) Shuttleworth, *Charlotte Brontë and Victorian Psychology*, 224.

(17) Glen, *Charlotte Brontë*, 223.

(18) Harriet Martineau の無署名書評が、*Daily News* (3 Feb. 1853) 2 及び Allott, *The Brontës*, 172-3 にある。

(19) 75 頁で引用された一節は Mary Jacobus (ed.), *Women Writing and Writing About Women* (London: Croom Helm, 1979), 42-60 の 48 頁からの引用である。この一節の中の「書き手は……」で始まる一文はフロイトからの引用である。Mary Jacobus のエッセイ、'The Buried Letter: Feminism and Romanticism in *Villette*' は、上記の著作に含まれている。

(20) Ibid. 54.

(21) Gilbert and Gubar, *The Madwoman in the Attic*, 432. ［訳 411。］

(22) Shuttleworth, *Charlotte Brontë and Victorian Psychology*, 243.

第 6 章　読者と翻案者

(1) Sheila Greenwald, *It All Began with Jane Eyre: or The Secret Life of Franny Dillman* [1980] (Harmondsworth: Penguin, 1988). このティーンエイジャー向けの魅力的な本は、自分の人生をジェイン・エアの人生を模倣して引けを取らないように作り上げようとし始める少女の姿を追う。題名をグリーンワルドの本のタイトル、『すべてはジェインエアで始まった』と

して書き始め、彼女自身のストーリーを語るが、書き始めと同じ題名の言葉で話を終える。

(2) Peter Brooks, *The Melodramatic Imagination* (London and new York: Yale University Press, 1976).

(3) Courtney の芝居の脚本は、Patsy Stoneman (ed.), *Jane Eyre on Stage, 1848-1898: An Illustrated Edition of Eight Plays with Contextual Notes* (Aldershot: Ashgate Press, 2007) に含まれている。

(4) Ibid. 81.

(5) Ibid. 82.

(6) Ibid. 108.

(7) 前掲書を見よ。

(8) Ibid. 329.

(9) Ibid. 421.

(10) Brooks, *The Melodramatic Imagination*, 26.

(11) この章で言及されているオリジナルから派生したものの詳細については、以下を見よ。Patsy Stoneman, *Brontë Transformations: the Cultural Dissemination of 'Jane Eyre' and 'Wuthering Heights'* (Hemel Hempstead: Harvester Wheatsheaf/Prentice Hall, 1996) と Heather Glen (ed.), *The Cambridge Companion to the Brontës* (Cambridge: Cambridge University Press, 2002) の中の 'The Brontë Myth' にある。 関連事項の記載は以下にもある。Christine Alexander and Margaret Smith, (eds.), *The Oxford Companion to the Brontës* (Oxford: Oxford University Press, 2003) に。Marianne Thormählen (ed.), *The Brontës,* Authors in Context series (Cambridge: Cambridge University Press, 2012) の中の 'Adaptations, Prequels, Sequels, Translations' に。

(12) Margaret Oliphant, 'Modern Novelists – Great and Small', *Blackwood's Magazine* lxxvii (May 1855), 557-9. Miriam Allott (ed.), *The Brontës: The Critical Heritage* (London: Routledge & Kegan Paul, 1974), 311-14, 311-12 にある。

(13) Ibid. 312.

(14) Margaret Oliphant, on 'sensational novels', *Blackwood's Magazine* cii (September 1867), 257-80 が、Allott, *The Brontës*, 390-1, 390 にある。

(15) Ibid. 391.

(16) Winifred Hughes, *The Maniac in the Cellar: Sensation Novels of the 1860s* (Princeton: Princeton University press, 1980), 9. '*Jane Eyre* and the woman's novel, 1850-70' の詳細については、Stoneman, *Brontë Transformations*, 16-33 を見よ。

(17) Emma は *Charlotte Brontë: Unfinished Novels* ed., Tom Winnifrith (Stroud: Allan Sutton, 1993), 94-113. に復刻されている。

(18) Clare Boylan and Charlotte Brontë, *Emma Brown* (London: Little Brown, 2003).

(19) Elizabeth Gaskell, *The Life of Charlotte Brontë* [1857] ed., Angus Easson (Oxford: Oxford World's Classics, 2009).

(20) Elizabeth Gaskell, letter to George Smith, 31 May [1855] は、*The Letters of Mrs. Gaskell,* ed., A. V. Chapple and Arthur Pollard [1966] (Manchester: Manchester University Press, 1997), 345 にある。

(21) Allott, *The Brontës*, 38.

(22) May Sinclair, *The Three Brontës* (London: Huchinson, 1912), 21.

(23) May Sinclair, *The Three Sisters* (London: Huchinson, 1914).

(24) Patricia Ingham, *The Brontës*, Authors in Context series (Oxford: Oxford World's Classics, 2006), 224.

(25) Virginia Woolf, *A Room of One's Own* [1928] (Harmondsworth: Penguin, 1970), 74. ［訳 112。］

(26) 1908 年創業の Mills & Boon は、1971 年に Harlequin Enterprises に買収された。

(27) Germaine Greer, *The Female Eunuch* [1970] (London: Gradada, 1980), 180.

(28) Tania Modleski, *Loving with a Vengeance: Mass-Produced Fantasies for Women* [1982] (New York: Routledge, 1988).

(29) Ibid. 69.

(30) Elaine Showalter, *A Literature of their Own: British Women Novelists from Brontë to Lessing* [1977] (London: Virago, 1978), 118, 122.

(31) この上演の更なる詳細については、Stoneman, *Brontë Transformations*, 204 を見よ。

（32）Sandra M. Gilbert and Susan Gubar, *The Madwoman in the Attic: The Woman Writer and the Nineteenth-Century Literary Imaginatio*n (New Haven, Conn.: Yale University Press, 1979), 339. この書籍は第 3 章でより長く議論されている。（*JE* 317, 訳 498-9。）

（33）Matthew Arnold, Letter to Mrs. Forster (14 April 1853). これは Allott, *The Brontës*, 201 及び Polly Teal, *Jane Eyre* [1998] (London: Nick Hearn, 2001) にも引用されている。

(34) David Malouf による Michael Berkeley のオペラの台本は Vintage (London, 2000) によって出版された。

（35）Jean Rhys, *Wide Sargasso Sea* [1966] (Harmondsworth: Penguin,1983).

（36）Elane Showalter, 'Literary Criticism', *Signs* 1 (1975), 435-60, 435.

（37）Polly Teale, *After Mrs Rochester* (London: Nick Hern, 2003).

（38）Paula Rego, *Jane Eyre* (illustrations) intro. Marina Warner (London: Enitharmon, 2003).

（39）Paula Rego は T. G. Rosenthal, *Paula Rego: The Complete Graphic Work* (London: Thames & Hudson, 2003), 166 に引用。

（40）Ibid. 176.

（41）D. M. Thomas, *Charlotte: the Final Journey of Jane Eyre* (London: Duck Editions, 2000).

（42）Jasper Fforde, *The Eyre Affair* (London: Hodder & Stoughton, 2001).

（43）Laura Joh Rowland, *The Secret Adventures of Charlotte Brontë* (New York: Overlook, 2008) 及び、*Bedlam: The Further Secret Adventures of Charlotte Brontë* (New York: Overlook, 2010).

（44）Robbie Kydd, *The Quiet Stranger* (Edinburgh: Mainstream, 1991).

（45）Emma Tennant, *The French Dancer's Bastard* [2002] (London: Maia Press, 2006).

（46） Claire Moise, *Adèle, Grace and Céline: The Other Women in Jane Eyre* (College Station, Tex.: Virtual Bookworm, 2009). 本のカヴァーの宣伝文。

（47）Melanie M. Jeschke, *Jillian Dare* (Grand Rapids, Mich.: Revell, 2009). 及び Sherri Browning Erwin, *Jane Slayre* (New York: Gallery, 2010)

（48）Margot Livesey, *The Flight of Gemma Hardy* (New York: Harper Collins,

2012).

(49) Kay Woodward, *Jane Airhead* (London: Andersen, 2009).

(50) Jennifer Vandever, *The Brontë Project* (London: Simon & Schuster, 2005).

(51) Maya Angelou, *I Know Why the Caged Bird Sings* [1969] (London: Virago, 1984), 136.

(52) Jeanette Winterson, *Oranges are not the only Fruit* [1985] (London: Pandora, 1985), 28, 74.

(53) Tsitsi Dangarembga, *Nervous Conditions* (London: The Women's Press, 1988), 93.

(54) Lisa Evans, *Villette* (London: Oberon, 2005).

(55) Mary Jacobus (ed.), *Women Writing and Writing About Women* (London: Croom Helm, 1979), 42-60 の 中 の Mary Jacobus, 'The Buried Letter: Feminism and Romanticism in *Villette*'. Sally Shuttleworth, *Charlotte Brontë and Victorian Psychology* (Cambridge: Cambridge University Press, 1996), Ch. 10. Heather Glen, *Charlotte Brontë: The Imagination in History* [2002] (Oxford: Oxford University Press, 2004), Chs. 7 and 8.

精選参考文献

シャーロット・ブロンテの作品

小説のエディション

小説ごとに、the Oxford Clarendon 版は完璧なテキストを出版している。the Oxford World's Classic 版は、the Clarendon 版のテキストと註を用いており、ペーパーバック版として推薦する。the Penguin 版も良いし、Everyman 版と Norton 版も、評論からの抜粋を含む重要な論考がある。

初期作品と未完成作品

Alexander, Christine, *The Early Writings of Charlotte Brontë* (Oxford: Blackwell, 1983). 初期作品の完全な考察。

——— (ed.), *An Edition of the Early Writings of Charlotte Brontë* (Oxford: Shakespeare Head Press, 1987, 1991). この権威ある版は、1826-35 年についてのみ、記載する。

——— (ed.), *The Brontës: Tales of Glass Town, Angria, and Gondal: Selected Writings* (Oxford: Oxford World's Classics, 2010). ブランウェルとエミリーとアンによる初期作品を含む初期作品の精選集。

Glen, Heather (ed.), *Charlotte Brontë: Tales of Angria* (Harmondsworth: Penguin, 2006). 1838-9 年にシャーロットが書いた５篇の短編作品を含む。

Winnifrith, Tom (ed.), *The Poems of Charlotte Brontë* (Oxford: Shakespeare Head Press, 1984).

——— (ed.), *Charlotte Brontë: Unfinished Novels*（Stroud: Alan Sutton, 1993）. 'Willie Ellin'、'Ashworth'、'The Moores' と 'Emma' を含む。

書簡とエッセイ

Lonoff, Sue (ed. and trans.), *Charlotte Brontë and Emily Brontë, The Belgian Essays: A Critical Edition* (New Haven and London: Yale University Press, 1996). M. エジェの訂正を示し、翻訳と注釈を付けて細心の注意で二人のエッセイをフランス語から英語に書き換えたものである。

Smith, Margaret, (ed.), *The Letters of Charlotte Brontë*. 3 vols (Oxford: Clarendon Press, 1995-2004). 最も完全で権威ある書簡集。

——— (ed.), *Selected Letters of Charlotte Brontë* (Oxford: Oxford University Press, 2007). 完全版から選んだ扱いやすい書簡選集。

伝記

Barker, Juliet, *The Brontës* [1994] (2nd ed., London: Abacus, 2010). ブロンテ一家全員についての最も包括的で権威ある伝記。

Fraser, Rebecca, *Charlotte Brontë* (London: Methuen, 1989). 読み応えのある近代の生き方。

Gaskell, Elizabeth, *The life of Charlotte Brontë* [1857] ed. Angus Easson (Oxford: Oxford World's Classics, 2009). シャーロットを知っていた人によって書かれているので、この読みごたえのある作品は、後に続く伝記作者たちにとって主な典拠になっている。

Gordon, Lyndall, *Charlotte Brontë: A Passionate Life* (London: Vintage, 1995) シャーロットの精神生活を想像して探求する。

批評と参考文献

Alexander, Christine and Margaret Smith (eds), *The Oxford Companion to the Brontës* (Oxford: Oxford University Press, 2003) 百科全書的で権威ある作品。

Allott, Miriam (ed.), *Jane Eyre and Villette: A Casebook* (Basingstoke: Macmillan, 1973). 1970 年までの評論集。

——(ed.), *The Brontës: The Critical Heritage* (London: Routledge & Kegan Paul, 1974). 19 世紀の書評と批評についての不可欠な選集。

Barnard, Robert and Louise Barnard, *A Brontë Encyclopedia* (Oxford: Wiley-Blackwell, 2007). 入念な読み応えのある記載。

Boumelha, Penny, *Charlotte Brontë*. Key Women Writers series（Hemel Hempstead: Harvester Wheatsheaf, 1990. 思慮深いフェミニストとしての記述。

Eagleton, Terry, *Myths of Power: A Marxist Study of the Brontës* [1975] (3rd ed., Basingstoke: Palgrave Macmillan, 2005). 画期的研究。

Gilbert, Sandra M. and Susan Gubar, *The Madwoman in the Attic: The Woman Writer and the Nineteenth-Century Literary Imagination* (New Haven: Yale University Press, 1979). 革新的かつ挑戦的なフェミニストの読み方。

Glen, Heather, *Charlotte Brontë: The Imagination in History* [2002] (Oxford: Oxford University Press, 2004). 同時代の文化の情況の中でのシャーロット・ブロンテの作品を徹底的に調べて、読者を夢中にさせる報告。

—— (ed.), *Jane Eyre*, New Casebooks Series (Basingstoke: Macmillan, 1997). 20 世紀末期の批評の秀逸な選集。

——(ed.), *The Cambridge Companion to the Brontës* (Cambridge: Cambridge University Press, 2002). 一般的な評論を収集。

Hoeveler, Diane Long and Beth Lau (eds), *Approaches to Teaching Charlotte Brontë's Jane Eyre* (New York: MLA, 1993). 様々な状況における教え方の実践報告。

Ingham, Patricia, *The Brontës, Authors in Context series* (Oxford: Oxford World's Classics, 2006). 社会的文化的情況への優れた入門書。

Lodge, Sara, *Charlotte Brontë: Jane Eyre: A Reader's Guide to Essential Criticism* (Basingstoke: Palgrave Macmillan, 2009). 明快で総合的な指導書。

Meyer, Susan, *Imperialism at Home: Race and Victorian Women's Fiction* (Ithaca and London: Cornell University Press, 1996). 初期作品を含めて、ブロンテの植民地のテーマの使用の徹底的な報告。

Michie, Elsie B. (ed.), *Charlotte Brontë's 'Jane Eyre' : A Casebook* (Oxford: Oxford

University Press, 2006).
［註：コメントなし。］

Nester, Pauline (ed.), *Villette*, New Casebooks series（Basingstoke: Macmillan, 1992）. 20 世紀末期の評論の卓越した選集。

Peters, Margot, *Charlotte Brontë: Style in the Novel* (Madison: University of Wisconsin Press, 1973). ブロンテの散文の文体のユニークな調査。

Rubik, Margarete and Elke Mettinger-Schartmann (eds), *A Breath of Fresh Eye: Intertextual and Intermedial Reworking of Jane Eyre* (Amsterdam: Rodopi, 2007) ストンマンより後の資料を補う。

Shuttleworth, Sally, *Charlotte Brontë and Victorian Psychology* (Cambridge: Cambridge University Press, 1996). 魅力的な報告。

Stoneman, Patsy, *Brontë Transformations: The Cultural Dissemination of 'Jane Eyre' and 'Wuthering Heights'* (Hemel Hempstead: Harvester Wheatsheaf/ Prentide Hall, 1996). すべてのメディアにおけるブロンテから派生した作品群のもっとも完璧な報告。

Thormählen, Marianne (ed.), *The Brontës,* Authors in Context series (Cambridge: Cambridge University Press, 2012). 一般的な話題についての多数の短いエッセイ集。